SABINE ZETT

Komm in meine Arme

*Buch*

Das Leben kann so ungerecht sein: Während Helens Exmann sich nach der Scheidung bereits mit Lebensgefährtin Nr. 3 vergnügt, will es bei ihr in der Liebe einfach nicht klappen. Noch dazu muss Helen sich um das Gefühlschaos anderer Leute kümmern – denn sie hat gerade den Job der Kummerkastentante bei der Lokalzeitung übernommen. Als eine junge Frau von ihr wissen will, wie sie sich einen Millionär angeln kann, ist Helen ratlos. Und dann bringt die Sache auch noch ihren Chefredakteur auf dumme Gedanken: Sie soll zu Recherchezwecken selbst auf Millionärsfang gehen. Damit hat Helen ganz plötzlich mehr Verehrer um sich, als ihr lieb ist …

*Autorin*

Sabine Zett wurde 1967 geboren und ist in Westfalen aufgewachsen. Sie absolvierte ein Volontariat bei der örtlichen Tageszeitung und arbeitete als Journalistin in verschiedenen Redaktionen. Nach der Geburt ihrer beiden Kinder begann sie, Bücher zu schreiben, und eroberte mit ihrer vielfach ausgezeichneten Jugendbuchreihe um den frechen »Hugo« die Herzen von kleinen und großen Lesern. Sabine Zett lebt mit ihrer Familie am Niederrhein.

*Von Sabine Zett bereits erschienen*

Tausche Schwiegermutter gegen Goldfisch

In der Liebe und beim Bügeln ist alles erlaubt

SABINE ZETT

# KOMM IN MEINE ARME

ROMAN

blanvalet

FSC
www.fsc.org
MIX
Papier aus verantwortungsvollen Quellen
FSC® C014496

1. Auflage

in der Verlagsgruppe Random House GmbH,
Neumarkter Str. 28, 81673 München
Redaktion: Angela Troni
Umschlaggestaltung und -motiv: www.buerosued.de
WR · Herstellung: kw
Satz: Vornehm Mediengestaltung GmbH, München
Druck und Bindung: GGP Media GmbH, Pößneck
Printed in Germany
ISBN 978-3-7341-0301-8

www.blanvalet.de

*Für meine Schwester Susanne*

# 1

Lieber Dr. Gabriel,
mein Mann will sich von mir scheiden lassen, weil er sich in eine viel jüngere Frau verliebt hat, die seine Tochter sein könnte. Ich bin am Boden zerstört. Kann ich je wieder glücklich werden?
Sophia T.

*Liebe Sophia,*
*der Schmerz scheint im Moment kein Ende nehmen zu wollen, aber glauben Sie mir, Sie werden auf jeden Fall wieder glücklich! Sie müssen jetzt nach vorne schauen und die kleinen Glücksmomente genießen: Treffen Sie Freunde! Gehen Sie in die Natur! Lenken Sie sich ab! Gönnen Sie sich Dinge, die Ihnen Freude bereiten! Schaffen Sie sich neue glückliche Erinnerungen!*
*Es umarmt Sie aus der Ferne*
*Ihr Dr. Gabriel*

Die arme Frau! Ich hoffe, dass ihr meine Ausrufezeichen guttun. Dieser gemeine Typ! Warum haben bloß so viele Männer irgendwann das Bedürfnis, sich eine Jüngere zu angeln? Glauben sie wirklich, sie könnten dadurch ihr eigenes Verfallsdatum aufhalten? Blödsinn! Eine schrumpelige Gurke bleibt alt – auch wenn sie neben knackigen Tomaten gelagert wird.

Ich balle die Faust. Am liebsten würde ich der Frau ganz andere Tipps geben: *Liebe Sophia, bestellen Sie unter seinem Namen einen Rollator, ein Heizkissen, einen Treppenlift und einen Dreimonatsvorrat Inkontinenzwindeln! Rache ist nämlich süß, außerdem soll die neue Partnerin ruhig direkt mitbekommen, dass sie demnächst zur Pflegerin mutieren wird.*

»Mama? Warum siehst du so aggro aus? Was schreibst du denn da? Zeig mal!« Ronja steht plötzlich neben meinem Schreibtisch und schaut mir über die Schulter, bevor ich das Notebook zuklappen kann. »Oh. Du bist gerade nicht du, sondern ER. Übelst crazy, echt.«

Ich nicke und lege den Zeigefinger auf die Lippen. »Ja, irgendwie schon, aber Räuber, du weißt doch, dass das topsecret ist?«

Noch während ich es sage, hoffe ich nicht zum ersten Mal, dass ich meiner fünfzehnjährigen, pubertätsgesteuerten Tochter tatsächlich vertrauen kann und sie niemandem verrät, dass ich, Helen Lindner, geschiedener Single, chaotische Hausfrau, alleinerziehende Mutter und unterbezahlte Journalistin ohne Festanstellung, mich ohne ein Psychologiestudium oder sonstiges Fachwissen – von gesunder Menschenkenntnis abgesehen – um die intimen Probleme der Leser unserer Tageszeitung kümmere. Ich bin nämlich der überaus beliebte Psycho-Papst Dr. Gabriel. Oder vielmehr sein Briefkasten, denn Dr. Gabriel gibt es ja nicht wirklich. Seinen Kummerkasten mit dem Titel »Vertrauen Sie mir Ihre Sorgen an« in der Samstagsausgabe allerdings schon ewig.

Seit fast einem Jahr bin ich für die »verständnisvolle und leserfreundliche« Beantwortung der Briefe und Mails zuständig, wie mir der Chefredakteur bei jeder Gelegenheit eintrichtert. »Drei Probleme veröffentlichen wir, damit die Leute auch was davon haben«, lautete seine Anweisung. »Alle anderen Ratsuchenden, die eine Adresse angeben, bekommen auch eine Antwort. Schön aufmunternd, verstehen Sie? Damit sich keiner wegen uns vor den Zug schmeißt. Das wäre schlecht für die Auflage.«

Meinen Einwand, dass ich dafür gar nicht richtig qualifiziert sei, quittierte er mit einem Schulterzucken.

»Fußballreporter sind meistens auch keine Ballvirtuosen, verstehen aber etwas vom Handwerk. Sie sind doch eine Frau und stehen auf Gefühle! Das ist die perfekte Quali. Stellen Sie sich vor, jemand sitzt auf Ihrem Sofa und will von Ihnen getröstet werden. Nehmen Sie ihn in den Arm, und sagen Sie ihm etwas, das ihm guttut! Das Leben geht weiter, die Zeit heilt alle Wunden, die Sonne scheint trotzdem, blablabla. Nicht zu ausschweifend, sondern schön kurz und knackig. Trösten, umarmen, fertig. Sie schaffen das schon! Außerdem wollen Sie doch Geld verdienen.«

Ganz überzeugt war ich nicht, aber da ich von etwas leben muss und das Honorar ganz ordentlich ist, nahm ich den Job an, in der Hoffnung, er sei quasi die Vorstufe zu einem Redakteursposten – etwas, das ich vor Jahren freiwillig aufgegeben hatte. Trotzdem habe ich bis heute jedes Mal ein schlechtes Gewissen, derart intime Dinge von anderen Menschen zu erfahren, und komme mir wie eine Voyeurin vor. Dann muss ich mir erst immer vor

Augen führen, dass ich wirklich helfen möchte und mir viel Mühe gebe, die richtigen, wenn auch kurzen Worte zu finden.

»Hattest du schon mal Post von Leuten, die wir kennen?« Ronja versucht mit schöner Regelmäßigkeit, mir ein paar private Einzelheiten über die Briefeschreiber zu entlocken. »Ach, komm schon, Mama! Ich würde dich dermaßen feiern, wenn du mir das verraten würdest.«

Gott bewahre. Sie soll mich bitte schön aus anderen Gründen »feiern«. Weil sie mich für die beste und coolste Mutter der Welt hält zum Beispiel, auch wenn das vermutlich derzeit bloßes Wunschdenken von mir ist.

»Vergiss es. Du sollst die Privatsphäre anderer Menschen respektieren, Räuber«, antworte ich bestimmt. »Ich hätte dir von dem Job gar nichts sagen sollen.«

»Hallo? Hast du etwa kein Vertrauen zu mir?« Sie schmollt.

»Doch, doch«, beeile ich mich zu sagen, bevor sie einen pubertären Ich-fühle-mich-total-unverstanden-Anfall bekommt. Den fünften für heute.

»Dann kannst du mir doch ruhig sagen, ob du manche Leute kennst. Die schreiben dir schließlich freiwillig.«

»Nicht an mich, an Doktor Gabriel«, korrigiere ich. »Ich habe nur seinen Job für eine Weile übernommen. Herr Zeidler hat mir versprochen, mich bei der nächsten Stellenbesetzung in der Redaktion zu berücksichtigen. Damit bin ich dann auch den Kummerkasten los.«

»Ach, das klappt doch sowieso nicht. Für richtig coole Themen findet er dich bestimmt viel zu alt. Bist du ja auch.«

»Hallo? Ich bin Mitte dreißig. Genau wie er.«

»Sag ich doch. Alt.«

Kinder können knallhart sein.

Ich hoffe, dass sie sich irrt. Seit meiner Scheidung vor drei Jahren versuche ich, beruflich wieder einen Fuß in die Tür zu bekommen – bisher vergeblich. Dass ich eine ausgebildete Journalistin bin und als solche all die Jahre auch freiberuflich gearbeitet habe, zählt offenbar nicht. Nur wegen Ronjas Geburt und weil Stefan es damals wollte, habe ich nach dem Studium auf eine feste Stelle verzichtet. Und jetzt, da sie groß ist und ich unfreiwillig alleinerziehend bin, muss ich feststellen, dass ich im Berufsleben nicht gerade erste Wahl bin.

Ich seufze. »Meinst du, es macht mir Spaß, den Leuten den Therapeuten vorzugaukeln? Auch wenn es immer noch besser ist, als jede Woche das Horoskop zu erfinden. Ich versuche, die Probleme der Menschen ernst zu nehmen und ihnen eine kleine Hilfestellung zu geben. Das ist doch okay, oder?«

Ronja setzt sich auf den winzigen Stuhl, der neben meinen Schreibtisch steht, und nickt. »Schon. Du machst das ganz gut, glaub ich. Als ich neulich bei Vanessa übernachtet hab, meinte ihre Mutter, Doktor Gabriel wär 'ne echte Konifere.«

»Koryphäe, meinst du wohl«, korrigiere ich automatisch. Dann stutze ich. »Warum unterhältst du dich mit Vanessas Mama über Doktor Gabriel? Hast du mich etwa dabei erwähnt?«

»Natürlich nicht.« Meine Tochter zuckt mit den Schultern. »Ich bin ja nicht doof. Die Zeitung lag auf dem Tisch, da hab ich halt gefragt, ob sie auch den Postkasten vom Psycho-Doc liest.«

So viel zum Thema Verschwiegenheit.

»Ronja Lindner!«

Sie sieht mich mit ihren blauen Augen ganz unschuldig an. »Was denn? Chill mal wieder. Mehr war da nicht, ehrlich. Sie hat gesagt, das würde doch jeder lesen, weil das mitten aus dem Leben ist und immer in der Samstagsausgabe drinsteht. Und dass der Doc eine Psycho-Konif … du weißt schon, ist. Übelst gelobt hat sie dich. Also ihn. Ich würd sagen, läuft bei dir.«

»Ehrlich?« Jetzt fühle ich mich geschmeichelt. *Läuft bei dir* ist Ronjas höchste Form der Anerkennung. »Das hat sie gesagt?« Vanessas Mutter kenne ich nur flüchtig. Sie und ihr Mann sind Zahnärzte und voll berufstätig. Dass sie dennoch meine Kolumne liest, gefällt mir.

»Ja, hat sie. Jetzt heb aber bloß nicht ab. Sag mal, Mama, musst du echt jeden Brief mit ›Es umarmt Sie aus der Ferne‹ beenden? Das klingt so übelst schei … so was von bescheuert.«

Ich lächele. »Also, ich finde, es klingt schön. Das hat mein Dr.-Gabriel-Vorgänger so eingeführt. Er war zwar Bibliothekar im Ruhestand, aber offenbar hat er damit den richtigen Ton getroffen, sonst wäre der Kummerkasten nicht schon so lange erfolgreich.«

Ups!

Schon wieder verplappert. Ich wollte Ronja doch nichts mehr darüber verraten.

»Wie jetzt? Der war auch kein richtiger Psycho-Typ? Wie gruselig ist das denn? Ihr verarscht die Leser also seit Jahren? Ganz schön krass«, steigt sie prompt darauf ein.

»Das darfst du ebenfalls nicht weitersagen«, schiebe ich hastig hinterher. »Schwör mir das auf der Stelle. Bitte. Beim Leben deines … Meerschweinchens.«

»Becky ist doch schon seit acht Jahren tot.«

»Deshalb sollst du ja auch schwören. Du hast sie geliebt.« Ich weiß selbst, dass meine Argumentation völlig unlogisch ist, doch etwas Besseres fällt mir im Moment nicht ein.

Ronja zieht die Augenbrauen hoch und sieht jetzt ihrem Vater ziemlich ähnlich. In der Phase vor der Scheidung hat er mich ganz oft so angeguckt.

»Du redest Schwachsinn, Mama, weißt du das eigentlich? Du bekommst doch nicht etwa Alzheimer oder so was? Ich kann schweigen, das habe ich dir doch versprochen.« Sie legt den Kopf schief und schüttelt ihre langen schwarzen Haare. »Allerdings sollten wir vielleicht mal wieder über eine Taschengelderhöhung …«

Gespielt entrüstet verdrehe ich die Augen. »Räuber! Du wirst mich doch nicht erpressen wollen? Du bekommst mehr als genug.«

»Geld kann man nie genug haben, Dr. Gabriel«, erwidert meine Tochter und grinst frech. »Na ja, was soll's, einen Versuch war es wert. *Yolo!*«

Das heißt »*You only live once* – man lebt nur einmal«, und ich bin mächtig stolz, das mittlerweile zu wissen. Wenn man einen Teenager zu Hause hat und an seinem Leben irgendwie Anteil nehmen möchte, muss man mit der Zeit gehen.

»Genau, *yolo*! Chill mal übelst krass, läuft bei mir«, antworte ich in dem Versuch, eine coole Mutter zu sein.

Ronja sieht mich an, als hätte ich nicht alle Tassen im Schrank. »Wie übertrieben redest du denn? Ich hoffe, dass du so etwas niemals sagst, wenn meine Freunde hier sind. Übelst peinlich! Wenn du einen neuen Freund haben willst, solltest du so was auch nicht von dir geben.«

»Wer sagt denn, dass ich einen Freund haben will?«, widerspreche ich lahm, während ich die Fotos auf meinem Regal betrachte: Ronja als Baby, Ronja mit ihrer Kindergartentasche, Ronja am ersten Schultag, Ronja an Weihnachten … »Mein Leben ist perfekt.«

»Das kannst du Tante Bernadette einreden, aber nicht mir. Ich kenne die Wahrheit. Die ganze.«

Bernadette ist meine Cousine und gleichzeitig eine gute Freundin von mir. »Was ist denn bitte die *ganze* Wahrheit?«

Sie schüttelt den Kopf. »Du hättest gern einen, aber du kriegst keinen mehr ab. Oder du hast Depressionen, das ist in deinem Alter halt so, das hatten wir gerade in Bio. Wenn man in die Wechseljahre kommt …«

»Hallo? Ich komme noch lange nicht in die Wechseljahre. Ich bin noch JUNG!«

»Realitätsstörung«, diagnostiziert sie zielsicher, »auch ein verbreitetes Problem, kam letztens erst im Fernsehen. Ich hab gehört, wie Tante Bernadette neulich zu dir gesagt hat, dass du mehr weggehen sollst, aber du hast behauptet, du musst dich auf andere Dinge konzentrieren. Ich frage mich, auf was? Auf die hundertprozentige Überwachung meines Lebens? Du bist schon wie die NSA.«

Ich beiße mir auf die Lippen. Sie hat gar nicht so unrecht. Es fällt mir tatsächlich schwer, sie ihren Weg gehen zu lassen. »Nein, nein«, verteidige ich mich. »Ich überwache dich doch nicht. Und dass ich keinen mehr abkriege, ist nicht wahr. Ich könnte jederzeit …« Ich breche ab.

Könnte ich wirklich? Tatsache ist, dass ich gar nicht weiß, wo ich einen halbwegs vernünftigen Mann kennenlernen sollte. Ich gehe kaum aus, und die Männer, die ich kenne, sind entweder verheiratet oder haben beruflich mit mir zu tun, und damit sind sie tabu. Außerdem habe ich mir nach der Scheidung geschworen, zuerst dafür zu sorgen, dass meine Tochter ein glückliches Leben hat, und mich selbst hinten anzustellen.

»Abgesehen von Peter, dem Idioten, und Dietmar, dem Doppelidioten, hast du dich in den letzten drei Jahren nicht mehr ernsthaft mit einem Mann getroffen, oder?«, reißt Ronja mich aus meinen Gedanken.

Peter, von mir nur »der Idiot« genannt, war eine Urlaubsbekanntschaft, aus der nie etwas werden konnte, weil er danach den Kontakt ohne Angabe von Gründen abgebrochen hatte. Dietmar, von uns beiden »der Doppelidiot« getauft, habe ich bei einem beruflichen Termin kennengelernt. So charmant er auch war, leider hatte er »vergessen«, mir von seiner Ehefrau zu berichten, die irgendwo in Süddeutschland auf ihn wartete.

Danach habe ich die Romantik nur noch in Liebesfilmen gesucht. Da kann man entspannt und beseelt auf das garantierte Happy End warten und muss sich nicht mal dafür stylen.

»Weißt du, Räuber«, sage ich, »gute Männer findet man nicht so leicht. So gesehen bin ich wirklich nicht mehr die Jüngste.«

»Stimmt.« Ronja wirft ihre Haare nach hinten und lächelt. »In meinem Alter ist die Auswahl noch groß. Es gibt die Gleichaltrigen, obwohl die meistens blöd sind, aber auch viele ältere Jungs, die echt *sweet* sind.«

Sollte ich jetzt alarmiert sein? Bisher hat sich meine Tochter bei diesem Thema zurückgehalten. Geht das jetzt etwa auch schon los? »Meinst du jemand Bestimmtes?«, taste ich mich vorsichtig vor.

Ronja wird zwar rot, schüttelt jedoch entschieden den Kopf. »Nein, nur so allgemein.«

Aha. Sie scheint also jemanden zu mögen, sagt es aber nicht. »Du hast doch nicht etwa einen Freund, von dem ich nichts weiß?«

Ihr Gesicht wird noch röter, ihre Reaktion heftiger. »Mama! Du kannst einen übelst nerven. Ich habe keinen Freund, und jetzt hör auf, mich damit zu mobben. Ich wollte nur sagen, dass das mit dem Verabreden nicht so schwer sein kann. Papa scheint da jedenfalls keine Probleme zu haben. Er ist doch jetzt mit Barbara zusammen, und davor hatte er Eva-Maria …«

Ich verrate ihr nicht, dass es dazwischen noch Sina und ein paar andere Freundinnen gegeben hat, von denen sie nichts weiß. Ich habe Stefan gebeten, Ronja möglichst nicht mit seinen Eroberungen zu konfrontieren, es sei denn, er habe ernsthafte Bindungsabsichten. War bisher aber anscheinend nicht der Fall.

»Fandest du denn eine von denen so richtig nett?« Ich ärgere mich selbst, dass mir die Frage herausrutscht, weil ich eigentlich souveräner damit umgehen sollte. Aber da Stefans Freundinnen immer jünger als ich sind, habe ich Angst, dass meine Tochter sie cooler finden könnte als mich.

Sie zuckt mit den Schultern. »Na ja, Barbara kenne ich ja kaum. Wenn ich bei Papa bin, dann machen wir meist etwas zu zweit. Er hat gesagt, dass er nicht wieder heiraten will.«

Das glaube ich sofort. Mein Exmann ist derzeit auf einem Nachholtrip, was Dolce Vita anbelangt, da gehört ein neues Eheversprechen garantiert nicht dazu.

Ich merke, wie mich Ronja beobachtet. »Aber jetzt geht's um dich. Du willst doch bestimmt nicht allein bleiben. Fühlst du dich nicht manchmal einsam?«

Ich schlucke. »Nein. Ich habe ja dich.«

»Aber ich werde nicht immer hier sein. Ich bin fünfzehn. Nach dem Abi ziehe ich sowieso aus. Ich will nicht, dass du alleine bleibst. Und du doch eigentlich auch nicht.«

Wer ist denn jetzt hier Mutter und wer Tochter? Ich zucke mit den Schultern. »Irgendwann lerne ich vielleicht auch wieder einen netten Mann kennen.«

»Nicht irgendwann, jetzt. Du musst dich auf die Suche machen. Ich hab auch nix dagegen, solange der Typ nicht meinen zweiten Vater spielen will. Das hab ich Papa auch gesagt, bloß keine zweite Mutter. Und solange ich keine Sexgeräusche aus dem Schlafzimmer höre. Das wär echt eklig.«

»Ronja!« Ich bin entsetzt.

»Was denn? Lucy hat erzählt, dass ihre geschiedene Mutter ihre Lover bei sich übernachten lässt und man alles hören würde. Wirklich ALLES.«

Mir verschlägt es für einen Moment die Sprache. »Darüber … redest du … mit deinen Freundinnen?«

Ronja sieht mich mit diesem Du-hast-doch-echt-keinen-Plan-Blick an, den sie sehr gut drauf hat. »Mama, wir sind fast erwachsen«, erklärt sie. »Meinst du, wir spielen noch mit Barbies? Natürlich reden wir über Sex, auch wenn ich selbst noch keinen habe, keine Bange, bevor du gleich wieder übelst unnötig ausflippst. Außerdem sind Lucy und ich beide Scheidungskinder, das hilft. Nicht dass ich einen Schaden hätte oder so. Papa und du, ihr seid zum Glück Freunde, damit habt ihr mir einen Psychiater erspart. Also einen echten, nicht Doktor Gabriel.« Sie kichert.

Aber ich kann nicht mitlachen, denn damit hat sie einen ganz wunden Punkt getroffen. Nachdem Stefan mir vor mehr als drei Jahren mitgeteilt hatte, dass er seine Freiheit wiederhaben wolle, weil er das Gefühl habe, etwas zu verpassen, war ich zuerst total geschockt. Ja, wir hatten früh geheiratet, weil ich unerwartet schwanger geworden war, aber ich dachte immer, es liefe ganz gut zwischen uns. Wir waren doch früher so verliebt!

Dass die Liebe längst vorbei war, erkannte ich erst, als mein Noch-Ehemann mir kurz nach seinem Auszug seine Freundin präsentierte und ich zwar traurig, aber nicht eifersüchtig war. Danach war ich nur noch darum bemüht, alles möglichst friedlich und freundschaftlich zwischen uns zu regeln, damit Ronja nicht so sehr unter der Trennung litt. Obwohl Stefan mittlerweile eine Freundin nach der anderen hat, ist er wirklich ein guter Vater, und das allein zählt für mich.

»Das finde ich jetzt nicht witzig«, sage ich. »Ich wünschte, wir könnten noch immer eine intakte Familie sein, nur manchmal gehen Wünsche leider nicht in Erfüllung. Ich habe aber den Eindruck, dass du mit der Situation gut zurechtkommst.«

Ronja nickt. »Jetzt redest du wie ein Professor, das passt gar nicht zu dir.«

»He! Ich bin schließlich der Psycho-Doc.«

»Nö. Du tust bloß so, als wärst du einer, das ist ein krasser Unterschied. Was ist denn jetzt mit einem Freund für dich? Warst du seit Papa eigentlich je wieder verliebt? Ich meine so richtig, nicht in George Clooney oder so.«

»Ich bin weder in George Clooney noch Brad Pitt oder Hugh Grant verknallt, was denkst du denn? Aber um auf deine Frage zu antworten: Nein, ich war seit Papa in keinen Mann mehr verliebt.«

»Dann bist du gefühlstot wie ein Zombie? Wie fühlt sich das an? Wie bei *Walking Dead*?«

»Räuber!« Ich schwanke zwischen Belustigung und Ärger. »Ich bin keineswegs gefühlstot, es hat sich nur bisher nichts … ergeben.«

»Dann hast du die Liebe für dich noch nicht abgeschrieben?«

Ich schiebe mein Notebook beiseite und lehne mich in meinem Schreibtischstuhl zurück. Das scheint ein längeres Gespräch zu werden. »Natürlich nicht, aber so etwas kann man nun mal nicht erzwingen. Außerdem müsstest du ebenfalls damit klarkommen, und ich will unsere kleine Welt nicht kaputt machen.«

Meine Tochter legt die Stirn in Falten, ein sicheres Zeichen für konzentriertes Nachdenken. »Echt nett von dir, aber ich hab nichts dagegen, wenn du dir einen neuen Freund suchst«, sagt sie. »Folgende Bedingungen: Vorerst keine Übernachtungsbesuche, bis ich mein Okay gebe. Alle potenziellen Kandidaten werden mir vorgestellt, und ich bekomme ein Vetorecht, okay? Vetorecht ist übelst cool, das nehmen wir gerade in Politik durch. Also? Wo willst du dir einen Mann aussuchen?«

»Ein Mann ist doch kein Kleidungsstück!«, widerspreche ich, aber meine Tochter ist jetzt richtig in Fahrt.

»Also von Online-Bekanntschaften rate ich dir ab«, sagt sie fachmännisch. »Du könntest mit anderen Frauen weggehen, aber dafür müsste eine von ihnen auch Single sein, sonst klappt's eh nicht. Ist bei einer von deinen Freundinnen vielleicht eine Scheidung in Sicht? Oder soll ich in der Schule mal rumfragen, wer einen geschiedenen Vater hat, der zu dir passen würde?«

»Ronja, das wirst du unter keinen Umständen tun. Schwör mir auf der Stelle, dass du dich da raushältst.«

»Oooch, wieso denn? Ich helfe gern.« Keine Ahnung, ob sie mich auf den Arm nimmt oder es ernst meint. »Ich hab sogar schon eine Idee. Nimm doch Theo Fontane. Ich glaub, der ist in dich verliebt, und nett ist er auch. Wenn du den heiratest, haben wir immer frische Brötchen zum Frühstück.« Sie lacht sich kaputt.

Theo Fontane betreibt eine Großbäckerei, für die ich seit ein paar Jahren die Pressearbeit mache. Wir kennen uns seit unserer Kindheit, da unsere Väter Skatbrüder sind, und haben ein recht freundschaftliches Verhältnis zueinander.

»Er ist nicht in mich verliebt«, protestiere ich heftig. »Theo und ich sind nur gute Freunde. Streng genommen ist er mein Chef, und mit seinem Chef fängt man nichts an.«

»Mensch, Mama!« Sie schlägt sich die Hand vor die Stirn. »So kriegst du nie einen ab. Theo sieht echt gut aus, und aus guten Freunden werden öfter Liebespaare. Das weißt doch jeder.«

»Wieso bist du auf einmal so eine Expertin in Sachen Liebe?«, frage ich.

»Was du schon wieder vermutest.« Ronja wirft ihre Haare nach hinten. »Ich meine doch nur. Tante Bernadette hat dir neulich auch gesagt, dass du nicht so viele Filme gucken sollst, sondern ein eigenes Happy End brauchst.«

Das Klingeln des Telefons unterbricht uns. »Gehst du bitte ran?«, sage ich.

Meine Tochter schüttelt den Kopf. »Ist sowieso für dich.«

Der Anrufbeantworter springt an. »Guten Tag, mein Name ist Julian Sandberg, ich bin Ronjas Mathematiklehrer. Ich hätte gern kurz ihre Eltern gesprochen. Bitte rufen Sie in den nächsten Tagen in der Schule an und vereinbaren einen Termin für meine Sprechstunde. Sie findet statt von …«

Die Daten, die der Mann durchgibt, höre ich nicht mehr, denn meine Tochter springt auf und fängt an zu kreischen: »Ey, was will der denn? Der muss mich übelst verwechseln. Ich hab nix gemacht. Mich als Verbrecherin darzustellen. Sorry, da komm ich nicht mit klar. Du musst dich beschweren, Mama.«

Ich wundere mich immer wieder, wie schnell die Stimmung bei Ronja kippen kann, wenn ihre Pubertätshormone Achterbahn fahren. Jedenfalls ist meine Männersuche kein Thema mehr, und das kommt mir gerade recht. »Als Verbrecherin? Ach Räuber, der Lehrer hat doch nichts dergleichen gesagt. Alles ist gut.«

»Gar nichts ist gut. Wie krass ist das denn?« Sie ist richtig aufgebracht. »Ich hab nur ein einziges Mal die Hausaufgaben vergessen, und Mathe kann ich ganz gut. Was will der Typ? Es gibt echt andere Fälle, um die er sich mal kümmern sollte.« Jetzt ist sie sogar den Tränen nahe.

»Dann wird es auch nicht darum gehen«, antworte ich.

Weitere Überlegungen kann ich nicht anstellen, denn meine Tochter fällt mir ins Wort. »Einfach zu Hause anzurufen und dich in die Schule zu bestellen, das ist so was von demütigend!« Tatsächlich, die ersten Tränen fließen.

Ich versuche sie in den Arm zu nehmen, was früher immer geholfen hat, aber Ronja reißt sich sofort los. Als würde ich versuchen, einen Kaktus zu umarmen. Den treffenden Vergleich habe ich mal in einem Artikel über die Pubertät gelesen.

»Lass mich! Du musst mir glauben, dass ich nichts verbrochen habe. Ich schwöre.«

Normalerweise müsste ich ihr sagen, wie übertrieben ihre Reaktion ist, aber aus Erfahrung weiß ich, dass Vernunft in solchen Momenten nicht hilft. Daher versuche ich sie zu beschwichtigen. »Ich glaube dir, mein Schatz. Vielleicht hat er dich ja wirklich verwechselt oder er hat ein journalistisches Anliegen an mich …«

Ronja hört schlagartig auf zu heulen. »Was denn für ein journalistisches Anliegen? Der Sandberg kennt dich doch gar nicht.«

Auch wieder wahr. »Ich rufe gleich zurück, dann wissen wir mehr.«

Als ich Anstalten mache aufzustehen, schüttelt meine Tochter energisch den Kopf und hält meine Hand fest.

»Auf gar keinen Fall. Wir springen nicht gleich, nur weil irgend so ein blöder Lehrer uns dazu auffordert. Den lassen wir schön schmoren. Zum Glück gehe ich gleich mit Papa was essen, dann komme ich auf andere Gedanken.«

Aha. Ich habe Mühe, ihr zu folgen, aber Ronja ist noch nicht fertig.

»Wir dachten alle, dass der Sandberg eigentlich ganz cool ist. Dabei scheint er ein richtiges Arschloch zu sein. Ich hasse ihn!«

»Jetzt beschimpf ihn doch bitte nicht so, ohne zu wissen, was überhaupt los ist.«

Sie schnieft. »Daran ist die ganze Schulreform schuld. Wir kriegen immer nur Druck. Das muss ich gleich Vanessa und Lucy und den anderen schreiben.«

»Wie wäre es, wenn du den Lehrer in der Schule ansprichst und erst mal fragst, was los ist?«, schlage ich vor. Aber Ronja hat sich längst verrannt. »Wie peinlich ist das denn? Ich mach mich doch nicht zum Affen vor der ganzen Klasse. Ich soll ihn auch noch fragen, warum ich von der Schule fliege?« Sie schluchzt laut auf. »*Never*!«

Druck? Schulreform? Von der Schule fliegen?

Ich komme nicht mehr mit, aber diese Logik muss man auch nicht verstehen. Das habe ich zu Beginn der Pubertät meiner Tochter gleich als Erstes gelernt. Diskutieren, Dingen auf den Grund gehen oder gar logisch denken sind bei einem akuten Anfall sinnlos. Am besten gar nichts mehr sagen, tief durchatmen, sacken lassen, auf die eigene Mitte konzentrieren, weiter atmen und abwarten, bis der Sturm vorbeigezogen ist. So oder zumindest so ähnlich stand es in einem Ratgeber, und daran versuche ich mich zu halten.

Yoga für pubertätsgeschädigte Eltern sozusagen. Atmen ist angesagt. Jetzt auch.

Also atme ich und warte auf die innere Mitte oder das mittlere Innere oder wie das noch mal genau hieß. Ich weiß es ehrlich gesagt nicht mehr.

»Was machst du denn da, Mama? Hyperventilierst du etwa?«, fragt Ronja, die wieder völlig normal klingt. Von Tränen und Empörung keine Spur mehr. »Werd bloß nicht komisch. So alt bist du nun auch wieder nicht.«

Ihr Handy vibriert zweimal. »Das ist Papa.« Sie umarmt mich kurz und strahlt schon wieder. »Ich würde ihm ja sagen, dass er raufkommen soll, aber du bist irgendwie nicht gut drauf und so soll er dich nicht sehen. Tschüss dann!«

Die Tür knallt, und weg ist sie.

Ich brauche einen Moment, bis meine innere Mitte da ist, wo sie hingehört, und koche mir erst einmal einen Kaffee. Das Telefon klingelt erneut, und diesmal gehe ich ran.

»Hallo, hier noch mal Julian Sandberg, ich habe vorhin schon auf Ihren Anrufbeantworter gesprochen«, ertönt eine nette Stimme in der Leitung. »Leider waren die Daten meiner Sprechstunde falsch, das wollte ich eben korrigieren.«

Ich seufze. Sorry, Räuber, jetzt können wir doch nicht auf Zeit spielen. Ich werde deinen Lehrer nämlich direkt fragen, was los ist.

»Ach so, ja, natürlich«, sage ich. »Wenn Sie so nett wären, mir schon mal zu sagen, worum es geht? Meine Tochter hat doch nichts angestellt, oder?«

Der Mann lacht leise. »Nein, nein, keine Sorge. Ronja ist eine ausgezeichnete Schülerin, die jedoch ihre Möglichkeiten nicht voll ausschöpft. Ich würde wirklich sehr gern mit Ihnen persönlich darüber sprechen, und Ronja sollte auch dabei sein. Vielleicht können wir sie gemeinsam davon überzeugen, ihr Licht nicht unter den Scheffel zu stellen und bei der Mathematik-Olympiade mitzumachen.«

»Mathematik-Olympiade? Davon höre ich zum ersten Mal«, erwidere ich verwirrt.

»Wirklich? Sie hat Ihnen nichts davon gesagt? Ich hätte gern, dass sie für unsere Schule antritt, aber Ronja weigert sich beharrlich. Vielleicht können wir sie ja gemeinsam davon überzeugen, ihr mathematisches Talent nicht zu vergeuden. Wann könnten Sie oder Ihr Mann denn vorbeikommen? Meine Sprechstunde ist immer mittwochs um vierzehn Uhr.«

»Ich bin geschieden«, sage ich automatisch. »Ich meine, ich kann meinen Exmann natürlich fragen, ob er ebenfalls dabei sein möchte, aber ich kann auch alleine sehr überzeugend wirken.«

Julian Sandberg lacht. »Super, dann nehme ich Sie beim Wort. Haben Sie da spezielle Argumente?«

»Klar. Im Notfall greife ich zu kleinen Tricks oder erpresserischen Maßnahmen. Weniger Geld fürs Shopping oder so.«

Er lacht wieder. »Oh, keine schlechte Methode. Sollten wir im Unterricht vielleicht auch mal anwenden. Könnte ich Sie bei Bedarf als Beraterin buchen?«

»Kommt darauf an, wie tief Sie in die Tasche greifen wollen«, gebe ich zurück. »Ich bin nicht günstig.«

»Und wir Lehrer sind grundsätzlich unterbezahlt.«

Ich räuspere mich. »Dann will ich mal darüber nachdenken. Aber meinen Sie wirklich, Räu … äh, Ronja ist ein Mathe-Ass?«

»Absolut«, antwortet er. »Meiner Meinung nach hat sie gute Chancen auf einen der vorderen Plätze beim Mathe-Wettbewerb. Wenn sie nur hinginge. Wollen wir sie gemeinsam überzeugen?«

Ich platze vor Stolz. Dass meine Tochter klug ist, wusste ich ja schon immer, aber ihr Lehrer hat sie sogar »mathematisches Talent« genannt und will sie zu einer Olympiade schicken. »Okay, ich bin dabei.«

Wir verabreden einen Termin für die nächste Woche, und ich schicke Ronja eine Kurznachricht aufs Handy: »Räuber, alles gut, dein Lehrer hat wieder angerufen, er will dich zur Mathe-Olympiade schicken. Du Genie!!! Hdl«

Ihre Antwort lässt keine Minute auf sich warten. »Vergiss es, mach ich nicht, bin doch kein Streber. Ida«

Das wollen wir doch noch mal sehen, denke ich und kehre zurück in mein kleines Arbeitszimmer. Mal sehen, was die Zeitungsleser sonst noch auf dem Herzen haben.

# 2

Lieber Dr. Gabriel,
ich habe mit dem Freund meiner besten Freundin geschlafen. Es war aber nur einmal und hatte nichts zu bedeuten. Jetzt redet sie nicht mehr mit mir. Wie kann ich sie dazu bringen, wieder meine Freundin zu sein?
Tina S.

*Liebe Tina,*
*Freundschaft und Vertrauen lassen sich nicht erzwingen. Sie haben Ihre beste Freundin enttäuscht und sehr verletzt – und damit müssen Sie leben. Sie sollten sich glaubwürdig für Ihr Fehlverhalten entschuldigen, die Umstände erklären und hoffen, dass sie Ihnen eines Tages verzeihen wird.*
*Es umarmt Sie aus der Ferne*
*Ihr Dr. Gabriel*

Am liebsten würde ich dieser Tina ja was ganz anderes schreiben. *Schämen Sie sich. Das war ein absolutes No-Go. Wenn Sie meine Freundin wären, würde ich Ihnen diesen Verrat nie verzeihen! Und umarmen möchte ich Sie eigentlich auch nicht.* Aber das geht natürlich nicht.

Ein Blick auf die Uhr zeigt, dass ich maximal noch Zeit für eine Zuschrift aus der Psycho-Postkiste habe. Den großen Umschlag mit Briefen, die mir die Redaktion hat zukommen lassen, habe ich so weit abgearbeitet, aber in meinem E-Mail-Eingangsfach sind noch acht ungelesene Nachrichten. Unter Betreff schreiben die meisten »Dr. Gabriel« oder einfach »Kummerkasten«, doch bei einer Mail bleibe ich direkt hängen. Sie lautet: »Millionär gesucht«.

Hallo Dr. Gabriel,
ich bin zweimal geschieden und habe die Illusion von der großen Liebe aufgegeben. Mir ist es lediglich wichtig, einen vermögenden Partner zu finden, damit ich gut versorgt bin. Die Einzelheiten erspare ich Ihnen, nur so viel: Ich habe bisher alles für meine Ehemänner geopfert und nichts zurückbekommen. Jetzt bin ich mal an der Reihe! Ich bin durchaus attraktiv und in den besten Jahren. Könnten Sie mir sagen, worauf reiche Männer Wert legen? Es gibt sicher einige alleinstehende Millionäre, die einsam sind, vielleicht auch geschieden oder Witwer. Einem von ihnen würde ich eine treue, ergebene Ehefrau sein, sein Alter ist mir egal, sein Aussehen auch.
Mir ist klar, dass ich gewisse Dinge (Etikette, Stil, Aussprache) beherrschen sollte, damit ich von einem solchen Mann wahrgenommen werde. Nun meine Frage an Sie: Wie lerne ich, worauf es ankommt, um eine gute Partie zu sein? Was muss ich beachten, was sagen, um einen vermögenden Mann dauerhaft an mich zu binden?
Viele Grüße
Chiara

Ich bin völlig baff. Einen solchen Brief hat Dr. Gabriel noch nie bekommen, und er eignet sich auch absolut nicht für eine Veröffentlichung. Ich lese die Mail dreimal durch und will dieser Person am liebsten antworten, dass ihr Ansinnen berechnend und unmoralisch ist. Niemals werde ich ihr auch nur einen einzigen Ratschlag erteilen. Was ist mit Liebe, Zweisamkeit, Vertrauen, Leidenschaft und Glück? Es kann doch nicht allein darum gehen, gut versorgt zu sein? Und dann auch noch der Anspruch, gleich einen Millionär zu finden. Als ob die nur auf solche Frauen warten würden … Dann fällt mir ein, dass ich ja ein verständnisvoller Psycho-Doktor bin und daher meinen Brief besonnener formulieren muss. Nach kurzem Nachdenken haue ich in die Tasten.

*Liebe Chiara,*
*geben Sie bitte den Glauben an die Liebe nicht auf. Sie wartet auf uns an den unwahrscheinlichsten Orten. Ich kann Ihre Enttäuschung nachempfinden, aber bitte lassen Sie nicht zu, dass sie Sie verbittert macht.*
*Ihre Fragen kann ich nicht beantworten, denn damit würde ich Ihr Anliegen gutheißen, was ich nicht tue. Der Gedanke, dass jemand nur heiratet, um gut versorgt zu sein, erscheint mir nicht nur berechnend, sondern auch ziemlich altmodisch – und er sollte keine Basis für eine Ehe sein. Sie wirken auf mich wie eine Frau der Tat, daher bin ich sicher, dass Sie es aus eigener Kraft schaffen können, ein zufriedenes Leben zu führen. Besinnen Sie sich auf Ihre Fähigkeiten und Stärken. Sie brauchen keinen Millionär, denn die Liebe allein macht uns glücklich und gibt uns Geborgenheit. Am Ende zählt nur sie.*
*Es umarmt Sie aus der Ferne*
*Ihr Dr. Gabriel*

Ich sende die Mail ab und hoffe, dass meine Worte der Dame zu denken geben. Dann schalte ich den Computer aus und mache mich auf den Weg zu einem weiteren beruflichen Termin – diesmal zum Glück nicht als Psycho-Doc, sondern als Helen Lindner, was mir ehrlich gesagt viel besser gefällt. Ich habe eine Besprechung in der Großbäckerei Fontane.

Schon als ich kurz vor meinem Ziel um die Straßenecke biege, schlägt mir ein köstlicher Duft entgegen. Es riecht nach frisch gebackenem Brot, nach Hefeteilchen und Zimtschnecken. Das rote Backsteingebäude würde man auch mit geschlossenen Augen finden. Es sieht ganz anders aus als damals, als ich das Büro von Theodor Fontane senior zum ersten Mal betreten habe. Früher war es ein unscheinbares Häuschen, inzwischen ist es ein imposantes Riesengebäude. Den Kontakt hat mir damals mein Vater verschafft, als der Senior bei einem ihrer Skatabende erwähnte, dass er mit seinem Sohn eine Pressemitteilung über ihre Expansionspläne verfassen wollte. Mein Vater, ohnehin nicht sonderlich begeistert darüber, dass ich meine journalistische Karriere für Mann und Kind an den Nagel gehängt hatte, empfahl mir dringend, wenigstens freiberuflich am Ball zu bleiben. So hatte ich nach meinem Gespräch mit den beiden Bäckern den ersten Presseauftrag in der Tasche. Der Artikel gefiel ihnen, und seither versorgen sie mich regelmäßig mit Aufgaben, die mal mehr und mal weniger journalistischer Natur, aber dafür stets ordentlich bezahlt sind.

Mittlerweile hat der Senior das operative Geschäft an seinen Sohn übergeben, auch wenn er noch immer jeden Tag ins Büro geht und sich weiterhin um die Backwaren kümmert. Der Junior ist überaus erfolgreich und hat im Rekordtempo im näheren Umkreis zweiundzwanzig Filialen aufgebaut. In denen liegen regelmäßig Flyer aus, außerdem erscheint vierteljährlich eine hauseigene Kundenzeitschrift, die *Brot-Rosenlady*. Für die Texte bin ich zuständig – nur für den Titel war ich es leider nicht.

Den konnte ich Fontane senior trotz intensiver Bemühungen nicht ausreden, der seinerzeit darauf bestanden hat, den Namen Theodor Fontane wenigstens »in dieser poetischen Form zu ehren, auch wenn wir keine Schreiberlinge sind«, wie er sich ausdrückte.

Ich betrete das Gebäude und steuere direkt das Büro von Theo Fontane junior auf der rechten Seite des Flurs an. Seine laute, energische Stimme ist bis nach draußen zu hören.

»Nein, Mutter. Du sollst mich nicht mehr verkuppeln. Das hat bisher kein einziges Mal geklappt.«

In der geöffneten Tür steht Marianne Fontane, eine rüstige Seniorin, die trotz ihres Alters noch sehr agil ist. Ich habe sie schon ewig nicht gesehen, aber sie wirkt wie eine richtige Dame mit ihrem eleganten dunkelblauen Kostüm und dem dazu passenden kleinen Hut. Laut meiner Mutter hat Marianne sich noch nie wie eine normale Bäckersfrau gekleidet, obwohl sie früher die Buchhaltung gemacht und auch sonst überall mit angepackt hat.

»Ach, die Helen«, begrüßt sie mich und zeigt auf ihren Sohn, der mit verschränkten Armen hinter seinem Schreibtisch sitzt. Das brünette Haar hat er wie immer ordentlich hinter die Ohren gegelt, Anzug und Hemd sitzen tadellos. »Was können wir für dich tun?«

»Hallo, Frau Fontane. Ich mache doch die Pressearbeit für die Bäckerei.«

»Richtig. Obwohl ich mich frage, wofür das gut ist. Die Kunden lieben unsere Backwaren sowieso.«

»Mutter«, mischt sich Theo ein und macht eine entschuldigende Geste in meine Richtung. »Wir müssen unsere Neuheiten bekannt machen, und Helen hilft uns bei den Texten.«

Marianne Fontane zuckt mit den Schultern. »Wenn ihr meint …«

Ich bleibe abwartend im Flur stehen. »Soll ich später noch mal vorbeikommen?«

»Nein, nein, meine Mutter wollte gerade gehen«, gibt der Junior zurück, aber die kommt dadurch erst richtig in Fahrt.

»Helen, jetzt schau dir mal meinen Theo an. Noch immer Junggeselle! Wenn er nicht langsam heiratet und ein paar Kinder zeugt, dann haben wir für den Betrieb keinen Erben. Die Uhr tickt.«

Theo junior verdreht die Augen. »Mutter! Würdest du endlich damit aufhören, alle Leute mit unserem Privatleben zu behelligen? Entschuldige bitte, Helen.«

»Ich gehe erst, wenn du mir versprichst, dass du an dem Abendessen teilnimmst«, beharrt Marianne Fontane. An mich gewandt, fügt sie hinzu: »Helen, vielleicht kannst du meinen Sohn ja zur Vernunft bringen. Meine alte Freundin Margret und ihre Tochter Cassandra kommen übernächsten Freitagabend zu Besuch, da gebe ich ein kleines Essen. Cassi wäre eine tolle Partie für meinen Theo. Sie ist klug, attraktiv, gebildet, charmant und vor allem noch zu haben.«

»Wenn sie wirklich so toll ist, warum ist sie dann noch zu haben?«, rutscht es mir heraus. Theo grinst und hebt den Daumen, während meine Wangen rot anlaufen. »Oh, Entschuldigung, das war unpassend.«

Prompt fange ich mir einen missbilligenden Blick von Marianne Fontane ein. »Du kennst sie nicht«, sagt sie.

»Cassandra arbeitet sehr viel, sagt Margret. Sie ist Managerin in einem Konzern. Margret findet auch, dass mein Theo genau der richtige Mann wäre, damit Cassandra endlich eine Familie gründet. Wo soll er denn sonst eine so gute Partie finden?«

»Warum laden wir nicht Helen zu dem Essen ein, Mutter? Sie würde ich auf der Stelle heiraten.« Theo zwinkert mir zu. »Sie hat mich nur noch nicht erhört. Kommt aber bestimmt noch.«

Ich verdrehe die Augen. Jetzt fängt er schon wieder an zu flirten. Theo und ich pflegen einen sehr lockeren Umgangston miteinander, doch vor seiner Mutter ist mir das ziemlich peinlich.

»Ach, tatsächlich?« Frau Fontane mustert mich prüfend von unten bis oben. Ich bin sicher, dass ich in ihren Augen mit besagter Cassandra nicht mithalten kann. »Ich hätte nie gedacht, dass zwischen euch etwas läuft.«

»Zwischen uns läuft gar ni …«, protestiere ich.

Theo fällt mir ins Wort. »Du musst nicht alles wissen, Mutter. Jedenfalls wäre Helen meine erste Wahl.«

»Ja, aber«, sie wendet sich zu mir um, »du bist doch geschieden!«

Ich nicke.

»Hast du denn kirchlich geheiratet?«

Ich nicke wieder, ohne zu verstehen, worauf sie hinauswill.

»Und ein Kind hast du auch?«, fragt Frau Fontane weiter.

Ich nicke zum dritten Mal. »Richtig.«

Theo winkt ab. »Siehst du, Mutter, damit wäre das Erbe gesichert.«

»Was? Unser Erbe? Es wäre nicht dein Fleisch und Blut.« Seine Mutter ist blass geworden. »Das geht nicht.

Weiß dein Vater von deinen Plänen? Ein fremdes Kind kann unmöglich die Bäckerei erben.«

Eigentlich sollte ich ihr zustimmen und dieses alberne Gespräch beenden, aber wenn es Ronja betrifft, dann gehe ich auf die Barrikaden. »Warum denn nicht?«, frage ich kampfeslustig. »Etwa auch dann nicht, wenn Theo und ich verheiratet wären und keine eigenen Kinder bekommen würden?«

»Rein hypothetisch«, beteuert der Junior grinsend. »Denn wir könnten es durchaus.«

Marianne Fontane schürzt die Lippen. »Das steht hier doch gar nicht zu Diskussion. Du könntest meinen Theo gar nicht kirchlich heiraten, da du nach Ansicht der Kirche noch verheiratet bist.«

»Von wegen, ich bin rechtmäßig geschieden.«

»Nicht für uns. Wir Fontanes sind katholisch.«

Was für eine schwachsinnige Begründung. »Na und? Heißt es denn nicht ›liebe deinen Nächsten‹?«, frage ich mit Unschuldsmiene.

Theo grinst. »Auf jeden Fall. Liebe deinen Nächsten, also auch Helen.«

Seine Mutter wird energischer. »Natürlich, aber die katholische Kirche akzeptiert keine Scheidung. Regeln sind nun mal Regeln.«

Mit einem gespielten Seufzen erwidere ich: »Ganz schön altmodisch, finden Sie nicht? Aus Pflichtgefühl sollte niemand jahrelang aneinandergekettet sein. Liebe und Respekt halte ich für viel wichtiger. Tja, Theo, dann wird wohl doch nichts aus uns. Du musst dir wen anders suchen, und wir sollten uns langsam mal dem Beruflichen widmen.«

»Ach Mutter, jetzt hast du Helen vergrault.« Er schnalzt mit der Zunge. »Das machst du mit meinen Freundinnen immer. Dabei sollte dir mein Glück wichtiger sein als alles andere. Keine ist dir gut genug für mich.«

Frau Fontane mustert mich erneut. »Doch, nur leider ist Helen nicht mehr rein.«

»Sie meinen, wie eine Jungfrau?« Ich blicke sie ungläubig an. Das kann sie unmöglich ernst meinen. In welchem Jahrhundert lebt die Frau eigentlich?

»Wir könnten genauso gut in wilder Ehe leben«, schlage ich vor und weiß selbst nicht, was mich gerade reitet.

»Au ja!« Theo steigt voll darauf ein. »Wilde Ehe ist eine echte Alternative.«

»Niemals. Das akzeptiert die Kirche nicht«, widerspricht seine Mutter mit schriller Stimme.

»Dann trete ich eben aus der Kirche aus.«

Ihr Sohn wirkt fest entschlossen, und die arme Bäckersfrau scheint einer Ohnmacht nahe.

»Wie bitte? Um Gottes willen. Was würden denn dann die Leute sagen? Deinen Vater würdest du damit direkt ins Grab bringen. Pfarrer Auerberg wäre entsetzt. Und ich …« Ihre Stimme bricht, und nun tut sie mir fast leid.

»Das alles wollen wir natürlich nicht«, beschwichtige ich und versuche dabei ernst zu bleiben. »Zu viele Hindernisse, lieber Theo. Lassen wir's eben bleiben.«

Resigniert zuckt Theo mit den Schultern. »Na gut, Mutter, du hast gewonnen. Bleibt mein Glück eben auf der Strecke. Du hast es so gewollt.«

Sie kapiert immer noch nicht, dass wir sie auf den Arm nehmen, und verzieht die Mundwinkel. »Ich glaube nicht, dass es viel bringen würde, aber wir könnten vielleicht einen Beichttermin für Helen arrangieren …«

Einen Beichttermin?

An dieser Stelle beschließe ich, dass wir uns genug amüsiert haben. »Vielen Dank, aber das ist nicht möglich. Ich schlage daher vor, dass Theo diese Casablanca trifft. Ich lasse ihr gerne den Vortritt. Zwischen uns bleibt es bei einer rein beruflichen Beziehung. Es macht mir nichts aus, wirklich nicht.«

Theo sieht aus wie ein Kind, dem jemand das Lieblingsspielzeug weggenommen hat. »Das ist mein Schicksal«, sagt er geknickt. »Eine Liebe, die nicht sein darf. Wie bei Romeo und Julia.«

Während seine Mutter noch überlegt, wie sie die Situation einschätzen soll, betritt Theodor Fontane Senior schwer atmend den Raum. Bei meinem Anblick lächelt er strahlend.

»Gut, du bist schon da. Entschuldigt bitte die Verspätung, aber der Doktor wollte noch ein paar Untersuchungen machen.«

»Ist alles in Ordnung, Theodor?«, fragt Marianne Fontane besorgt.

Ihr Mann winkt ab. »Ja, bloß die üblichen Wehwehchen. Was habe ich verpasst?«

Perfektes Timing.

»Noch nicht viel«, antworte ich. »Wir wollten uns gerade mit den Texten befassen. Die alleinerziehenden geschiedenen Julias von heute müssen nämlich Geld verdienen.«

»Vorher möchte ich euch allerdings noch mitteilen, dass ich eine Entscheidung getroffen habe«, mischt sich Marianne Fontane mit energischer Stimme ein. »Da unser Sohn dich offenbar sehr gernhat, Helen, wovon ich wirklich keine Ahnung hatte, möchte ich dich zumindest näher kennenlernen. Danach sehen wir dann weiter.

Komm doch bitte ebenfalls zu dem Abendessen. Übernächsten Freitagabend um neunzehn Uhr.«

Der Senior wirkt überrascht, nickt aber erfreut. »Wir haben Helen alle sehr gern. Eine schöne Idee, Marianne.«

Ich bin nicht sicher, ob er versteht, was hier gerade vor sich geht, doch ich werde ihn garantiert nicht über den Unsinn aufklären, den wir gerade verzapft haben. »Nein, vielen Dank«, sage ich rasch. »Das ist nicht nötig.«

»Doch«, beharrt Marianne, und ihr Ton duldet keinen Widerspruch.

»Perfekt.« Auch Theo junior wirkt erfreut. »Ich werde dich abholen, und wir machen uns einen schönen Abend.«

Was hab ich mir denn da wieder eingebrockt?

»Nein, hören Sie, das war alles nur Spaß«, erkläre ich verlegen.

Marianne Fontane sieht mich streng an. »Spaß? Spielst du etwa mit den Gefühlen meines Sohnes?«

»Natürlich nicht«, beeile ich mich zu sagen. »Das ist der locker spielerische Umgangston zwischen uns.«

»Mit der Liebe spielt man nicht.« Theos Mutter spitzt missbilligend die Lippen. »Nun ja, du arbeitest nun schon so lange für uns, da wirst du meine Einladung sicher nicht ausschlagen, nicht wahr?«

Irgendwie empfinde ich ihre Worte als versteckte Drohung, mir den Job zu kündigen. Das wäre in meiner Situation katastrophal, denn auf die Honorare der Fontanes bin ich angewiesen.

»Meiner Marianne schlägt niemand etwas ab«, bekräftigt Theodor senior.

»Allerdings weiß ich noch nicht, ob ich einen Babysitter für meine Tochter finde. Sie bleibt abends nicht gern allein«, lüge ich schnell, weil mir keine andere Ausrede einfällt. Ronja würde mich erwürgen, wenn sie das wüsste.

»Kein Problem«, macht Theos Mutter meine Ausrede zunichte. »Bring sie ruhig mit. Ich habe die Kleine das letzte Mal gesehen, als sie noch auf deinem Schoß saß. Mittlerweile dürfte sie ein wenig älter sein.«

Ja, ein wenig. Auf meinem Schoß sitzt sie schon lange nicht mehr. Leider.

»Es ist also abgemacht, wir sehen uns übernächsten Freitag.« Marianne gibt mir die Hand und küsst Theo junior auf die Wange.

»Ich bringe dich noch zum Auto, Liebes.« Theodor senior wirkt sehr zufrieden, als er seine Frau nach draußen geleitet, während sein Sohn mich mit einem Lächeln mustert.

»Das wird lustig.« Er strahlt. »Dann kannst du mich vor Mutters Kuppelversuchen bewahren.«

»Vielleicht will ich das gar nicht«, antworte ich. »Ich bin sicher, du kannst dich selbst ganz gut wehren. Sag ihr einfach die Wahrheit.«

»Aber solange ich Single bin, hört sie nicht damit auf«, meint der Junior. »Kannst du nicht vorbeikommen und ein wenig mitspielen? Das hat gerade solchen Spaß gemacht. Bitte! Wir lassen Mutter in dem Glauben, zwischen uns könnte sich etwas anbahnen, dann lässt sie mich in der nächsten Zeit in Ruhe. Irgendwann sage ich ihr dann, dass wir doch nur gute Freunde bleiben wollen, weil wir nicht zueinander passen.«

»Am Ende gefährde ich damit meinen Job hier bei euch. Nein, ich will Privates und Berufliches trennen.«

Theo lächelt charmant. »Ich verspreche dir, dass du deinen Job bei uns behältst. Du würdest mir wirklich sehr helfen, wenn du an dem Essen teilnimmst. Rein freundschaftlich. Ich werde auch nie mehr behaupten, dass zwischen uns etwas läuft. Bitte!«

Eigentlich will ich widersprechen, doch dann fallen mir die Worte meiner Tochter und meiner Cousine ein, dass ich mehr unter Leute gehen und mich amüsieren soll, also nicke ich. »Okay, meinetwegen. Aber nur unter der Bedingung, dass ich als deine gute Freundin vorgestellt werde. Ich will auf keinen Fall, dass jemand aus deiner Familie falsche Schlüsse zieht.«

Als er lächelt, funkeln seine Augen. »Natürlich. Unter Freunden, aber mit gewissen Optionen?«

»Theo!«

»Schon gut.« Er hebt die Arme. »Sieh mich gefälligst nicht wie ein Monster an, das dich fressen will. Mit Optionen meinte ich nur, dass wir keine Hellseher sind und nicht wissen, wie sich die Sache zwischen uns entwickelt. Richtig?«

Ich lasse es so stehen. »Okay, aber jetzt sollten wir endlich anfangen zu arbeiten. Was steht an?«

Nachdem Theo junior sich wieder an den Schreibtisch gesetzt hat, holt er ein Plakat heraus, auf dem nur ein einziges fett gedrucktes Wort steht: »Kerni-Knuspi-Knacki-Kuss.«

»Wir haben ein neues Körner-Croissant kreiert«, sagt er nicht ohne Stolz. »Dafür brauchen wir noch einen Namen. Das hier ist unser Favorit, aber wir wollten wie immer dein Fachurteil dazu hören.«

Bitte nicht.

Mein sogenanntes »Fachurteil« ist also mal wieder gefragt.

Es ist ein Klacks für mich, Texte für die *Brot-Rosenlady* zu schreiben oder Werbeslogans für die Flyer zu erfinden.

Wenn die Fontanes dagegen ein neues Produkt kreieren und es um den Namen dafür geht, kommt es jedes Mal zu einem erbitterten Kampf zwischen uns. Die Frage nach meinem vermeintlichen Fachurteil ist in Wahrheit nichts anderes als der Wunsch, »Bravo, super, was für ein toller Name!« von mir zu hören, den ich in den meisten Fällen leider nicht erfüllen kann.

Vater und auch Sohn verstehen nicht, dass sich die Kunden Fantasiebezeichnungen wie »Kerni-Knuspi-Knacki-Kuss« nicht merken können und es auch nicht wollen. Insbesondere der Senior hält sich für besonders innovativ, wenn er das Rosinenstütchen »Sini-Tini« nennt oder die Laugenstange »Li-La-Lan-Ge«. So manches Mal habe ich mich heftig ins Zeug legen müssen, um den Kunden derlei Fantasiekonstrukte ersparen zu können. Bei anderen Produkten, wie dem »Black Forrest Pump« für ein Schwarzbrot und »Fontanes Feder« für einen Hefezopf, habe ich irgendwann aufgegeben, denn immer nur Nein zu sagen, wäre auch nicht klug.

»Ah, Theo hat dir schon den ›Kerni-Knuspi-Knacki-Kuss‹ präsentiert.« Theodor senior ist zurück und strahlt mich an. »Wie findest du den Namen? Ich darf bescheiden zugeben, dass er von mir stammt. Genauso wie das Produkt.«

Oje, auch das noch. Wenn der Senior etwas erfindet, sollte man möglichst gar nicht daran rütteln. Ich besinne mich auf meine bisher erfolgreichste Taktik und hoffe, dass sie auch diesmal funktioniert. Er muss von alleine darauf kommen, dass der Name nicht besonders geeignet ist.

»Grundsätzlich finde ich Alliterationen ja super«, beginne ich.

»Alli … was?« Theodor Fontante senior versteht nicht ganz.

»Alliterationen, wenn alle Wörter mit dem gleichen Buchstaben beginnen. Kerni. Knuspi. Knacki. Kuss. Toll ausgedacht.«

Er grinst über das ganze Gesicht. »Da staunst du, was? Ich möchte nur betonen: mit Realschulabschluss und nicht wie mein Sohn mit Abitur und Studium. Talent ist eben Talent. Ganz wie unser hochverehrter Namensvetter.«

»Ja, super«, stimme ich zu. »Aber vielleicht sollten wir noch einmal darüber nachdenken, ob es wirklich klug ist, ein Croissant mit vier verschiedenen Wörtern zu beschreiben.«

»Mit Körnern. Noch ein K.«

»Genau. Mit Körnern.« Ich überlege, ob ich direkt mit der Tür ins Haus fallen soll. »Ich meine, Croissant ist französisch, und die Leute lieben französische Wörter. Sie denken dann an die südländische Lebensart, an das Mittelmeer und den Eiffelturm. Was assoziieren wir zum Beispiel mit kernig? Oder mit knusprig?«

»Eine leckere Frau zum Anbeißen«, antwortet Theo junior wie aus der Pistole geschossen. »So wie dich.«

Der Vater schlägt seinem Sohn anerkennend auf den Rücken. »Du hast es erfasst, mein Lieber.«

Okay. Er anscheinend nicht. Ich versuche es weiter. »Was verbinden wir mit Knacki? Einen Gefängnisinsassen, oder etwa nicht? Das passt irgendwie nicht recht zusammen.«

Schallendes Gelächter. »Das hat aber lange gedauert, Helen. Ich habe mich schon gefragt, wo dein pfiffiger Verstand heute abgeblieben ist. Der kleine Kerl ist zum

Anbeißen lecker, so sehr, dass man sein Gefangener wird, kapiert? Und wenn man reinbeißt, ist es wie ein Kuss. Genial, was? Ich sollte Bücher schreiben.«

Theo junior sieht mich fragend an, und ich hoffe, dass wenigstens er langsam realisiert, was ich den beiden eigentlich sagen möchte.

»Wenn ich bei euch im Laden stehe«, beginne ich vorsichtig meine Ausführungen, »würde ich viel lieber ein Körner-Croissant bestellen, anstatt mir Kerni-Knasti-Dingsda zu merken. Das ist viel zu kompliziert.«

Theodor Fontane hält sein Plakat wieder hoch. »Sprich mir nach, dann lernst du es schneller: Kerni-Knuspi-Knacki-Kuss, Kerni-Knuspi-Knacki-Kuss, Kerni-Knuspi … Helen, du machst ja gar nicht mit. So schwer ist es nun auch wieder nicht.«

»Ich will es gar nicht lernen«, sage ich und merke selbst, dass ich langsam ungeduldig werde. »Es ist völlig übertrieben, ein einfaches Croissant so zu nennen. Wenn die Kunden morgens in eine Bäckerei gehen, dann sind sie meist noch müde und in Eile. Sie wollen sich nicht mit komplizierten Fantasienamen beschäftigen, sondern ihr Frühstück möglichst schnell und problemlos bestellen. Der Name ist viel zu lang. Das ist mein Fachurteil dazu.«

»Vielleicht ist der Name tatsächlich zu lang, Papa«, pflichtet mir der Junior bei.

Sein Vater sagt einen Moment lang nichts, und ich fürchte schon, dass er zutiefst beleidigt ist. Bekomme ich jetzt die Kündigung? Doch dann erhellt sich sein Gesicht. »Ich sehe es anders, aber ich will eurem Glück nicht im Weg stehen.«

Unserem Glück?

»Einen Streit kann derzeit sicher niemand gebrauchen, daher werde ich mich fügen und den Namen verkürzen. Was findet ihr besser: Kerni-Knuspi oder Knacki-Kussi?«

»Oder Kerni-Kuss?«, antwortet der Junior mit einem fragenden Blick auf mich. »Helen? Dein Urteil?«

Langsam habe ich die Nase voll. Sollen sie doch machen, was sie wollen. »Wie wäre es mit Knast-Kumpel?«, gebe ich kampfeslustig zurück. »Ihr hört doch sowieso nicht auf mein Urteil, deshalb haltet mich bitte aus der Namensfindung heraus. Ich frage mich, wann ihr auch noch die normalen Brötchen umbenennen werdet, um eure Kunden vollkommen zu verwirren? In Goldhamster oder so.«

Ich bin jetzt wirklich sauer, und es ist mir egal, ob hier mein Job auf dem Spiel steht. Warum fragen sie mich überhaupt nach meiner Meinung, wenn sie sowieso alles alleine durchziehen?

Während Theo junior leise lacht, sieht mich sein Vater begeistert an. »Weißt du, Helen, deshalb mag ich deine Mitarbeit so sehr. Du hast immer unglaublich gute Ideen. Und du gibst nicht auf. Natürlich können die normalen Brötchen nicht Goldhamster heißen. Das sind beliebte Haustiere für Kinder, die will keiner verspeisen. Aber du hast recht. Die Kunden sollten viel mehr eingebunden werden, wenn es um unsere Produkte geht. Wir werden einen Wettbewerb ausschreiben und die Leute dazu aufrufen, uns Namensvorschläge für die Brötchen einzureichen. Und das Croissant nennen wir genau so, wie du es vorgeschlagen hast: Körner-Kumpel. Na, zufrieden?«

# 3

Hallo Dr. Gabriel,
besten Dank für Ihre Antwort, aber das sehe ich ganz anders. Ich will niemanden anlügen, sondern nur meine Chancen erhöhen, an die High Society ranzukommen. Warum sollte mich kein Millionär haben wollen, wenn ich parkettsicher bin und auch sonst die Voraussetzungen erfülle?
Ich wollte Sie nur wissen lassen, dass ich trotz Ihrer Einwände bei meinem Vorhaben bleiben werde. Ich respektiere Ihren Standpunkt und werde mir anderweitig Hilfe suchen.
Viele Grüße
Chiara

»Stellen Sie sich das mal vor. Die Frau zieht das eiskalt durch. Wie berechnend ist das denn?« Ich sitze bei meinem Chefredakteur im Büro und schiebe ihm die ausgedruckten Mails vor die Nase. Er hat mich zu einer kurzen Themenbesprechung in die Redaktion beordert, und ich hege die leise Hoffnung, dass sich endlich etwas in Sachen Redakteursstelle tut. »Das werde das mit Ihrem Einverständnis am Samstag nicht veröffentlichen.«

»Hm«, sagt Zeidler und runzelt die Stirn. »Sehr offene Worte, wir sollten darüber berichten.«

Ich bin entsetzt. »Auf keinen Fall! Was glauben Sie, welche Debatte wir mit dem Brief bei den Lesern auslösen. Ich möchte meine Glaubwürdigkeit als Dr. Gabriel nicht verlieren und ausschließlich seriöse Probleme behandeln.«

Er nickt. »Für den Kummerkasten ist das tatsächlich nichts, aber es ist eine gute Geschichte.«

»Ja, für eine Seifenoper. Wie will diese Frau das denn anstellen? Will sie nach Sylt fahren, Golfen lernen und nur noch In-Lokale besuchen?«

Der Chefredakteur zieht an seiner blau gestreiften Krawatte, die wie immer perfekt zu dem Einstecktuch an seinem Sakko passt. Er ist sehr attraktiv, und das weiß er auch. »Keine schlechte Idee«, sagt er. »Hätten Sie es ihr doch geraten.«

»Ich bin Psychologe und kein Kuppler!«, rufe ich und merke selbst, wie absurd das klingt. »Ich meine natürlich Doktor Gabriel, nicht ich.«

»Wenn man's genau nimmt«, Zeidler sieht mir tief in die Augen, »ist er das ja auch nicht, weil es ihn gar nicht gibt. Letztlich sind wir genau wie diese Chiara, wir machen den Leuten etwas vor.«

»Aber das ist doch etwas völlig anderes«, protestiere ich. »Wir bemühen uns zu helfen und wollen keine persönlichen Vorteile daraus ziehen.«

Mein Boss nickt. »Deshalb ist Chiaras Vorhaben richtig interessant. Sind Sie eigentlich wieder in festen Händen?«, fragt er und mustert mich mit seinen blauen Augen eindringlich.

Wie soll ich das verstehen? »Wieso?«

»Sie sind doch geschieden. Haben Sie einen Freund? Sie sind eine überaus attraktive Frau.«

Ich werde rot. Wieso wechselt er jetzt das Thema und will so etwas Privates von mir wissen? »Öhm«, fange ich an zu stottern, »n-nein, derzeit nicht.«

»Das trifft sich super.«

»Ach ja?« Entdeckt Zeidler etwa gerade sein Interesse für mich? Was ist denn auf einmal mit den Männern los? Erst Theo und nun er? Hat Ronja etwa hinter meinem Rücken doch die Vermittlerin gespielt?

Er deutet auf die Seiten, die ich ihm vorgelegt habe. »Wir brauchen regelmäßig eigene gute Geschichten. Und das hier ist eine, das spüren Sie doch, oder?«

Nach wie vor weiß ich nicht, worauf er hinauswill. »Na ja …«

»Frau Lindner, Sie wollen doch bei uns als Redakteurin arbeiten, oder?«

Ich nicke, und das ungute Gefühl beschleicht mich, gerade in eine Mausefalle zu tappen. »Wieso? Ist etwas frei?«

»Derzeit nicht, aber demnächst wird sich etwas tun«, sagt er und zündet sich eine Zigarette an.

Ich hasse es, wenn jemand in meinem Beisein raucht, aber es ist sein Büro und er ist der Boss.

»Sie brauchen eine echte Knaller-Geschichte, die Ihnen im Haus Anerkennung bringt. Diese Kummerkastenkiste hat ja mit Journalismus nichts zu tun. Aber wenn Sie mir aus der Nummer hier eine tolle Story machen, dann gehört die nächste Redakteursstelle Ihnen.«

Wieder nicke ich brav. »Und die Knaller-Geschichte …?«

Er fällt mir ins Wort. »Das liegt doch klar auf der Hand: Sie angeln sich einen Millionär.«

»Wie bitte?«

Zeidler grinst und entblößt eine Reihe perfekter Zähne. »Diese Chiara mag berechnend sein, aber sie ist sicher nicht dumm. Unsere Leser und mich würde interessieren, ob ihr Plan tatsächlich funktioniert. Genau das werden Sie für uns recherchieren.«

In meinem Gesicht zuckt ein Muskel. »Sie meinen, ich soll zu der Frau Kontakt aufnehmen und sie fragen, ob ich sie dabei … beobachten kann, wie sie sich an irgendwelche reichen Typen ranmacht?«

Der Chefredakteur zieht genüsslich an seiner Zigarette. »Natürlich nicht. Damit würden Sie ja die Identität von Doktor Gabriel preisgeben und unseren Kummerkasten unglaubwürdig machen. Wie gesagt, Sie sind sehr attraktiv und clever dazu. Finden Sie's selbst heraus. Treiben Sie sich überall dort herum, wo sich reiche Menschen aufhalten, eignen Sie sich all das an, was man braucht, um in der High Society zu bestehen, und dann finden Sie heraus, ob es wirklich so einfach ist, sich einen stinkreichen Typen zu angeln, wie unsere Leserin glaubt.«

»Das ist ja wohl nicht Ihr Ernst«, widerspreche ich entsetzt. »Ich kann mir doch nicht für einen Artikel einen Mann angeln. Außerdem wäre ich niemals so berechnend, um einen solchen Plan zu verfolgen. Ich spiele nicht mit den Gefühlen anderer. Geld ist nicht alles.«

»Jetzt übertreiben Sie mal nicht.« Zeidler drückt die Zigarette aus und beugt sich über seinem Schreibtisch in meine Richtung. »Sie sollen niemanden betrügen und müssen auch keine neue Identität annehmen. Soweit ich die Dame hier verstehe, hat sie das auch nicht vor. Sie will nur in gewissen Kreisen verkehren, und das kann ihr niemand verbieten. Und Ihnen auch nicht. Natürlich dürfen Sie niemandem verraten, dass Sie bloß für einen Artikel recherchieren, und selbstverständlich werden wir alle Namen und Orte verfremden. Wer weiß? Vielleicht verlieben Sie sich ja selbst in einen Millionär? Meinen Segen haben Sie, solange eine gute Geschichte dabei rumkommt.«

Das ist ja wohl die Höhe. »Aber ich will nicht!«, blaffe ich. »Ich will keine Männer anmachen und ihnen etwas vortäuschen.«

»Na, na, na.« Mein Boss hebt die Hände und lacht. »Bis zum Orgasmus müssen Sie nicht gehen.«

Ich springe auf. »Mir reicht's.«

»Setzen Sie sich wieder.« Er amüsiert sich immer noch prächtig. »Das war nur ein Scherz. Ich will eine gute Story, wir müssen Auflage machen. Sie können frei entscheiden, wie Sie die Sache angehen. Versprochen. Warum glauben Sie überhaupt, dass der Plan von dieser Chiara nicht funktionieren kann?«

»Erstens weil die Reichen meiner Meinung nach unter sich bleiben wollen. Gleich und gleich gesellt sich gern, nicht wahr? Zweitens möchten sich die Menschen nichts vormachen lassen.«

»Perfekt.« Mein Boss ist zufrieden. »Ich habe eine Nase für gute Geschichten, und das hier ist eine. Mischen Sie sich unter die Millionäre, und finden Sie heraus, wie Sie behandelt werden. Nach Sylt oder Monaco können wir Sie natürlich nicht schicken, dafür hat die Zeitung kein Geld. Aber bestimmt gibt es auch ganz in der Nähe ein paar geile reiche Knacker. Aber checken Sie ja zuerst deren Kontostand, hahaha.« Zeidler amüsiert sich offenbar prächtig.

»Das würde ich niemals tun«, sage ich empört.

»Sie gehen wohl zum Lachen in den Keller, was?« Er verzieht das Gesicht.

Mir liegt eine bitterböse Antwort auf der Zunge, aber ich bin leider auf den Job hier angewiesen. Einen letzten Versuch starte ich noch. »Ich halte es für unrealistisch. Die Geschichte vom Firmenboss und dem einfachen Büromädchen funktioniert nur im Kino.«

Durch meinen Einwand kommt der Chefredakteur erst richtig in Fahrt. »Ist doch super! Es gibt zwei mögliche Ausgänge. Chiara glaubt an den positiven, Sie an den negativen. Das ist doch mal eine Story, die jeden interessiert. Berichten Sie von Ihren Erfahrungen. Wo trifft man die High Society? Wie geben sich diese Leute? Ist es möglich, an einen Millionär ranzukommen? Flirten Sie einfach ein bisschen, schließlich haben Sie keinen eifersüchtigen Partner. Mehr verlange ich doch gar nicht. Wenn Sie bei uns arbeiten wollen, müssen Sie schon auch mal was riskieren.«

»Das klingt ja, als ob ich eine Krisenherd-Reporterin wäre.«

Alle meine Argumente prallen an Zeidler ab. »Sie wollen doch eine gute Journalistin sein, oder? Beweisen Sie es. Wir haben ein Spesenkonto, auf das Sie bei Bedarf zugreifen können, es darf nur nicht zu teuer werden. In sechs Monaten gehen zwei Kollegen in den Ruhestand, da werden wir die Redaktion neu strukturieren müssen. Das ist Ihre Chance. Ich glaube an Sie.«

Das sitzt.

Mein Boss hat gleich mehrere richtige Knöpfe gedrückt, und an seinem Grinsen erkenne ich, dass ihm das bewusst ist. »Gute Journalistin«, »Spesenkonto« und »ich glaube an Sie« sind Signalwörter, denen ich nicht widerstehen kann.

»Wenn Sie Ihre Sache gut machen, dann haben Sie den Job«, setzt er noch eins obendrauf. »Außerdem gibt es ein gutes Honorar dafür.«

Ich überdenke meine Möglichkeiten. Wenn ich jetzt Nein sage, habe ich es mir mit ihm verscherzt, so viel ist klar. Dann kann ich den Traum von der Redakteurin begraben. Trotzdem muss ich eine Sache noch klarstellen.

»Okay, ich mach's«, sage ich, »aber nur unter einer Bedingung: Ich werde mich nicht unter die vermögenden Männer mischen, um mir einen Ehemann zu suchen.«

»Natürlich nicht.« Der Chefredakteur sieht mich an wie ich meine Tochter bei einem ihrer pubertären Anfälle. »Aber jetzt ran an die Arbeit, sonst setz ich wen anders dran.«

Damit hat er mich endgültig an der Angel, und mir bleibt nichts anderes übrig, als mich diesem Auftrag zu widmen.

Zu Hause angekommen, bin ich noch immer fassungslos und muss auf der Stelle mit jemandem reden. Normalerweise spreche ich mit niemandem über die Kummerkasten-Post, aber heute brauche ich die Meinung und Unterstützung einer vertrauten Person. Ein Stein fällt mir vom Herzen, als Bernadette nicht lange zögert und noch am selben Nachmittag vorbeikommen will.

»Hast du endlich einen tollen Mann kennengelernt, bist du auch schwanger, oder ist Ronja von zu Hause ausgerissen?«, will sie vorab am Telefon wissen.

Sie ist im achten Monat, und ich freue mich schon auf die Zeit, wenn sie Mutter ist.

»Nichts von alledem, aber beeil dich bitte. Und wundere dich nicht, wenn ich gleich Alkohol in mich reinschütte.«

»Gleich so schlimm? Okay, ich rolle mich zu dir rüber.«

Eine halbe Stunde später sitzen wir am Esstisch unter dem Küchenfenster und trinken Tee. Die Flasche Tequila, die ich demonstrativ auf die Theke platziert habe, hat Bernadette in den Kühlschrank gestellt.

»Erst erzählst du mir, was passiert ist, dann sage ich dir, ob du dich betrinken darfst. Wenn ja, kommt Räuber nachher mit zu mir, nicht dass sie sich noch ein Beispiel an dir nimmt.«

Bernadette ist zwar jünger als ich, aber manchmal kommt sie mir viel älter und weiser vor.

»Also, schieß los«, sagt sie, und ich fange an zu berichten.

Bernadette hat die positive Angewohnheit, niemanden zu unterbrechen und sich erst alles in Ruhe anzuhören, so auch jetzt. Als ich bei meinem absurden Auftrag ankomme, reagiert sie jedoch völlig unerwartet. Anstatt mir beizupflichten, wie bescheuert diese Recherche sein wird, fängt sie an zu lachen und ist total begeistert.

»Eine super Idee ist das. Wenn ich nicht glücklich verheiratet und hochschwanger wäre, ich würde glatt mitkommen.«

Ich habe mich wohl verhört. »Du findest den Auftrag super? Hast du denn nicht gehört, was ich da alles machen muss? So tun, als würde ich zu den Reichen gehören.«

»Na ja, nicht wirklich. Du sollst dich nur entsprechend benehmen und dich in deren Kreisen souverän bewegen, so habe ich das jedenfalls verstanden. Dann wartest du ab, was passiert, und schreibst darüber. Es gibt echt schlimmere Jobs.«

Entgeistert sehe ich sie an. »Aber das ist doch keine ernsthafte Recherche. Ich komme mir vor wie eine Hochstaplerin.«

»Quatsch!« Bernadette trinkt einen Schluck Tee und legt dann ihre Hand auf den Bauch, der schon ziemlich dick ist. »Betrachte es einfach als großen Spaß, und denk an die coolen Locations, die du mit dem Geld von dem Spesenkonto bereisen darfst«, antwortet Bernadette. »Wie wär's mit Ibiza oder Sylt?«

Ich schüttele den Kopf. »Da darf ich leider nicht hin.«

»Okay, also eher ein Schickimicki-Club oder eine ganz feine Party?«

»Ja, vermutlich eher so was. Ich komme mir jetzt schon blöd vor. Was soll ich denn da? Wie erkenne ich die Reichen überhaupt? Und was sage ich dann? Etwa: ›Hallo, sind Sie Millionär und zufällig noch zu haben? Könnten Sie sich vorstellen, eine normale Frau zu heiraten? Nein, nein, nicht mich, nur so grundsätzlich. Wissen Sie, ich will einen Zeitungsartikel darüber schreiben.‹ Echt 'ne Riesenidee!«

Meine Cousine winkt ab. »Am besten, du sagst gar nichts, gibst dich höflich, charmant und gebildet, hast gute Manieren und bewegst dich ganz selbstverständlich an den einschlägigen Orten.«

»Was sind denn bitte schön einschlägige Orte? Das klingt jetzt schon irgendwie verrucht.«

Bernadette lacht. »Hör auf zu quengeln. Genieß es lieber, du hast doch nichts zu verlieren. Für diese Chiara ist das die letzte Option, die wird viel verbissener an die

Sache rangehen. Du kannst doch völlig entspannt bleiben. Wer sich als Snob entpuppt, den lässt du links liegen. Wer weiß? Vielleicht lernst du ja wirklich einen reichen Scheintoten kennen, heiratest ihn und erbst dann seine ganzen Millionen.«

»Bernadette, du redest schon wie mein Chef.« Ich verdrehe die Augen.

»Helen«, sie legt beruhigend ihre Hand auf meine, »ich sage dir die ganze Zeit schon, dass du wieder etwas unternehmen sollst. Unter Menschen gehen. Mit Männern flirten. Schöne Dinge erleben. Dieser Auftrag vereint all das, und Geld kriegst du auch noch dafür. Lass den Tequila im Kühlschrank, und überleg lieber mit mir gemeinsam, wie du die Sache am besten angehst. Ach, ich beneide dich.«

»Echt?« Ihre fröhlichen Worte haben mich ein wenig beruhigt, und ich bin kurz davor, ihr zu glauben.

»Ja! Darf ich dich ab und zu begleiten? Bitte! Dann habe ich wenigstens etwas, um mich von meiner Elefantenfigur und der Kurzatmigkeit abzulenken.«

Ich seufze. »Ich weiß immer noch nicht, was ich davon halten soll, aber auf keinen Fall will ich das alleine durchziehen. Das wäre echt toll, wenn du mich begleiten würdest.«

Als Ronja zwei Stunden später nach Hause kommt, haben wir einen detaillierten Plan entworfen.

*Vorbereitungen:*

1. Friseur, Kosmetikstudio, Maniküre
2. Outfits bereitlegen oder besorgen, die Wohlstand signalisieren
3. Themen für Konversation überlegen

*Mögliche Plätze, an denen man Millionäre trifft:*

1. Golfplätze
2. In-Lokale
3. Teure Herrenboutiquen
4. Exquisite Feste

Meine Tochter merkt sofort, dass etwas im Busch ist. »Was macht ihr da?«, will sie von mir wissen.

»Ich muss … ähm … etwas für die Zeitung recherchieren«, antworte ich ausweichend.

»Zeig mal her, was steht da?« Sie schnappt sich den Zettel, bevor ich ihn verschwinden lassen kann. »Was bedeutet das? Wieso Millionäre? Was hast du vor?«

Bernadette und ich wechseln einen Blick. Ich entscheide mich, Ronja nicht anzulügen, ihr aber auch nicht die ganze Wahrheit zu sagen.

»Das ist mein neues Recherchethema. Ich soll das Leben der Reichen und Superreichen unter die Lupe nehmen.«

»Cool!« Sie ist begeistert. »In Monaco oder Miami vielleicht? Ich bin dabei.«

Bernadette kommt mir zur Hilfe. »Nein, Räuberchen, nicht in Monaco oder Miami. Bei uns in der Umgebung. Deine Mama soll herausfinden, was die so machen.«

»Hier?« Ronja rümpft die Nase. »Da wüsste ich gar nicht, wo man einen Promi trifft.«

»Keinen Promi«, korrigiere ich. »Mein Chefredakteur denkt eher an normale Menschen, die viel Geld haben.«

»Genau«, ergänzt Bernadette. »Deine Mama soll herausfinden, ob normale Frauen bei so einem Millionär eine Chance haben.«

Ich stöhne innerlich. So viel wollte ich Ronja gar nicht erzählen. Ihre Reaktion kommt, wie von mir vorhergesehen.

»Echt? Krass! Also lernst du vielleicht einen stinkreichen Typen kennen? Was, wenn ihr euch verliebt? Ziehen wir dann um? Bekomme ich dann endlich das neueste iPhone? Das muss ich unbedingt Vanessa und Lucy erzählen.«

»Halt, stopp, auf keinen Fall«, falle ich ihr ins Wort. »Zu niemandem ein Wort, sonst werde ich dich nie wieder ins Vertrauen ziehen, kapiert? Das ist ein Arbeitsauftrag von meinem Chef und hat nichts mit meinem Privatleben zu tun.«

»Es sei denn, es gibt ein Happy End wie im Film«, mischt sich meine Cousine ein.

Warnend funkele ich sie an. »Quatsch! Niemand wird sich verlieben, und es gibt auch kein Happy End. Ich gehe da als reine Beobachterin hin, ein bisschen wie im Zoo.«

»Wie im Zoo?«, fragen Ronja und Bernadette gleichzeitig.

Okay, kein guter Vergleich, das sehe ich ein. »Ich mache meine Arbeit wie immer, Räuber. Ich recherchiere vor Ort und schreibe dann darüber. Mehr nicht.«

»Aber wenn du dabei einen stinkreichen Mann kennenlernst, der auch noch nett ist, dann lässt du ihn dir nicht entgehen, stimmt's? Du weißt, was wir ausgemacht haben? Ich erlaube es dir. Wenn er nett und reich ist, darf er hier auch übernachten«, sagt meine Tochter und grinst.

»Nein, danke«, erkläre ich. »Das kannst du sofort wieder vergessen.«

»Menno!« Ronja schmollt. »Du gönnst mir nicht mal 'nen Millionär als Stiefvater. Dabei sagst du immer, dass du nur das Beste für mich willst.«

»Natürlich will ich nur das Beste für dich«, widerspreche ich.

Augenblicklich strahlt sie wieder. »Na also, das wird super! Du strengst dich übelst an, recherchierst für deine Zeitung, und nebenbei schnappst du dir einen Millionär, dann haben wir beide was davon. Du hast wieder Sex und ich hab das neueste iPhone. *Yolo.*«

Während Bernadette vor Lachen fast vom Stuhl fällt, kann ich mich nicht entscheiden, ob ich mitlachen oder meine Tochter ins Heim geben soll. »Ronja Lindner, wir haben Babys unter uns, also zügele bitte deine Wortwahl«, sage ich streng.

Meine Cousine sieht mir meine Mordgelüste vermutlich an, jedenfalls wechselt sie schnell das Thema. »Übrigens, Räuberchen, Gregor und ich suchen noch immer nach einem Namen für unser Baby. Wenn du unsere Babysitterin wirst, dann könnte es eine kleine Ronja werden. Was hältst du davon?«

Meine Tochter winkt ab. »Babysitten geht klar, aber nur bis Mama den reichen Typen heiratet.«

»Ich werde keinen reichen …«, fange ich an, doch sie beachtet mich gar nicht.

»Tante Bernadette, tu dem Kind nicht meinen Namen an. Es reicht, dass ich mich damit rumschlagen muss.«

»Was heißt denn hier rumschlagen?«, frage ich beleidigt. »Gefällt dir dein Name etwa nicht?«

Sie schüttelt den Kopf. »Nö. Bei einem Jungen würde ich Paul nehmen und bei einem Mädchen Linda oder so. Ist viel internationaler. Wenn ich Model werde und nach New York gehe, dann werden alle Probleme mit der Aussprache haben.«

Nach New York?

Als Model?

»Wann hast du denn bitte diesen Plan ausgeheckt?«, frage ich und hoffe, dass es nicht ernst gemeint ist.

»Ach, das hab ich mir zusammen mit Vanessa überlegt«, gibt sie lässig zurück. »Oder wir werden Spielerfrauen von irgendeinem Profi. Die haben echt ein cooles Leben.«

»Fußballer. Auch ein Bereich, wo sich ziemlich reiche Jungs herumtummeln«, wirft Bernadette ein.

»Ja, allerdings könnte ich deren Mutter sein«, antworte ich. »Es sei denn, ich versuche Jogi Löw kennenzulernen, aber der ist verheiratet.«

Ronjas Mund ist nur noch ein schmaler Strich. »Geht's noch? Mama ist viel zu alt für einen Profi. Aber ich nicht. So in drei bis fünf Jahren werden Vanessa und ich uns darum kümmern. Sagt jetzt ja nicht, Fußballer sind alle blöd. Heutzutage haben die meisten sogar Abitur.«

»Du brauchst auf jeden Fall jemanden, der etwas im Kopf hat, immerhin bist du ein Mathe-Genie, wie ich von deiner Mama gehört habe«, sagt Bernadette fröhlich.

Ronjas Miene verdüstert sich schlagartig. »Ich bin kein Streber, merkt euch das. Ich bin ein ganz normales Mädchen«, antwortet sie und klingt richtig biestig.

Bernadette lässt sich nichts anmerken. »Du und ein Streber? Wer sagt das? Irgendwelche Neider aus der Schule? Kenne ich auch noch. Alles schlechtmachen, was besser sein könnte als sie selbst. Du bist doch viel zu clever, um dir von irgendwelchen eifersüchtigen Idioten etwas einreden zu lassen, stimmt's?«

Offenbar hat Bernadette genau den wunden Punkt getroffen, den auch ich schon die ganze Zeit bei Ronja vermute, denn ihre Miene wird noch finsterer. Als ich nach dem Anruf von Julian Sandberg versucht habe, mit ihr über die Mathematik-Olympiade zu reden, hat sie sofort dichtgemacht. Sie habe dazu alles gesagt, sie werde nicht teilnehmen, und da könne niemand etwas daran ändern. Morgen gehe ich zu ihrem Lehrer in die Sprechstunde, aber ich mache mir wenig Hoffnung, dass wir sie umstimmen können.

»Ich habe keine Probleme mit den Chicks«, sagt Ronja jetzt. »Meine BFFs sind ja Vanessa und Linda. Und die anderen … Wir sind ein cooler Club, alles gut.«

»Natürlich seid ihr das«, antwortet Bernadette. »Aber es schadet nicht, wenn eine dabei ist, die gut Mathe kann.«

»Mama, du musst echt nicht alles erzählen«, sagt sie, und ich bekomme einen vorwurfsvollen Blick zu spüren. »Das ist meine Privatsache. Ja, ich bin ganz gut, aber nicht übertrieben. Und jetzt lasst mich damit in Ruhe.«

Darauf erwidere ich lieber nichts. Vor dem Gespräch morgen möchte ich keinen Streit anfangen, sonst schmollt sie die ganze Zeit. Um sie abzulenken, deute ich auf ihre korallenrot lackierten Fingernägel. »Hast du Lust, mit mir zusammen zu einer professionellen Maniküre zu gehen?«

Volltreffer.

Ronja fängt auf der Stelle an zu strahlen. »Echt? Darf ich? Du sagst immer, das ist zu teuer.«

Ich zwinkere verschwörerisch. »Ach, weißt du, meine Redaktion spendiert mir ein bisschen was für den Artikel über die Reichen. Schließlich muss ich vernünftig aussehen. Da dachte ich, das könnten wir gemeinsam machen.«

»Cool.«

So leicht kann man meine Tochter glücklich machen. Mir geht das Herz auf.

»Einzige Bedingung ist, dass du morgen mit mir zu Herrn Sandberg gehst und dir zumindest anhörst, was er zu sagen hat«, füge ich schnell hinzu, solange die gute Laune noch anhält.

Ronja seufzt theatralisch. »Tante Bernadette, du bist meine Zeugin, Mama erpresst mich doch total. Andauernd heißt es: wenn dies, dann das. Ich hoffe, dass du deinem Kind so was nicht antust und dich bemühst, eine bessere Mutter zu sein.«

»Ja, bitte«, pflichte ich meiner Tochter bei. »Bitte erspar dem Baby dieses schlimme Schicksal. Ich bin chaotisch, besserwisserisch, nervig und uncool. Es wird nicht schwer sein, an mir vorbeizuziehen. Hab ich was vergessen, Räuber?«

Ronja zuckt mit den Schultern. »Nö. Aber nervig und uncool ist eine übelst blöde Mischung. Hoffentlich hab ich das nicht von dir geerbt.«

Bernadette hebt die Augenbrauen. »Natürlich mache ich alles ganz anders als alle anderen Mütter. Falls es ein Mädchen wird, werden wir beste Freundinnen, und wenn es ein Junge ist, dann ebenfalls.«

Ich beiße mir auf die Lippen, während Ronja meine Cousine entsetzt anstarrt. »Du willst die *beste* Freundin von deiner Tochter oder deinem Sohn sein? Also *das* hat selbst Mama noch nicht gebracht.«

»Aber es könnte der Beginn einer wunderbaren Freundschaft sein«, rufe ich. »Sollen wir es mal versuchen? Wir könnten uns französische Zöpfe flechten und coole Clips auf YouTube zusammen anschauen.«

»Ja, BFF, *best friends forever*«, fügt Bernadette grinsend hinzu. »Das mache ich mit meinem Baby auch. Cool! Wollen wir uns zusammentun?«

»Vergesst es.« Kopfschüttelnd und »Armes Baby« murmelnd, flüchtet meine Tochter in ihr Zimmer.

Am nächsten Morgen werde ich von Geräuschen neben meinem Bett geweckt.

»Was ist los? Hat der Wecker schon geklingelt?«, frage ich verschlafen.

»Nein, noch nicht.« Ronja steht mit einer Tasse in meinem Schlafzimmer. »Ich hab versucht, dir Kaffee zu kochen, und wollte ihn dir im Bett servieren, nur irgendwie wird das Wasser nicht braun. Aber damit du siehst, dass es stimmt, hab ich dir schon mal die Milch eingeschenkt.«

Schlagartig bin ich hellwach. Das hat sie bisher noch nie gemacht. Ihre Ich-mach-dir-Frühstück-Anwandlungen hat sie genau zweimal im Jahr: an meinem Geburtstag und am Muttertag – und beides ist definitiv nicht heute. Selbst dann sieht Ronjas »Frühstück« so aus, dass sie einen Teller, ein Messer sowie den kompletten Kühlschrankinhalt nebst einem Teelicht auf den Tisch stellt und verkündet: »Ich weiß ja nicht, auf was du Appetit hast, also hab ich mal alles rausgeholt.«

Ich bin jedes Mal so von dem Teelicht gerührt, dass mir alles andere egal ist.

Dass sie mir heute einen Kaffee ans Bett bringen wollte, lässt mich befürchten, dass etwas im Busch ist und sie mich milde stimmen will.

»Spuck's aus, was hast du angestellt?«, frage ich und springe aus dem Bett.

»*Ich?* Gar nichts. Da will man mal seine Mutter feiern und wird direkt missverstanden«, beschwert sie sich.

Sie wollte mich »feiern«? Das ist sogar mehr als verdächtig. Barfuß und im Schlafanzug tappe ich in die Küche, wo die Kaffeemaschine merkwürdige Geräusche von sich gibt.

»Siehst du?«, sagt Ronja hinter mir. »Ich hab Pulver in die Filtertüte getan, und in der Glaskanne ist Wasser. Nur warum wird es nicht braun, obwohl ich das Ding eingeschaltet habe?«

Tut mir leid, ich will mein Kind nicht auslachen, aber ich kann den Anfall nicht unterdrücken. »Das ist nicht dein Ernst, oder? Hast du noch nie gesehen, dass man das Wasser oben in den Tank einfüllen muss?«, frage ich kichernd. »Es muss doch erst durch die Filtertüte mit dem Kaffee durchlaufen.«

»Das hat mir hier niemand beigebracht«, zischt Ronja tödlich beleidigt. »Ich wollte mir ein Tutorial auf YouTube anschauen, aber mein Handyakku ist leer. Das alte Schrottding ist zu nichts mehr zu gebrauchen, aber du willst mir kein neues kaufen.«

»Du wolltest dir auf YouTube ansehen, wie man Kaffee kocht?«, wiederhole ich ungläubig.

Sie nickt. »Klar, ist das Einfachste. Als ich letztens die Suppe mit dem neuen Dosenöffner nicht aufgekriegt hab, da hab ich das auch nachgeguckt. Tutorials gibt es zu allem. Cool, oder?«

Ich ahne, wie uncool ich sein muss, da ich noch echte Betriebsanleitungen lese. Aber jetzt muss ich erst herausfinden, warum Ronja mich plötzlich »feiern« wollte.

»Also … ähm … natürlich bin ich begeistert, dass du mir etwas Gutes tun wolltest«, fange ich an. »Das weiß ich wirklich zu schätzen. Dafür hast du dir eine dicke Umarmung verdient.« Ich ziehe Ronja an mich, und sie lässt es sich sogar gefallen.

»Mega«, sagt sie. »Und dann hätte ich da noch eine klitzekleine Frage. Könnten wir den Termin bei Herr Sandberg absagen?«

»Herrn«, korrigiere ich automatisch, während die Kaffeemaschine laut gluckst.

»Ach krass, du bist die Beste. Ich hab's gewusst, Mami.« Ronja fällt mir freiwillig um den Hals.

»Mami« hat sie mich schon lange nicht mehr genannt. Trotzdem werde ich ihr die Illusion rauben. »Ich habe ›Herrn‹ gesagt und nicht ›gern‹. Herrn Sandberg.«

»Was ist mit ihm?«

Ich verdrehe die Augen. »Es muss ›bei *Herrn* Sandberg‹ heißen. Das solltest du in deinem Alter langsam wissen. Und nein, wir werden den Termin nicht absagen. Wir gehen hin. Lass uns kurz vor zwei Uhr in der Schule treffen. Da hast du doch gerade Mittagspause.«

Ronja verzieht das Gesicht und weicht einen Schritt zurück. »Du bist gemein«, wirft sie mir an den Kopf. »So richtig, richtig krass fies. Jetzt soll ich auch noch meine Pause dafür opfern. Aber du kannst mich zu gar nichts zwingen. Ich schwör dir, das bringt null. Ich mach nicht mit bei der Mathe-Olympiade.«

Die Gute-Laune-Feier-Stimmung ist von jetzt auf gleich dahin. Ich seufze. So bald wird sie mir wohl keinen Kaffee mehr kochen. Doch bevor wir uns gleich richtig streiten, nicke ich.

»Es ist und bleibt deine Entscheidung, Räuber. Trotzdem gehen wir zu diesem Termin und hören uns an, was dein Lehrer zu sagen hat. Nun sei kein Frosch. Ist doch nichts dabei, ein paar Minuten dafür zu opfern.«

Meine Tochter, die mit finsterem Gesichtsausdruck an einem Toastbrot kaut, hält mitten in der Bewegung inne. »Hallo? Weißt du eigentlich, wie wichtig die Mittagspause für mich ist? Du hast ja keine Ahnung, wie schwer ich schuften muss. Überall kann man lesen, wie groß der Druck auf uns Schüler ist, aber du bist die Einzige, die das nicht kapiert!«

Natürlich. Wer sonst? Ich habe gelernt, dass es manchmal sinnlos ist zu diskutieren, daher schweige ich lieber und greife nach der Zeitung.

»Na toll«, meint Ronja. »Jetzt ist dir die Zeitung schon wichtiger als ich. Das muss ich gleich Herr Sandberg sagen, damit er checkt, was bei uns abgeht. Das hast du davon.«

»Herrn«, murmele ich. »Herrn.«

Meine Tochter entscheidet sich für die Du-bist-für-mich-Luft-Taktik und straft mich mit Nichtachtung. Sie verlässt die Küche ohne ein Wort, und ich bin mir sicher, dass das nicht die letzte Provokation für heute war. Ich kenne doch mein Fleisch und Blut.

Eine Viertelstunde später ist sie wieder da, und ich lasse mir nicht anmerken, wie leicht sie zu durchschauen ist. Ronja trägt eine hautenge Jeans und ein kurzes schwarzes Top, das ziemlich tief ausgeschnitten ist. Zwar hat sie einen Cardigan darüber angezogen, diesen aber offen gelassen.

»Top gegen etwas Längeres tauschen oder ein Unterhemd drunterziehen«, kommandiere ich kurz und knapp. »So gehst du mir nicht aus dem Haus.«

»Boah, Mama! Ich bin spät dran«, protestiert sie.

»Du ziehst dich um, oder dein Handy kommt eine Woche weg.«

Meine Standarddrohung wirkt eigentlich immer. So auch diesmal.

»Du bist übelst fies und kannst einem schon frühmorgens den Tag kaputtmachen«, beschimpft mich meine pubertierende Tochter, marschiert aber gehorsam noch einmal in Richtung ihres Zimmers.

Als sie zwei Minuten später herauskommt, hat sie das Top gegen ein dunkelblaues T-Shirt mit der Aufschrift »Kiss me!« getauscht.

Ich hoffe, dass niemand dieser Aufforderung nachkommt, und gebe ihr eine Lunchbox. »Wir sehen uns später. Ich hab dich lieb.«

Ronja seufzt laut. »Also gut, dann gehen wir halt zu diesem Kack-Termin, und ich opfere dafür meine Mittagspause. Aber wenn ich vor lauter Stress einen Burnout bekomme, dann bist du daran schuld.«

# 4

Lieber Dr. Gabriel,
mein Mann und ich haben viele Sachen auf Raten gekauft und haben jetzt Schulden. Ich weiß nicht, wie wir die bezahlen sollen, denn irgendwie reicht das Geld nie richtig und man will ja weiter gut leben. Was sollen wir tun?
Viele Grüße
Renate D.

*Liebe Renate,*
*so ein Ratenkauf ist verlockend, kann aber auf Dauer zu einer Kostenfalle werden. Sie müssen sich unbedingt Hilfe holen. Gehen Sie zu einer Schuldnerberatung, dort wird man Ihnen zeigen, wie Sie sich einschränken und die Schulden nach und nach abbauen können. Entsprechende Adressen finden Sie im Internet oder bei den sozialen Einrichtungen. Ich drücke Ihnen die Daumen.*
*Es umarmt Sie aus der Ferne*
*Ihr Dr. Gabriel*

Briefe wie dieser erreichen mich häufiger. Dann bekomme ich jedes Mal schreckliche Angst, selbst in eine finanzielle Notsituation zu geraten, und nehme mir vor, mich nie wieder über meine Jobs zu beklagen. Danach gebe ich mir immer besondere Mühe, so auch heute mit den Texten des Angelvereins »Dicker Fisch«. Die Angler haben mich beauftragt, eine Festschrift zum fünfzigsten Vereinsjubiläum zu verfassen, und mir in einem großen Karton ihre gesamte »Pressearbeit« ausgehändigt.

Zwischen vergilbten Zeitungsausschnitten und Fotos von Männern mit Angelruten entdecke ich darin auch handgeschriebene Zettel mit Teilnehmerlisten und Bemerkungen wie »dicke Würmer«, »super Hecht« oder »hat gleich angebissen«. Sofort muss ich an Chiaras Millionäre denken und an den bescheuerten Auftrag.

Der letzte Ausschnitt ist eine Zeitungsseite von vor zwei Wochen. Neben dem Foto in dem Artikel über die Angler, die darauf gerade einen Scheck vom Bürgermeister überreicht bekommen, entdecke ich eine Ankündigung für einen Workshop mit dem Titel *Tischkultur – die feine Art des Genießens.* Er findet bereits am kommenden Freitagabend im Schlosshotel Strombach statt, nur vierzig Kilometer von hier entfernt.

Spontan rufe ich Bernadette an und erzähle ihr davon. »Ich denke, das wäre ein guter Anfang für meine Recherche. Was ist, willst du mit?«, frage ich.

»Kümmert sich bei den Reichen nicht das Personal ums Tische-Eindecken und Co.?«

»In der Beschreibung steht, dass man in dem Kurs seine Kenntnisse auffrischen kann, um sicher und stilvoll bei Tisch zu agieren«, antworte ich. »Die Gräfin leitet den

Workshop sogar persönlich. Und ich soll doch Konversationsthemen üben.«

Meine Cousine zögert nicht lange. »Perfekt, buch uns ein«, sagt sie begeistert. »Stell dir vor, du sitzt demnächst bei Bill Gates im Esszimmer und bekommst gebratene Täubchen serviert. Dann weißt du wenigstens, ob man die mit Messer und Gabel isst oder mit der Hand.«

Ich lache. »Also die Wahrscheinlichkeit, dass ich bei Bill Gates zu Hause …«, setze ich an.

»Falls doch«, fällt sie mir ins Wort, »bist du bestens vorbereitet. Und ich auch, denn Bill wollte ich immer schon kennenlernen. Das mit der Gräfin ist super, die Adeligen wissen ja wohl am besten, wie man sich benimmt. Danach bist du quasi gerüstet fürs Weiße Haus. Jedenfalls ist der Workshop wesentlich aufregender als der alberne Hechelkurs zur Geburtsvorbereitung, den Gregor und ich gerade machen.«

Nachdem wir aufgelegt haben, rufe ich sofort im Schloss an.

»Von Strombach«, meldet sich eine männliche, tiefe Stimme.

»Guten Tag, Lindner hier«, sage ich leicht nervös. »Ich interessiere mich für den Workshop, den Sie anbieten, und möchte gerne zwei Personen anmelden.«

»*Weine der Provence, Die Geschichte des Cognacs* oder *Die Champagner-Dynastie*?«

»Da wird man ja schon beim Zuhören betrunken«, gebe ich zurück. »Ich bezweifle allerdings, dass man damit im Weißen Haus punkten kann.«

»Bitte?«

»Schon gut, ich habe nur laut gedacht«, korrigiere ich mich.

Der Mann am anderen Ende lacht. »Verzeihung, ich bin Ihnen ja auch ins Wort gefallen. Normalerweise nehme ich die Anmeldungen nicht entgegen. Welchen Workshop meinten Sie denn?«

Ich schmunzele. »Den über Tischkultur.«

»Den führt meine Schwester durch«, antwortet er. »Allerdings muss ich Sie warnen: Da bekommen Sie zu den einzelnen Gängen ebenfalls Alkohol serviert.«

»Ich hab's befürchtet. Ihr Adeligen scheint ohne wohl nicht auszukommen.«

Er lacht schon wieder. »Wir wissen eben, wie man es sich gut gehen lässt. Wenn Sie möchten, maile ich Ihnen ein Anmeldeformular zu.«

Keine drei Minuten später ist die E-Mail da. Brav fülle ich alles aus und frage mich, ob sich wohl viele Leute dafür interessieren. In der Rubrik »Beruf (freiwillige Angabe)« trage ich bei mir »Journalistin« ein und bei Bernadette schreibe ich »Familienmanagerin«. Sie ahnt es noch nicht, aber ihr Leben wird sich nach der Geburt grundlegend ändern. Ganz unten steht der Satz: »Um festliche Kleidung wird gebeten.« Auch das noch. Ich muss erst mal schauen, ob ich so etwas überhaupt in meinem Schrank habe. Vielleicht hätte ich doch einen von den Alkoholkursen buchen sollen.

Um Punkt halb zwei parke ich vor Ronjas Schule und halte nach ihr Ausschau. Aus der Ferne ist es, als versuchte ich die sprichwörtliche Nadel im Heuhaufen zu finden. Lange, glatte Haare, Cardigan, Jeans und Sneakers tragen hier achtzig Prozent der Mädchen, dunkelhaarig ist mindestens die Hälfte.

Verdammt, zur Toilette muss ich auch noch. Mein Ex Stefan konnte es nicht ausstehen, dass ich bei gemeinsamen Unternehmungen oder Terminen immer erst vorher das stille Örtchen aufsuchen muss. Aber ich kann nun mal nicht anders. »Schoko, Pipi, kalt – so war Helen halt« soll später mal auf meinem Grabstein stehen. Ohne Schokolade kann ich nicht, ein fahrbares Dixi-Klo könnte ich mir durchaus als ständigen Anhänger an meinem Auto vorstellen und kalte Füße habe ich selbst bei dreißig Grad im Schatten.

Als ich die Toilette auf dem Schulhof betreten will, stoße ich fast mit zwei jungen Mädchen zusammen, die in der Tür stehen und sich gegenseitig schminken.

»Die Wimpernzange habe ich vergessen, aber du kannst meine Long-Lash-Pussycat-Mascara haben, Summer-Rose«, sagt eine der beiden und macht keine Anstalten, mich vorbeizulassen.

Ich zwänge mich hindurch und stelle fest, dass sich der Zustand der sanitären Anlagen seit meiner eigenen Schulzeit nicht verändert hat. Kein Toilettenpapier, keine Seife, keine Handtücher. Dafür ausschließlich kaltes Wasser, eine kaputte Klobrille und bemalte Wände. Nur dass im Vergleich zu früher neben den üblichen unflätigen Ausdrücken in allen Sprachen diverse Handynummern zur Auswahl stehen. Ich unterdrücke den Impuls, mit einem Rotstift Sätze wie »Ihr seit ja alle bekift« zu korrigieren, und frage mich, ob die ausländischen Sätze wohl auch voller Fehler sind.

»Gibt es hier irgendwo Toilettenpapier?«, frage ich die Mädchen, die dazu übergegangen sind, sich gegenseitig die Nase zu pudern.

»Im Sekretariat, aber das kriegt man nur in den großen Pausen«, antwortet Summer-Rose achselzuckend. »Jetzt ist da bestimmt keiner mehr.«

»Und wenn man in einer anderen Pause muss?«

Wieder ein Achselzucken. »PP.«

»Wie bitte?«

»Persönliches Pech.«

»Wir gehen hier nicht«, mischt sich das andere Mädchen ein. »Die Klos sind eklig. Hier kann man sich höchstens nachschminken.«

»Wo geht ihr denn sonst hin?«

»Gar nicht.« Sie holt einen dunkelroten Lippenstift aus ihrer Tasche und streckt ihn ihrer Freundin triumphierend hin. »Der hält vierundzwanzig Stunden. Darkness Delight.«

»Geil! Sydney, du bist die Beste.« Summer-Rose dreht mir den Rücken zu und zieht sich die Lippen nach. »*Glossy*, aber nicht glänzend. Pflegend, aber nicht feucht. Sieht echt geil aus. Muss ich auch haben.«

Ich dagegen muss plötzlich nicht mehr. Ich muss nachher unbedingt Ronja fragen, wo sie hingeht, wenn sie mal muss, und mich beim Schulrektor beschweren.

Ich betrete das Hauptgebäude und suche den Raum, den mir Julian Sandberg genannt hat. Von meiner Tochter ist noch immer keine Spur, ich hoffe, dass sie rechtzeitig auftaucht. Ein Mann kommt mir entgegen. Er ist etwa um die dreißig, ziemlich groß, hat wellige blonde Haare und ein attraktives Gesicht. Er trägt T-Shirt, Jeans und Turnschuhe und sieht aus wie ein kalifornischer Surfer.

»Frau Lindner? Sandberg.« Er reicht mir die Hand und lächelt strahlend. Ich merke, wie ich leicht rot werde. Zu meiner Schulzeit waren die Mathelehrer nicht so hübsch, so viel steht schon mal fest. »Ist Ronja denn nicht da?«

Nein, ist sie nicht. Ich könnte meiner Tochter die Ohren lang ziehen. Gerade als ich zu einer Notlüge greifen will, kommt sie zum Glück um die Ecke.

»Hi.«

»Hi, Ronja«, antwortet Julian Sandberg ganz selbstverständlich. »Geht's dir gut?«

»Jap. Läuft.«

Hi? Läuft? Wie redet das Kind denn mit seinem Lehrer? Ich sage betont: »Guten Tag, Ronja.«

Prompt sieht sie mich wieder mit diesem Du-hast-sie-irgendwie-nicht-mehr-alle-Blick an. »Hi. Wir haben uns heute Morgen schon mal gesehen. *Remember?*«

Wir betreten den Klassenraum und nehmen Platz. Ronjas Lehrer ist wirklich sehr attraktiv und ich frage mich, wie viele Schülerinnen wohl in ihn verknallt sind.

»Schön, dass es geklappt hat …«, fängt Julian Sandberg an.

Ronja fällt ihm sofort ins Wort. »Also ich hab voll wenig Zeit. Ich muss gleich noch was essen.«

Er nickt. »Klar. Ich will auch nicht lange drum herumreden, aber es geht darum, dass du wirklich eine sehr begabte Mathematikschülerin bist und ich es mehr als schade finde, dass du deine Fähigkeiten nicht weiterentwickeln willst. Der Mathe-Wettbewerb wäre perfekt für dich, aber mir ist auch aufgefallen, dass du im Unterricht ebenfalls sehr zurückhaltend bist.«

»Woher wollen Sie dann wissen, dass ich gut bin?«, gibt Ronja frech zurück.

»Weil du jedes Mal, wenn ich dich drannehme, die Lösung parat hast und weil ich dich beobachte. Du denkst logisch, du erfasst die Zusammenhänge und bist bei allen Aufgaben als Erste fertig. Deshalb nehme ich an, dass du dich absichtlich nicht meldest, obwohl du die Antworten weißt.«

Ich sehe meine Tochter an, deren Gesicht leicht gerötet ist.

»Echt jetzt?«, fragt sie. »Sie beobachten mich?«

Oh Gott, ich hoffe nicht, dass Ronja auch zu den Mädchen gehört, die in ihn verknallt sind.

»Was ist, liege ich richtig?«, hakt Sandberg noch einmal nach. »Du willst dich nicht melden? Darf ich fragen, warum?«

Klar, dass ein Mann das nicht nachvollziehen kann und ein Lehrer erst recht nicht. Aber ich weiß, was los ist.

»Ich bin doch kein Streber«, sagt Ronja und bestätigt meine Vermutung. »Die haben keine Freunde und sind total uncool. Ich kann mich nicht jedes Mal melden, das tun die anderen auch nicht.«

Ich seufze. »Aber ihr wollt alle eine gute Note bekommen.«

Sie schüttelt den Kopf. »Keine Streber-Eins. Eine Zwei ist manchmal schon peinlich genug, Dreier sind eigentlich am besten. Unauffällig und trotzdem ganz gut.«

Julian Sandberg ist sichtlich verblüfft. »Du kannst mir doch nicht erzählen, dass die anderen nicht auch gern gute Noten hätten.«

»Keine Ahnung. Bloß für mich ist es halt nicht besonders cool, klar? Deshalb muss ich mich manchmal … anpassen.«

»Willst du deshalb nicht zur Mathe-Olympiade?« Endlich scheint bei ihm der Groschen gefallen zu sein.

Meine Tochter zuckt mit den Schultern. »Irgendwie schon. Aber sagen Sie's bloß nicht den anderen. Ich leugne alles.«

Ihr Mathelehrer legt die Stirn in Falten. »Was, wenn deine Klassenkameraden dafür wären und dich als Fans sogar anfeuern würden?«

»Ja, ist klar.« Ronja lacht kurz auf. »Weil alle so wie Sie dem Mathe-Fanclub angehören? Das macht keiner, und ich will meine Freunde behalten.«

Ich seufze. »Ronja, du verbaust dir deine Möglichkeiten.«

»*Nope.*« Ihr Standpunkt ist klar.

Julian Sandberg lächelt. »Okay, aber angenommen, also nur mal theoretisch … wenn deine Freunde wollten, dass du hinfährst, würdest du es dann tun?«

»Fragen Sie sie bloß nicht!« Meine Tochter verzieht das Gesicht. »Alle hassen Mathe. Aber machen Sie sich nichts draus, es ist grundsätzlich und nicht wegen Ihnen, Herrn Sandberg.« Stolz wirft sie mir einen Siehst-du-ich-habe-es-mir-gemerkt-Blick zu, und ich habe nicht das Herz, ihr zu sagen, dass es in der direkten Anrede mit n wieder falsch war.

»Okay, ich verstehe.« Der Lehrer sieht auf die Uhr. »Da kann man wohl nichts machen.«

»Ronja?«, frage ich zögernd. »Willst du nicht wenigstens noch mal drüber nachdenken?«

»Mama! Es ist meine Entscheidung. Nein. Ich mach das nicht.«

»*Yolo*«, sage ich und ernte einen pikierten Blick von Ronja. »Da kann man nichts machen, du entscheidest.«

»Okay, kapiert«, lenkt auch Herr Sandberg ein. »Ich würde sagen, du kannst jetzt in die wohlverdiente Mittagspause.«

Wir stehen auf, und meine Tochter läuft zur Tür. »Sorry, aber die anderen warten auf mich. Bis nachher, Mama.«

Ich bin sicher, sie hat bloß Angst, dass ich vor ihren Freundinnen wieder *Yolo* sagen und sie damit bis auf die Knochen blamieren könnte. Wahrscheinlich will sie erst gar nicht mit mir gesehen werden.

Sobald sie weg ist, wirft Julian Sandberg mir einen langen Blick zu. »Ich vergesse immer, wie es war, so mit fünfzehn. Da war die Meinung der Clique wichtiger als alles andere.«

Ich nicke und bin froh, dass er so verständnisvoll ist. »Hoffen wir mal, dass es sich bald erledigt hat. Auch als Mutter muss ich noch zwei, drei Jahre durchhalten. Blöd nur, dass ausgerechnet in dieser Phase Zensuren vergeben werden und es auf die Zeugnisse ankommt. Die Pubertät kann man leider nicht wie einen Turnbeutel zu Hause lassen.«

Der Mathelehrer lacht leise, und ich finde ihn sehr charmant. Wenn ich da an meinen früheren Lehrer denke. Der war klein, dick und steinalt.

»Ich lasse mir etwas einfallen«, sagt Julian Sandberg. »Sie haben mir am Telefon von Ihren Tricks erzählt. Vielleicht muss ich auch ein paar davon anwenden, damit die Kids mehr an sich glauben. Ronja sollte an dem Mathe-Wettbewerb teilnehmen, so schnell gebe ich nicht auf.«

»Versuchen Sie Ihr Glück. Ich fürchte, ich kann meine Tochter diesmal nicht dazu überreden, und zwingen will ich sie auf keinen Fall. Dafür gibt es zu viele andere Baustellen, bei denen ich die erziehungsberechtigte Tyrannin herauskehren muss.«

»So schlimm wirken Sie gar nicht auf mich.«

»Wenn Sie wüssten.«

»Haben Sie denn wenigstens einen Tipp für mich, was ich dabei beachten sollte?«, fragt er und zwinkert mir zu.

»Sie haben Ronja gehört: Wenn ihre Freunde es gut fänden, könnte es klappen, aber da alle Mathe hassen, werden Sie wohl kein Glück haben. Ich trickse oder erpresse, doch das bleibt mir als Mutter vorbehalten. Derzeit verwende ich am liebsten die Handyverbot-Methode, aber da haben Sie leider keinen Zugriff drauf. Und ich muss sie sparsam einsetzen, damit sie ihre Wirkung nicht verliert.«

»Alles klar, ich denke darüber nach und halte Sie auf dem Laufenden«, erwidert Julian Sandberg. »Würden Sie mich denn dabei unterstützen, falls mir etwas Gutes einfällt?«

»Natürlich. Ich bin dabei.«

»Kann ich Sie denn mobil erreichen?«

»Ja klar, nur sprechen Sie bitte nicht mehr auf unseren Anrufbeantworter. Wenn Ronja erfährt, dass ich mit einem ihrer Lehrer einen Pakt geschlossen habe, wird sie sich vermutlich selbst zur Adoption freigeben. Das hatte sie mir schon mal angedroht, als ich mich geweigert habe, ihr Stiefel für zweihundert Euro zu kaufen.«

»Sie Rabenmutter!«

»Ich weiß.«

Ich gebe ihm meine Handynummer, und wir verabschieden uns. Auf dem Flur fällt mir ein, dass ich Ronja gar nicht wegen der Schultoiletten fragen konnte. Da ich nun aber schon mal vor Ort bin, beschließe ich, das Sekretariat aufzusuchen und mich zu beschweren.

Entgegen der Annahme von Summer-Rose ist das Büro sehr wohl noch besetzt. Ein dunkelhaariger Mann mit Brille sitzt an einem PC und mustert mich prüfend. »Kann ich Ihnen helfen?«

»Mein Name ist Helen Lindner, und ich würde mich gern über den Zustand Ihrer Schultoiletten informieren«, sage ich.

»Na endlich!« Der Mann steht auf und kommt auf mich zu. Er ist etwa Anfang vierzig, hat ein freundliches

Gesicht und verströmt dennoch eine gewisse Autorität. »Sind Sie von der Zeitung?«

Kann man wohl sagen. Spontan beschließe ich, die investigative Journalistin zu mimen, und vermute, dass ich damit weiter komme, als wenn ich mich »nur« als Mutter einer Schülerin oute. »Sehr richtig. Ist denn jemand von der Schulleitung zu sprechen?«

»Ich bin der stellvertretende Schulleiter. Sebastian Winter, sehr angenehm.« Er gibt mir die Hand. »Gehen wir nach nebenan in mein Büro.«

Ich schäme mich ein wenig, weil ich bisher nicht wusste, wie der Stellvertreter des Direktors – wie war noch gleich sein Name? – heißt oder aussieht. Zugegeben, mein Interesse an Ronjas Schule beginnt mit ihren Noten und endet beim Elternabend, der zum Glück nur einmal im Jahr stattfindet. Irgendwann hat meine Tochter zwar mal erwähnt, dass die frühere Konrektorin in den Ruhestand gegangen sei und es einen Nachfolger gebe, und ich habe es sogar in der Zeitung gelesen, aber sofort wieder vergessen. Investigativer Journalismus sieht anders aus, schon klar.

Herr Winter führt mich in sein Büro, wo wir an einem Besprechungstisch Platz nehmen.

»Was genau möchten Sie wissen? Ich bin ja so froh, dass sich endlich jemand dieser Problematik annimmt. Die Stadt kümmert sich kein bisschen darum«, fängt er an und will gar nicht mehr aufhören. »Die Schule hat schon vor Monaten einen Antrag auf Renovierung gestellt und bemüht sich schon genauso lange um eine Aufsichtskraft für die WCs. Aber es hat sich nichts getan. Gar nichts! Gut, dass Sie darüber schreiben wollen. Erst wenn es in der Zeitung steht, rührt sich etwas. Wann soll denn der

Artikel erscheinen? Ich bin Ihnen, so gut es geht, mit allen Informationen behilflich.«

Nun schäme ich mich noch mehr und kann dem Mann unmöglich sagen, dass ich bloß hier bin, weil ich selbst das stille Örtchen aufsuchen wollte. Am liebsten würde ich ihn fragen, ob ich die Lehrertoilette benutzen darf, aber weil er mich so hoffnungsvoll ansieht, ist mir das irgendwie peinlich.

»Sie geben mir recht, dass es skandalös ist, wie sich die Stadt in diesem Punkt verhält, nicht wahr?«

»Ja, natürlich«, sage ich und versuche so auszusehen wie eine *Spiegel*-Reporterin auf der Suche nach dem großen Skandal, wobei ich gar nicht wirklich weiß, wie die *Spiegel*-Reporter dabei ausschauen. »Typisch Verwaltungsapparat.« Diese Bemerkung zieht eigentlich immer.

»In welchem Ressort arbeiten Sie?«, will Herr Winter nun von mir wissen. »Sind Sie explizit für die Schulbelange zuständig?«

Was soll ich darauf antworten? Dass ich sehr gern dafür zuständig wäre, meine »Ressorts« derzeit jedoch ein Psycho-Kummerkasten und die Suche nach einem Millionär sind?

»Eher allgemeine … Probleme«, murmele ich daher ausweichend und überlege fieberhaft, wie ich da wieder rauskomme. Vielleicht sollte ich die Story tatsächlich recherchieren und sie Zeidler anbieten? Oder ich schlage ihm das Thema vor, und er setzt selbst jemanden darauf an? Aber irgendetwas müsste ich tun, das ist ja kein Zustand.

»Oh, es gibt ein Ressort für allgemeine Probleme? Das wusste ich noch gar nicht.« Der Blick des Konrektors ruht abwartend auf mir, und ich fühle mich durchschaut. »Wann können wir mit einer Veröffentlichung rechnen?«

»Es gibt noch keinen konkreten Termin dafür«, versuche ich mich an die Wahrheit zu halten, »aber ich wollte die Hintergründe schon mal abklären. Eine Art Vorrecherche, sozusagen.«

In der nächsten Viertelstunde lasse ich mir von Herrn Winter sämtliche Anträge zeigen, inklusive der ausweichenden Antworten der Verantwortlichen in der Stadtverwaltung. Gleichzeitig bete ich innerlich, dass Ronja keinen Unterricht bei ihm hat. Soweit ich mich erinnere, ist das nicht der Fall, aber ganz sicher bin ich mir nicht.

Nicht auszudenken, wenn er unsere Namen vergleicht und sie darauf anspricht, dass ihre Mutter eine investigative Enthüllungsstory über die Schultoiletten schreibt. Ihre Reaktion lässt sich nicht vorhersehen, sie hängt definitiv vom jeweiligen Zustand ihrer Pubertätshormone ab.

»Möchten Sie noch eine Ortsbegehung machen?«, fragt er abschließend. »Oder Fotos?«

Ich winke ab. »Das erledigen wir beim nächsten Mal. Wie gesagt, es ist ja erst die Vorrecherche. Sie werden bald wieder von mir hören.«

Sebastian Winter verabschiedet mich mit einem festen Händedruck. »Vielen Dank, Frau Lindner. Dass sich endlich jemand der Sache annimmt, hilft uns sicher sehr.«

»Sehr gern.« Meine Blase drückt, aber ich sehe mich im Geiste den Artikel recherchieren. Das ist es, worüber ich eigentlich schreiben will.

Als ich über den Schulhof gehe, klingelt mein Handy.

»Jetzt geht es richtig los«, ruft Bernadette leicht atemlos, als ich rangehe.

»Was? Schon? Es ist doch noch viel zu früh. Wo ist Gregor? Erreiche ich ihn bei den Stadtwerken?« Ich werde hektisch und beschleunige meinen Schritt.

»Wofür brauchen wir meinen Mann?«, fragt meine Cousine verwundert.

»Soll er denn nicht dabei sein?«

»Nein. Das ist reine Frauensache.«

Wir hatten zwar ausgemacht, dass ich als Notanker bereitstehe, falls Bernadettes Ehemann nicht sofort zur Stelle ist, doch ich verstehe nicht, warum sie plötzlich auf ihn im Kreißsaal verzichten möchte. »Aber er soll doch die Nabelschnur durchschneiden und das Ganze auch mitbekommen«, erkläre ich. »Kannst du ihn denn nicht erreichen? Soll ich dich ins Krankenhaus bringen? Wie weit sind die Wehen?«

Bernadette fängt an zu lachen. »Stopp, stopp«, ruft sie, »ich habe mich falsch ausgedrückt. Als ich gesagt habe, dass es losgeht, meinte ich nicht die Geburt.«

Ich bleibe stehen. »Nicht? Was dann? Du hast so aufgeregt geklungen.«

»Ich habe dir gerade einen Platz in einem Golf-Schnupperkurs reserviert, damit du weißt, was dabei so abgeht«, sagt meine Cousine. »Wir haben doch darüber gesprochen, dass du zum Golfen gehen willst.«

Ich seufze. »Bernadette, wir hatten zwar gesagt, dass ich mal auf einem Golfplatz vorbeischaue, aber einen Schnupperkurs wollte ich nicht gleich machen. Wo findet der überhaupt statt? In der VHS? Wie teuer ist der denn?«

Sie schnaubt. »Du gehst doch nicht bei der VHS golfen. Du hast schließlich ein Spesenkonto. Das Landhaus Birkenhain veranstaltet in zwei Wochen ein Schnupperwochenende, und ich habe dich soeben angemeldet. Das ist total praktisch, im Clubhaus laufen dir bestimmt ein paar gut betuchte Mitglieder über den Weg. Schau mal auf die Homepage von Birkenhain, und sorg dafür, dass Ronja bei Stefan übernachtet, dann kannst du in aller Ruhe dein Handicap verbessern. Und dir nebenbei die reichen Kerle anschauen.«

»Vermutlich alles alte Knacker, die Jungen haben bestimmt noch Sex und stehen nicht das ganze Wochenende sinnlos auf einem mit der Nagelschere getrimmten Rasen rum«, gebe ich zurück und merke im selben Moment, wie mich ein paar Jugendliche angrinsen.

Oh Gott, ich bin ja noch immer auf dem Schulgelände! Bloß schnell weg hier, bevor mich noch jemand erkennt. Ich beschleunige meine Schritte und erreiche keuchend mein Auto. »Die ganze Story macht mich schon völlig kirre. Ich habe gerade in Räubers Schule laut von Sex und alten Knackern gefaselt. Zum Glück war keine von ihren Freundinnen in der Nähe.«

Bernadette kichert. »Genau solche Erlebnisse brauche ich, sonst werde ich noch wahnsinnig. Mein Bauch wächst Tag für Tag, und ich werde immer unbeweglicher. Ach, übrigens: Was hat eigentlich der Termin in der Schule ergeben?«

»Dass ich mich um die Klos kümmern soll.«

»Was? Ich dachte, der Lehrer wollte dich wegen Ronjas Talent in Mathe sprechen. Haben sie dir etwa einen Job als Klofrau angeboten?«

Ich merke selbst, wie absurd unser Gespräch wird, und fange unkontrolliert an zu lachen. »Nein …«

»Hast du Alkohol getrunken? Dann nimmt ja den Bus«, ermahnt mich meine Cousine, was meinen Lachanfall nur noch verstärkt. »Hallo? Rede mit mir. Du brauchst deinen Führerschein. Helen?«

Ich wische mir die Lachtränen aus den Augen und kläre Bernadette über meine Schulerlebnisse auf. »Mach dir bitte keine Sorgen, ich bin vollkommen nüchtern und ganz Herrin meiner Sinne. Allerdings muss ich immer noch ganz dringend und hoffe, dass ich nicht ins Auto pinkle.«

»Das, meine Liebe«, antwortet Bernadette, »ist den Schwangeren vorbehalten, also halt gefälligst durch. Während du nach Hause fährst, erzähle ich dir kurz, was ich auf der Homepage vom Golfclub noch alles gelesen habe.«

Ich steige ein und beschimpfe mich selbst, dass ich den stellvertretenden Schulleiter nicht nach den Lehrertoiletten gefragt habe. Inzwischen muss ich nämlich richtig dringend.

»Ich habe Onkel Google gefragt und herausgefunden, dass der Golfclub eine ziemlich noble Adresse ist und nur zwanzig Minuten von uns aus entfernt.« Bernadette redet wie ein Wasserfall. »Dort kann man nicht einfach so Mitglied werden, sondern muss von zwei Mentoren empfohlen werden. Aber bei dem Schnupperwochenende darf jeder mitmachen, der das nötige Kleingeld mitbringt. Ich glaube, dort kommst du den Reichen so richtig nah. Wenn schon nicht auf dem Platz, dann abends beim Dinner.«

Ich halte an einer roten Ampel. »Beim Dinner? Muss ich da etwa länger bleiben? Verdammt, werd endlich grün!«

»Was denkst du denn? Der Kurs ist mit einer Übernachtung im Landhaus Birkenhain verbunden, und abends gibt es ein Vier-Gänge-Menü im Restaurant«, klärt mich Bernadette auf. »Du kannst dich auf ein super Wochenende in feinen Kreisen freuen. Ich wäre zu gern dabei, aber das schaffe ich nicht mehr. Warum brüllst du so?«

»Weil ich ganz dringend muss. Außerdem hasse ich jetzt schon den Gedanken, dass ich den Golfschläger schwingen soll«, antworte ich. »Abgesehen davon, schlafe ich ganz gerne in meinem eigenen Bett. Und gehe auf meine eigene Toilette. Apropos Toilette, die brauche ich als Allerserstes.«

Meine Cousine schnaubt. »Komm schon, Helen, denk an den Artikel. Du wirst dort vermutlich so viel erleben, dass du genügend Stoff beisammen hast. Wer weiß, welchen Großindustriellen du im Clubhaus kennenlernst?«

Ich gebe mich geschlagen. »Okay, okay, ich gehe hin. Auch wenn ich überhaupt nicht Golf spielen lernen will.«

»Das ist egal«, erwidert meine Cousine. »Viel wichtiger ist, dass wir dich erst einmal entsprechend ausstatten müssen.«

Ich fühle eine leichte Panik aufsteigen. »Ausstatten? Womit denn? Mit einem Golf-Caddy und irgendwelchen Schlägern?«

»Nein, die bekommst du im Landhaus Birkenhain gestellt.« Bernadette kichert. »Aber wir müssen uns um deine Kleidung kümmern. Ich komme in den nächsten Tagen mal wieder bei dir vorbeigerollt, dann suchen wir dir ein paar entsprechende Outfits aus. Das wird eine Gaudi! Oh, ist das ein Krankenwagen bei dir in der Nähe?«

Jetzt höre ich die Sirene auch. Im Rückspiegel sehe ich zuerst ein blau-weißes Auto und dann die rote Schrift: »Stopp. Polizei.«

»Verdammt!«

»Was ist denn los? Hattest du einen Unfall?«, fragt Bernadette erschrocken.

»Nein«, antworte ich. »Ich werde gerade von der Polizei angehalten.«

»Was? Echt? Wieso das denn? Hast du etwa dein Handy noch am Ohr?«

Ich blinke und bremse ab. »Natürlich nicht, ich habe doch eine Freisprechanlage im Auto.«

»Was wollen die denn dann von dir? Hast du eine rote Ampel überfahren? Warst du zu schnell?«

»Das glaube ich kaum, so durcheinander bin ich nun auch wieder nicht. Was immer es ist, ich habe im Moment ein noch viel größeres Problem.«

Bernadettes Stimme wird schrill. »Oh mein Gott, was denn? Was ist denn los?«

Ich seufze, während ich rechts ranfahre. »Ich fürchte, wenn ich aussteigen muss, dann mache ich mir auf der Stelle in die Hose. Falls sie mich dann verhaften, musst du mich aus dem Knast holen. So, und jetzt lege ich lieber auf.«

Ich hoffe, dass ich im Wagen sitzen bleiben kann, und lasse die Scheibe herunter, während ich im Außenspiegel einen Polizisten auf mich zukommen sehe.

»Schönen guten Tag. Führerschein und Autopapiere bitte«, sagt er.

Ich versuche in seinem Gesicht etwas zu lesen, aber er verzieht keine Miene.

»Hab ich etwas angestellt?«, frage ich, während ich nach meiner Handtasche greife. Es ist schon komisch, wie nervös man beim Anblick von ein bisschen Uniform wird. Als hätte man wirklich etwas verbrochen. Ich könnte nie etwas anstellen, die würden es mir sofort ansehen.

»Die Papiere bitte.«

In meiner Tasche herrscht mal wieder das totale Chaos. Ich krame nach dem Etui mit meinen Ausweisen, finde auf Anhieb jedoch nur vier zur Hälfte verbrauchte Taschentuchpackungen, ein Päckchen Kaugummis, eine zerknitterte *Brot-Rosenlady*, einen Flyer von einer Pizzeria und eine Taschenlampe. »Moment, ich hab's gleich«, sage ich und wühle weiter. Mann, die Tasche werde ich zu Hause umgehend entmüllen. »Da ist es ja.« Schweißgebadet, aber triumphierend hole ich das kleine graue Etui heraus, während mir gleichzeitig ein geöffnetes Minipäckchen Tampons entgegenkommt und der Inhalt sich überall verteilt. »Huch!« Mit hochrotem Kopf reiche ich dem Polizisten die Papiere, während ich hektisch alle Sachen in meine Handtasche zurückstopfe.

»Danke, Frau … Lindner.« Er sagt es mehr zu sich selbst, studiert die Dokumente eingehend und scheint dann das Foto auf meinem Führerschein mit meinem Gesicht ganz besonders genau zu vergleichen.

»Okay, die Haare sind heute kürzer, und ich sehe insgesamt anders aus, aber auf dem Bild war ich noch Studentin«, beeile ich mich zu erklären. »Ich bin es aber wirklich. Zugegeben, es ist zwanzig Jahre her, und ja, ich habe bestimmt ein paar Falten mehr und ein paar Pfunde auch, aber sehen Sie? Es ist immer noch dasselbe Lächeln. Damals durfte man das noch auf den Passfotos. Schauen Sie her. Soll ich mal für Sie lächeln?« Ich versuche ein Grinsen und werde zunehmend nervöser. Außerdem drückt meine Blase mittlerweile unerträglich. Hinter dem Polizisten entdecke ich eine Konditorei. Die haben doch bestimmt Toiletten. Ja, da muss ich umgehend hin. Dafür würde ich alles geben.

»Wie wäre es mit einem Kaffee?« Die Frage rutscht mir heraus, ohne dass ich richtig darüber nachdenke. »Ich müsste ganz dringend mal kurz in das Café drüben. Sie könnten solange in Ruhe meine Papiere weiterstudieren. Ich gebe Ihnen auch ein Stück Torte aus. Nur damit Sie nicht denken, dass ich flüchten will.«

»Wie bitte?« Der Polizist hebt erstaunt den Kopf. »Haben Sie Alkohol getrunken?«

Mist! Jetzt denkt er, dass ich entweder betrunken oder eine Schlampe bin, die ihn anbaggern möchte. »Nein, aber ich muss ganz dringend mal da rein. Super dringend sogar. Verstehen Sie?«

»Steigen Sie bitte mal aus.«

Na toll! Es ist so weit. Ich werde verhaftet und mache mir dabei in die Hose.

»Warum?«

»Wir machen einen Alkoholtest.«

Also noch länger warten? Ich beschließe, ihm auf der Stelle alles zu beichten. »Hören Sie, ich steige gerne aus, und meinetwegen können Sie auch einen Alkoholtest machen«, sage ich. »Bei dem Sie übrigens feststellen werden, dass ich weder betrunken bin noch unter Drogen stehe. Es ist nur so, dass ich ein kleines Problem habe. Ich muss seit gefühlt drei Stunden ganz dringend auf die Toilette. Super dringend. Und da drüben ist ein Café, in dem es ganz bestimmt ein WC gibt. Deshalb rede ich so ein wirres Zeug. Weil ich die ganze Zeit nur an meine Blase denke. Bitte lassen Sie mich kurz auf die Toilette gehen, danach können Sie alle Drogentests machen, die Sie wollen. Oder mich zur Wache mitnehmen. Mir Handschellen anlegen oder Fußfesseln, was auch immer. Aber bitte, bitte, lassen Sie mich zuerst aufs Klo, sonst passiert etwas, das für uns beide sehr unangenehm ist, verstehen Sie?«

Hoffentlich denkt der jetzt nicht, dass ich ihm drohen will. Ich steige aus und merke, dass ich leicht zittere. Der Polizist gibt mir meine Papiere zurück. »Alles in Ordnung. Schließen Sie den Wagen ab.«

»Warum?«

»Wenn Sie Ihr Auto verlassen, sollten Sie es abschließen.«

Gehorsam drücke ich auf den Schlüssel. »Und jetzt?«

»Ihr rechtes Bremslicht leuchtet nicht, das sollten Sie schleunigst reparieren lassen, deshalb habe ich Sie angehalten. Und nun laufen Sie schon in die Konditorei. Ich kenne das Problem von meiner Frau. Wenn sie muss, dann muss sie, egal wo wir gerade sind.«

Er hat Verständnis. Und er lässt mich laufen. Ich darf auf die Toilette.

»Danke!«, rufe ich. »Ich könnte Sie glatt küssen.«

»Na, wo soll das noch hinführen?«, meint er und grinst nun doch leicht verschmitzt. »Erst wollen Sie mir einen Kuchen spendieren und zwei Minuten später wollen Sie mich schon küssen? Wenn ich nicht verheiratet wäre … Nun laufen Sie schon.«

Ich werfe meine Dokumente in die Tasche und ihm eine Kusshand zu. »Danke. Danke, Sie sind …«

»… ein Frauenblasenflüsterer, ich weiß«, höre ich ihn hinter mir murmeln.

# 5

Lieber Dr. Gabriel,
ich habe mich in meinen Chef verliebt. Soll ich ihm meine Gefühle gestehen? Er ist verheiratet, aber ich glaube, dass er nicht glücklich ist.
Pauline S.

*Liebe Pauline,*
*bevor Sie sich in etwas Unüberlegtes stürzen, sollten Sie mehrere Dinge überdenken: Falls Ihr Chef Ihre Gefühle nicht erwidert, wird Ihr Geständnis Sie vielleicht den Job kosten. Sie sollten professionell bleiben und die Privatsphäre Ihres Vorgesetzten respektieren. Schauen Sie sich in Ihrer Freizeit um – bestimmt wartet irgendwo ein Mann genau auf Sie.*
*Es umarmt Sie aus der Ferne*
*Ihr Dr. Gabriel*

Diese Pauline glaubt also, dass ihr Chef nicht glücklich verheiratet ist, und ist bereit, sich in seine Ehe einzumischen. Manchmal hasse ich es, dass ich auf jede Leserzuschrift verständnisvoll reagieren muss.

»Hi, Mama, ich muss dir was erzählen«, begrüßt mich Ronja und wirft den Ordnerstapel, den ich vorhin auf den Stuhl gelegt habe, achtlos auf den Boden.

»Was ist denn los, Räuber? Hast du es dir etwa mit dem Mathewettbewerb anders überlegt?«

Sie setzt sich ächzend hin. »Boah ey! Das hast du mich schon vorgestern und gestern gefragt. Muss ich mir das jetzt jeden Tag anhören? Du hast den Sandberg doch kennengelernt. Nett, aber ahnungslos. Also hör auf, mich zu löchern.«

»Schon gut.« Ich hebe beschwichtigend die Hand. »Hat sich denn inzwischen in Sachen Schultoiletten etwas getan?« Ich hatte gleich nach meinem Gespräch mit dem Konrektor eine Mail an Zeidler geschickt und ihm die Sachlage kurz geschildert. Irgendwie hatte ich gehofft, er würde mich offiziell damit beauftragen, aber bisher habe ich nichts von ihm gehört.

»Nein, die sind immer noch total eklig, man kann sie nur im Notfall benutzen. Außerdem müssen wir uns das Toilettenpapier im Sekretariat holen. In der Pause! Weißt du, wie blöd es ist, mit einer Rolle Klopapier durchs Schulgebäude zu rennen? Das ist ein absolutes No-Go. Aber wieso fragst du das neuerdings auch andauernd?«

»Weil ich es unmöglich finde. Wenn du mir das schon früher erzählt hättest, hätte eine der Zeitungen, für die ich arbeite, längst darüber berichten können.«

Ronja sieht mich an. »Wer denn? Die Bäcker, die Angler, die Gärtner oder die Schützen?«

Ich schlucke und bemühe mich, nicht beleidigt zu sein. Sie hat gar nicht so unrecht. »Ich arbeite freiberuflich auch für die Tageszeitung«, verteidige ich mich. »Du hättest es mir zumindest sagen können.«

»Sorry, hab nicht daran gedacht.«

Okay, das ist nichts Neues. Mit der Pubertät geht auch ein gewisser Gedächtnisverlust einher, das habe ich bereits mitbekommen. »Mach dir nicht so viele Gedanken, die Presse ist schon dran«, fügt sie hinzu.

»Ach ja? Woher weißt du das?«

»Unsere Lehrerin hat es einer anderen Lehrerin gesagt. Dass der Herr Winter mit der Presse gesprochen hat und sich bestimmt bald was tut. Seit er da ist, läuft es wieder bei uns.«

»Hast du eigentlich auch Unterricht bei eurem Konrektor?«

Ronja streckt ihre langen Beine aus und schiebt die Ordner unter meinen Schreibtisch. »Nö. Wir hatten ihn mal in Englisch-Vertretung, da war er ziemlich cool. Hat uns Donald Duck gucken lassen.«

»Ich weiß nicht, ob ich es cool finde, wenn ihr alberne Filme schaut, statt regulären Unterricht zu machen.« Prompt ernte ich einen Du-hast-echt-keinen-Plan-Blick.

»Chill mal, der Film war auf Englisch, also war es quasi richtiger Unterricht.«

Ich frage mich zwar, wie Donald Duck wohl auf Englisch klingt, frage aber nicht nach.

Währenddessen holt Ronja ihr Handy heraus, sieht kurz auf das Display und lächelt in sich hinein. »*Cute*«, sagt sie.

»Was denn?«

»Ach, nichts.« Sie steckt das Telefon ganz schnell wieder ein. »Ich will dir etwas viel Wichtigeres sagen, Mama. Ist nicht weiter schlimm, falls du das mit dem Millionär nicht auf die Reihe bekommst, ich tu nämlich was für meine berufliche Zukunft und verdiene mir was dazu.«

»Das ist sehr erfreulich«, antworte ich und habe dennoch sofort das Gefühl, dass wir unterschiedliche Vorstellungen davon haben. »Woran hast du da genau gedacht? Prospekte verteilen? Babysitten?«

Ronja wirft ihre Tasche auf den Boden. »Doch nicht so was. Vanessa, Lucy und ich werden zusammen einen YouTube-Kanal eröffnen.«

Ich verstehe nicht. »Auf YouTube kann man sich Videos anschauen«, gebe ich zurück. »Was genau wollt ihr da eröffnen?«

»Einen eigenen Kanal. Um Videos reinzustellen. Vanessa, Lucy und ich wollen den Rovaly-KosMos bekannter machen.«

»Was ist denn der Rosalie-Kosmos, und wieso braucht ihr YouTube dafür?«, frage ich. »Habt ihr neuerdings Sternenkunde in der Schule?«

Ronja grinst. »Du bist so was von retro, das gibt's gar nicht. Ständig sagst du, du bist nicht alt, dabei kriegst du echt nichts mehr mit. Eines Tages drückst du noch aus Versehen *Alt* und *Entfernen* auf deiner Tastatur und verschwindest im Internet.« Sie lacht sich kaputt. »Soll schon vielen Rentnern passiert sein.«

»Haha, guter Witz«, sage ich. »Dann erzähl mir doch mal was über euren Rosalie-Kosmos und erklär mir, warum ich retro bin. Hast du nicht gerade gesagt, dass du Geld verdienen willst? Irgendwie habe ich den Anschluss verpasst.«

Ronja streckt ihre langen Beine aus. »Das heißt nicht Rosalie, sondern Rovaly. Es steht für unsere Vornamen: Ronja, Vanessa, Lucy. Und KosMos ist die Abkürzung für Kosmetik- und Modetipps. Wir reden sowieso die ganze Zeit darüber und haben voll Ahnung. Außerdem beraten wir uns gegenseitig und noch ein paar andere Mädchen in unserer Klasse. Es gibt andere YouTuberinnen, die haben richtig Kohle damit gemacht und reisen überallhin. Die werden sogar von großen Firmen gesponsert, das wollen wir auch machen. Das gibt richtig viel Geld.«

Okay. Langsam kann ich dir folgen. »Ihr wollt euch also gegenseitig filmen?«

»Jap. Beim Schminken und Stylen. Und beim Shoppen.«

»Aber du darfst dich noch nicht schminken, nur Wimperntusche und Lipgloss verwenden.«

Ronja funkelt mich herausfordernd an. »Wenn du willst, dass ich ordentlich Kohle verdiene und dir was davon abgebe, dann muss ich mehr dürfen. Natürlich werde ich's nicht übertreiben, wir wollen ja Vorbilder sein. Wir zeigen den Mädels, worauf es ankommt und was so angesagt ist.«

»Aha«, wiederhole ich und hake das Thema Schminke erst einmal ab. Diplomatie ist gefragt, um ihr diese bescheuerte Idee wieder auszureden. Nicht auszudenken, wenn sie künftig nur noch im Internet hängt, statt sich um die Schule zu kümmern. Das werde ich auf keinen Fall erlauben, aber ich will auch keine Eskalation. Eine Taktik muss her, und zwar schnell. »Dann müsstest du dein Zimmer ja immer super aufräumen, die anderen Räume in unserer Wohnung sind für die Kamera nämlich tabu«, taste ich mich langsam vor und bemühe mich so zu klingen, als ob ich mich ernsthaft mit diesem Vorhaben beschäftigen würde. »Alles müsste perfekt aussehen, denn du willst ja nicht ausgelacht werden. Das heißt, die Kleiderhaufen müssten weg sein, das Bett muss immer ordentlich gemacht sein, der Boden gesaugt, die Regale geputzt. Wenn du ein Vorbild sein möchtest, dann gehört das selbstverständlich dazu.«

»Ähm …« Meine Tochter scheint zu überlegen.

Ich fahre einfach fort: »Natürlich müsste man sich überlegen, wie man Pädophile und andere Perverse davon abbringt, ein paar Fünfzehnjährigen zuzuschauen und sie möglicherweise zu kontaktieren. Soweit ich weiß, muss man bei solchen Kanälen ein Impressum angeben. Schwierig, schwierig, ihr zeigt dann ja quasi alles von euch …«

»Nein, nicht alles«, widerspricht Ronja, ein wenig blass um die Nase. »Wir sind ja nicht nackt. Aber vielleicht können wir uns so schwarze Balken vor die Augen machen, wie bei Fotos, wenn man keinen erkennen soll. Zu Hause müssen wir auch nicht filmen, sondern vielleicht auf der Straße, dann sehen die User nichts Privates.«

Ich unterdrücke ein Lachen. »Ach so, ihr wollt euch gegenseitig beim Schminken filmen, und das mit einem schwarzen Balken vorm Gesicht? Und ihr stylt euch auf der Straße – unabhängig vom Wetter? Das Problem mit dem Impressum ist damit auch noch nicht gelöst. Und dass ihr minderjährig seid … Aber sonst ist die Idee gar nicht mal so schlecht.«

»Mama, ey!« Ronja schmollt. »Du musst mir immer alles miesmachen. Da hab ich endlich mal eine krasse Idee, wie wir mit unserem Talent megaviel Kohle verdienen, und anstatt mir zu helfen, bremst du alles.«

Ich bemühe mich, weiter ernst zu bleiben. »Räuberchen, ich habe doch nur ein paar Aspekte aufgezählt, die ihr vorher bedenken solltet. Ihr wollt euren Kosmos doch sicher professionell gestalten, oder? Sonst gewinnt ihr keine Sponsoren. Auch so eine Sache. In eurem Alter dürft ihr noch keine Geschäfte abschließen. Du, ich hätte da eine Idee: Wenn ich dir helfen soll, dann könnte ich doch genauso gut mitmachen. Lass uns beide einen eigenen Kosmos gründen. Wie wäre es mit RoMa, dem Ronja-Mama-Kanal? Dann können wir allen Müttern und Töchtern super Tipps geben. Ich mache dir die Nägel, du zupfst mir die Augenbrauen, wir backen etwas gemeinsam oder basteln? Bestimmt werden wir dann auch gesponsert. Na, was sagst du dazu?«

Meine Tochter springt auf. »Auf keinen Fall«, erwidert sie. »*Never ever*. So etwas macht man doch nicht mit seiner Mutter, das wäre ja peinlich hoch zehn. Keine von den erfolgreichen YouTuberinnen bastelt vor der Kamera mit ihrer Mutter. Wir hätten garantiert null Abonnenten. Vergiss es!«

»Och, schade …« Ich bemühe mich, möglichst zerknirscht auszusehen. »Aber ich würde dir so gerne helfen …«

Ronja zieht die Stirn in Falten. »Ich muss das alles erst mit Vanessa und Lucy klären.«

»Tu das«, sage ich und bemühe mich um einen sanften, verständnisvollen Ton. »Vielleicht wollen deren Mütter ja auch dabei sein? Dann können wir einen großen Familien-Kosmos daraus machen.«

»Wie doof ist das denn? Du glaubst doch nicht im Ernst, dass ich bei so was Peinlichem mitmachen würde. Erst machst du mir meine Geschäftsidee kaputt, und dann willst du sie mir auch noch klauen.«

»Vielleicht könntest du mit etwas anderem Geld verdienen, zum Beispiel mit Mathe-Nachhilfe?«, schlage ich vor.

Du hast wohl nicht alle Tassen im Schrank, sagt Ronjas Blick. Den kenne ich leider mittlerweile sehr gut. »Also das ist der blödeste Vorschlag, den ich je gehört habe«, sagt sie wie erwartet. »Ich geh dann mal in mein Zimmer und skype mit den anderen.«

»Ich fahre nachher mit Tante Bernadette zu diesem Tischkultur-Workshop im Schloss«, sage ich in dem Versuch, sie versöhnlicher zu stimmen. »Hilfst du mir dabei, ein festliches Outfit auszusuchen? Wo du doch demnächst Modeberaterin wirst?«

Sie schüttelt den Kopf. »Kein Bock. Außerdem muss ich erst mit den Rovalys reden. Wenn ich du wäre, würde ich ein Kleid und Schuhe mit hohen Absätzen anziehen.«

Mit einem Seufzen sehe ich ihr hinterher. Wie sehr wünsche ich mir manchmal, sie wäre wieder fünf Jahre alt und würde mit ihrem Puppenhaus spielen. Damals war ich noch die beste Mama der Welt, hatte die besten Ideen, und alles war irgendwie leichter.

Mein Handy vermeldet den Eingang einer Nachricht. »Habe einen Plan. Daumen drücken, dass er klappt! Mathe ist nämlich cool. LG«, steht da, und dahinter hat Julian Sandberg einen grinsenden und einen Herz-Smiley gesetzt.

Ich weiß nicht, ob es heutzutage normal ist, als cooler Surfer-Lehrertyp der coolen Mutter einer coolen Schülerin eine coole Nachricht mit einem coolen Herz Smiley zu schicken. Erst will ich Bernadette anrufen und sie danach fragen, doch dann befürchte ich, dass Ronja mich hören könnte, daher lasse ich es sein und verschicke lediglich ein »Daumen hoch« als Antwort.

Nach mehrmaligem Wühlen in meinem Kleiderschrank entschließe ich mich für ein dunkelblaues Cocktailkleid und dazu passende Pumps. Bernadette hat es als Schwangere viel leichter, sie will eine weite Bluse mit einem Umstandsrock anziehen.

Als ich fertig bin, klopfe ich bei Ronja an die Tür. »Ich will gleich los und weiß nicht, wann die Veranstaltung zu Ende ist. Hast du Hunger?«

Meine Tochter sitzt vor ihrem PC und dreht sich zu mir um. »Ich kann mir nachher selbst was machen«, sagt sie. »Wir denken uns gerade ein paar neue Sachen aus. Hübsch siehst du aus. Ist nicht schlimm, wenn es länger dauert, viel Spaß. Und lern schön, wie man gut kocht.«

»Es ist kein Kochkurs, außerdem schmeckt's dir bei mir doch ganz gut, oder?«, protestiere ich, aber Ronja brummt nur ein »Läuft« und skypt schon wieder weiter.

Eine halbe Stunde später kommen Bernadette und ich vor dem Schlosshotel an. Das imposante Gebäude wird von allen Seiten angestrahlt. Rechts und links gibt es einen kleinen Turm, der Zugang zum Hauptportal führt über eine echte Zugbrücke.

»Ich frage mich, warum diese Gräfin einen Workshop veranstaltet«, sage ich. »Braucht die vielleicht Geld? Die Unterhaltungskosten für das Schloss sind sicher nicht gerade gering.«

»Oder sie hat Spaß daran, Normalsterbliche wie uns zu unterrichten«, antwortet meine Cousine und zwängt ihren Bauch aus meinem Wagen. »Wenn mir jemand gesagt hätte, dass ich im achten Monat schon so dick sein würde, dass ich kaum mehr in ein Auto passe, dann hätte ich mir das mit dem Kinderkriegen noch mal überlegt«, stöhnt sie.

»Quatsch! Ich sage dir, es ist die Mühe wert. Zumindest die ersten zwölf Jahre. Danach musst du ein dickes Fell entwickeln und hoffen, dass du dein Kind irgendwann wiedererkennst. Meines lebt derzeit meistens im Körper eines anderen.«

Wir betreten die Schlosshalle, staunen über die weißen Marmorböden, goldenen Kronleuchter und riesigen Gemälde an den Wänden. Dann deutet Bernadette auf ein vor der Empfangstheke aufgestelltes Schild: »Seminarraum 203, erste Etage«.

Wir fahren mit dem Fahrstuhl nach oben und erreichen den Raum zusammen mit einer kleinen, schlanken rothaarigen Frau, die ziemlich hektisch wirkt. »Auch Tischkultur? Dann wollen wir mal …« Sie öffnet die Tür und bleibt so abrupt stehen, dass ich fast in sie hineinlaufe.

»Was ist denn das für ein beknackter Raum? Sind die eigentlich total bescheuert, uns Abendgarderobe abzuverlangen und uns dann eine derart armselige Location anzubieten?«, wettert sie vor sich hin.

Über ihre Schulter hinweg spähe ich in den Raum und muss ihr recht geben. Er sieht genauso aus, wie man sich einen kahlen, nüchternen Seminarraum vorstellt: viereckig, graue Tische und Stühle, eine Tafel, grelles Neonlicht. Ich hasse die Atmosphäre jetzt schon.

»Ich dachte, wir sind in einem Schloss?«, meint auch Bernadette hinter mir. »Irgendwie hatte ich festlich gedeckte Tische und ein Restaurant erwartet.«

»Ich auch. Ich habe mich wie ein Knallbonbon verkleidet, und wofür das Ganze?« Jetzt erst bemerke ich, dass die Rothaarige ein rot glänzendes, langes Seidenkleid trägt, an dessen Ausschnitt sie gerade herumzupft. »Das war das Einzige in meinem Schrank, das richtig viel Geld gekostet hat. Ich dachte, dass es in dieses Ambiente passt.«

Zögernd gehen wir hinein und müssen feststellen, dass wir die Einzigen in Abendgarderobe sind. Außer uns sind noch acht andere Frauen und sechs Männer anwesend, und keiner von ihnen trägt etwas, das man auch nur annähernd als »festlich« bezeichnen könnte.

Alle starren uns stumm an, als wir »Guten Abend« sagen. Auf einmal bin ich mehr als froh, dass Bernadette mitgekommen ist – selbst über die rothaarige Frau freue ich mich. »Sagen Sie mal, was haben diese scheußlichen grauen Seminartische mit Tischkultur zu tun?«, fragt sie herausfordernd. »Ich dachte, das hier ist ein Schloss.«

»Ein Schlosshotel«, korrigiert ein glatzköpfiger Mann mit Brille. »Hier finden auch Tagungen und Seminare statt. Den Prunk gibt's unten.«

Wir haben keine Zeit, weitere Fragen zu stellen, denn ein älterer Herr mit einem Aktenkoffer betritt den Raum und stellt diesen direkt vor die Tafel.

»Wer ist denn das? Wo ist die Gräfin?«, fragt die Rothaarige halblaut.

»Das ist der Seminarleiter, Herr Schröder«, zischt eine Frau uns gegenüber.

»Ich will mein Geld zurück«, flüstert Bernadette, die links neben mir sitzt. »Das habe ich nicht gebucht. Außerdem ist der Stuhl super unbequem.«

»Die Pfeife da vorne soll uns was beibringen?«, murmelt die Rothaarige zu meiner Rechten. »Sehen Sie sich den doch nur mal an. Er trägt ein schlecht sitzendes Hemd, das über der Hose spannt. Was will der uns denn über feine Manieren beibringen?«

In diesem Moment scheint uns Herr Schröder erst richtig wahrzunehmen. »Ah, drei neue Gesichter«, sagt er und schnalzt mit der Zunge. »Haben Sie irgendwelche

Vorkenntnisse? Sonst wird es schwierig, in unseren Kurs reinzukommen, fürchte ich.«

Da niemand etwas sagt, räuspere ich mich. »Also, ich weiß natürlich, wie man einen Tisch deckt, und kenne die gängigen Besteck- und Gläserformen. Keine Ahnung, was Sie sonst noch erwarten.«

Was soll denn daran schwierig sein, in den Kurs reinzukommen?

»Genau. Meinen Sie etwa, wir sind Neandertaler?«, fragt die Knallbonbon-Frau geradeheraus. »Wir haben doch alle gewisse Manieren, verdammt noch mal! So wie das hier aussieht, scheinen Sie vollkommen unvorbereitet zu sein.«

»Nun hören Sie mal«, erwidert der Mann pikiert. »Ich habe doch noch gar nicht angefangen.«

Irgendwie habe ich das Gefühl, der Frau im roten Kleid zur Hilfe eilen zu müssen. »Na ja, von Stil und feiner Art kann hier ja wohl keine Rede sein, so wie der Raum aussieht.«

»Wieso?« Der Leiter des Workshops und die anderen Teilnehmer starren uns an.

»So stand es aber im Internet«, ruft Bernadette.

»Sie sind vielleicht aggressiv«, meldet sich eine der anderen Anwesenden mit ekelhaft sanftem Unterton zu Wort. »Beruhigen Sie sich doch bitte. Verbale Attacken sind auch Gewalt.«

»Sie ist schwanger, da sind Frauen unzurechnungsfähig«, mischt sich einer der Männer ein. »Damit kenne ich mich aus.«

»Ey, was wollen Sie denn von ihr?«, empört sich die Rothaarige. »Lassen Sie gefälligst Ihre Beleidigungen sein, sonst setzt es was. Ich glaube, ich spinne. Die Frau ist schwanger und nicht verrückt. Unzurechnungsfähig, ich fasse es nicht.«

Seminarleiter Schröder hebt beruhigend beide Hände. »Wir entspannen uns nun alle wieder, bitte ein paarmal tief durchatmen, danach klären wir alles der Reihe nach. Es gibt offensichtlich einige Irritationen …«

Jetzt reicht es mir. »Hören Sie, wir haben einen Workshop zum Thema Tischkultur gebucht, die Leiterin sollte eine Gräfin sein. Sie müssen verstehen, dass wir mehr als verwundert sind …«

Auf einmal lachen alle, doch ich weiß nicht, worüber. Dann fangen sie auch noch an zu klatschen und zu stampfen.

»Die Leute hier haben sie nicht alle«, sagt die Rothaarige zu Bernadette und zu mir. »Das ist ein Haufen Irrer, wir sollten schleunigst von hier verschwinden.«

In diesem Moment beruhigen sich die anderen wieder, und ich beobachte, wie der Kursleiter den rechten Zeigefinger hebt. Offensichtlich ein verabredetes Zeichen. Wo sind wir denn da bloß hineingeraten? In eine Sekte? Greifen die uns an, wenn wir einfach gehen?

»Da liegt wohl ein kleines Missverständnis vor«, sagt Herr Schröder und klingt dabei fast fröhlich. »Wir widmen uns hier der Konfliktbewältigung für Fortgeschrittene. Das Tischkulturseminar findet im Erdgeschoss im Kaminzimmer statt.«

Bernadette zupft mich am Arm. »Nichts wie weg hier. Gott sei Dank!«

Die rothaarige Frau und ich helfen ihr hoch, und keine von uns kann ihre Erleichterung verbergen.

»Na, dann viel Spaß noch«, sage ich, um einen höflichen Abgang bemüht.

»Und schön weiter Konflikte bewältigen!«, ruft die Rothaarige. »Noch ein Tipp: Wenn man nicht weiterkommt, empfehle ich grundsätzlich Pfefferspray. Tschüss.«

»Wollen Sie vielleicht noch einen Flyer mitnehmen? Ich sehe bei Ihnen durchaus einen gewissen Bedarf«, hören wir den Seminarleiter sagen, bevor wir ungerührt die Tür hinter uns schließen.

»Ja, das glaub ich, dass der Bedarf bei mir gesehen hat«, sagt unsere neue Bekannte und grinst. »Ich war kurz davor auszuflippen. Nur mein blödes Abendkleid hat mich daran gehindert.«

»Lieber würde ich mich einsperren lassen, als diese Truppe auch nur eine Minute länger zu ertragen«, sagt auch Bernadette. »Ich dachte schon, ich müsste Wehen vortäuschen, damit wir dort wegkommen. Ob die alle was angestellt haben?«

»Die stehen bestimmt mit einem Bein im Knast«, erklärt die Knallbonbon-Frau. »Oder sind kurz vor der Klapsmühle. Normal war das jedenfalls nicht. Ich bin übrigens Anita, und ich kann nur hoffen, dass im Kaminzimmer alles seine Richtigkeit hat und dort nicht der vegane Strickkurs sitzt.«

»Das ist Helen, ich bin Bernadette«, stellt uns meine Cousine vor. »Ich hoffe vor allem, dass die dort wesentlich bequemere Sitzgelegenheiten haben. Ist das hier ein Schloss oder eine Volkshochschule?«

Das Kaminzimmer grenzt an das Schlossrestaurant, das heute gut besucht ist. Ein Oberkellner führt uns über einen schmalen Flur zu einer Hintertür.

»Verzeihen Sie bitte, aber die Gäste im Restaurant sollen in Ruhe ihr Dinner genießen können«, sagt er.

»Sind wir denn so ein schlimmer Anblick?«, fragt Anita kokett.

Prompt läuft er knallrot an. »Eine Anweisung des Hauses, verzeihen Sie bitte.«

Sobald er uns die Tür geöffnet hat, atmen wir drei hörbar auf. Das Kaminzimmer ist auf den ersten Blick ein wunderschöner ovaler Raum, der mit antiken Möbeln eingerichtet ist. Es gibt einen Kamin, der zwar nicht an ist, aber dennoch eine gemütliche Atmosphäre verbreitet. Überall stehen brennende Kerzen, es läuft leise klassische Musik, und an zwei runden Tischen, die mit weißen Leinentischdecken, weißem Geschirr, Silberbesteck, gelben Blumen und Kerzen gedeckt sind, sitzen eine Handvoll Frauen, alle in Abendgarderobe. Mit dem richtigen Mann an der Seite wäre es einer der romantischsten Orte, die ich je gesehen habe.

»Männer haben wohl nix mit Tischkultur am Hut«, sagt Anita leise. »Nur Weiber hier.«

»Aber die Stühle sind gepolstert und sehen bequem aus«, bemerkt Bernadette zufrieden.

Wir sagen laut »Guten Abend« und setzen uns auf drei der noch freien Plätze.

»Ah, ich nehme an, nun sind wir komplett.«

Erst jetzt bemerke ich den Mann, der hinten im Raum steht und uns schweigend beobachtet. Groß, dunkelhaarig, markante Nase, wachsame Augen, etwa Ende vierzig, würde ich schätzen, denn sein schwarzes Haar ist von einigen grauen Strähnen durchzogen. Er trägt einen tadellos sitzenden Smoking mit weißem Hemd und weißer Fliege.

»Ist das der Kellner?«, will Anita wissen.

Für mich sieht er eher wie ein Opernballbesucher aus. »Dafür wirkt er zu selbstbewusst«, antworte ich. »Und ist zu teuer angezogen.«

»Ich darf Sie alle recht herzlich begrüßen. Mein Name ist Friedrich Graf von Strombach, und ich habe heute das Vergnügen, diesen Workshop zu leiten«, sagt er und macht eine ausladende Geste. »Das Motto des Abends lautet: Nur das Beste ist gut genug. Und bevor Sie fragen, ja, auch wir Adeligen müssen hin und wieder einer Beschäftigung nachgehen. Ab und zu bei der Queen zum Tee eingeladen zu sein reicht nicht.«

Anita und die Frauen um uns herum kichern, und als der Graf fortfährt, erkenne ich die Stimme vom Telefon wieder.

»Ich muss Ihnen gestehen, dass sonst meine Schwester durch diese Abende führt und auch große Freude daran hat, aber sie ist kurzfristig verhindert, und ich bin sehr gern für sie eingesprungen. Bei diesem charmanten Dutzend hätte ich das schon viel früher tun sollen. Normalerweise halte ich bei uns im Schloss Weinseminare und referiere übers Golfen und die Jagd, aber da sind meistens nur Herren zugegen und nicht so charmante Damen.« Der Graf macht eine Verbeugung in unsere Richtung, und die Anwesenden fangen an zu klatschen.

Bernadette tritt mich unter dem Tisch. »Er trägt keinen Ring«, zischt sie mir zu. »Schwul oder geschieden?«

»Oder verheiratet mit Abneigung gegen Ringe. Aus gutem Grund.«

»Das lässt sich herausfinden. Charmant, der Mann, findest du nicht?«

Ja, das muss ich auch zugeben. »Auf den ersten Blick auf jeden Fall.«

»Ist schon eine andere Hausnummer als dieser blasse Konflikt-Heini, oder?«, meint nun auch Anita. »Und adelig ist er auch noch. Bleibt die Frage, ob die Herrschaften das hier aus Spaß machen oder weil sie dringend Kohle brauchen.«

»Die Frage haben wir uns auch schon gestellt«, sagt meine Cousine.

Da klatscht der Graf in die Hände, und ein Kellner mit einem Tablett voller Champagnergläser taucht wie aus dem Nichts auf.

»Meine Damen, mich interessiert es nicht, woher Sie kommen und was Sie schon wissen oder auch nicht. Ich lege auf Diskretion großen Wert und denke, das ist auch in Ihrem Sinne. Wir werden einfach ein schönes Dinner genießen, und ich erzähle Ihnen dabei, worauf Sie bei Tisch achten sollen. Lassen Sie sich bitte nicht anmerken, ob Ihnen das eine oder andere bereits bekannt ist, sondern betrachten Sie das Ganze wie ein Spiel.«

Diese Vorgehensweise gefällt mir. So werden peinliche Zwischenfälle vermieden, und niemand muss sich die Blöße geben, dass er etwas nicht gut beherrscht. Ich zum Beispiel.

»Wir beginnen den Abend mit einem zwanglosen Champagnerempfang bei einer Soiree. Sie kommen also gleich hierher, nehmen sich ein Glas und üben sich in perfekter Konversation, indem Sie Ihre Mitmenschen ansprechen. Bitte niemandem dabei zu nahe treten, keine intimen Details entlocken und das freundliche Lächeln nicht vergessen.«

»Wenn ich aber niemanden ansprechen will?«, frage ich Bernadette. »Ich habe vielleicht gar keine Lust dazu.«

Meine Cousine verdreht die Augen. »Sei doch nicht so bockig. Du klingst schon wie deine Tochter. Sei still und mach die Übung.«

Der Graf fährt fort: »Plaudern Sie ganz ungezwungen miteinander, bis Sie von Ihrem Begleiter zu Tisch geleitet werden. Dort setzen Sie sich jedoch nicht sofort hin, sondern warten, bis der Herr Ihnen den Stuhl zurechtrückt. Das gilt übrigens auch im Restaurant.«

Ich frage mich, wer dem nächsten Mann, der mich möglicherweise irgendwohin ausführt, auch sagt, dass er mir den Stuhl unter den Po schieben soll. »Ist das nicht ein wenig überholt?«, frage ich laut. »Im Alltag erlebe ich es selten, dass der Herr der Dame den Stuhl zurechtrückt. Außerdem gibt es hier keine Männer, die den Part übernehmen könnten. Wollen wir diesen Teil nicht einfach überspringen?«

Graf von Strombach sieht mich an, und ich meine, ein amüsiertes Funkeln in seinen Augen zu bemerken. »Ein guter Einwand. Aber Sie möchten doch auf die feine Art genießen, sonst wären Sie nicht hier. Deshalb sollten Sie sich nur mit entsprechenden Gentlemen umgeben, die diesem Anspruch gerecht werden. Denken Sie daran: Nur das Beste ist gut genug.«

Touché.

»Der Typ hat recht«, stellt Anita laut fest. »Ich habe echt genug von diesen Machos und Proleten.«

Graf Friedrich lächelt. »Meine Schwester sagt bei ihren Workshops sehr gern: ›Willst du wie eine Prinzessin behandelt werden, dann benimm dich auch wie eine Prinzessin. Schraube deine Ansprüche hoch.‹ Ich will heute Folgendes ergänzen: Umgeben Sie sich mit Menschen und Dingen, die Ihrer würdig sind. Erwarten Sie also einfach von Ihrem Begleiter, dass er Sie galant behandelt.« Er sieht wieder in meine Richtung.

Bernadette stößt mich von der Seite an. »Nur dass es klar ist, ich werde Gregor nachher gleich darauf hinweisen, dass ich die Prinzessin bin.«

Ich nicke. »Eine schwangere noch dazu, das zählt doppelt. Er muss dich auf Händen tragen. Ähm, also bildlich gesprochen, wir wollen ja nicht, dass er sich einen Bruch hebt.«

»Da wir heute keine männlichen Kursteilnehmer haben«, fährt der Graf fort, »werde ich die Rolle des Begleiters für Sie alle übernehmen. Warten Sie bitte vor Ihrem Stuhl, bis ich Ihnen diesen zurechtgerückt habe. Und jetzt: Champagner bitte! Üben Sie dabei schön die hohe Kunst der Konversation.«

»Was für ein Kavalier«, sagt Anita völlig hingerissen. »Ich will die hohe Kunst vor allem mit ihm üben. Und gegen ein paar andere Dinge hätte ich auch nichts.«

Zugegebenermaßen bin ich ebenfalls beeindruckt. Ein allgemeines Raunen setzt ein, und ich bin sicher, dass sich alle Frauen augenblicklich in den charmanten Hausherrn verguckt haben. »Geschieden ist er auch noch«, fügt sie hinzu.

»Woher weißt du das?« Ich bin erstaunt.

Anita zupft wieder an ihrem Ausschnitt. »Hab ich gerade unter dem Tisch gegoogelt. Börsenmakler, geschieden, keine Kinder. Die perfekte Partie. Ich wette, in diesem Moment werfen sämtliche Weiber hier im Raum ihre Netze aus. Sitzt mein Busen richtig? Dann will ich auch mal jagen und fischen gehen.« Sie steht auf und begibt sich in Richtung des Kellners mit dem Tablett.

Auf einmal weiß ich, dass ich schon heute die ersten Beobachtungen für meinen Artikel machen werde. »Ich wette, dass der Graf zwar charmant bleibt, allerdings jeden Annäherungsversuch abwehren wird. Wir sind alle nicht seine Kragenweite, und er wird sich wohl kaum mit einer Kursteilnehmerin einlassen, die etwas über Tischkultur lernen möchte«, sage ich zu Bernadette.

»Genau deine Theorie, oder? Aber vielleicht denkt er ja gar nicht in Klassenunterschieden? Du könntest ihn dir selbst schnappen«, gibt meine Cousine zurück. »Er hat dich vorhin mehrfach angesehen, das hast du sicher selbst bemerkt. Er hat bestimmt ein Häuschen in Sankt Moritz. Dann wärst du auf den Job bei der Zeitung nicht mehr angewiesen. Und hättest dein ganz persönliches Happy End …«

»Bist du wahnsinnig? Ich werfe mich doch nicht einem Wildfremden an den Hals, nur weil er ein Adeliger ist.«

»Findest du ihn denn nicht charmant und attraktiv?«

»Doch, natürlich. Aber das sind andere Männer auch. Schau dir die Frauen an, wie sie mit ihren Champagnergläsern um ihn herumtänzeln. Ich bin nicht so. Wer hätte gedacht, dass deine Idee mir nicht nur die perfekte Tischkultur, sondern auch gleich eine praktische Studie liefern würde?«

Bernadette lacht. »Ja, nicht? Der Abend ist ein Volltreffer.«

»Auf jeden Fall. Wir wissen jetzt schon, dass es von nun an nicht mehr Abendessen heißt, sondern Soiree. Und dass wir alle Prinzessinnen sind, auch wenn die Typen da draußen es noch nicht kapiert haben.«

»Genau. Dann mach dich mal auf, um das Balzverhalten aus der Nähe zu beobachten, und ergreif deine Chance, wenn sie sich bietet. Ich werde hier nämlich sitzen bleiben. Champagner darf ich keinen trinken, Elefanten flirten leider nicht, und dieser bequeme Sessel hier ist einfach nur himmlisch!«

Ich ergattere das letzte Glas Champagner und verfolge amüsiert, wie sich die Anwesenden um den Grafen scharen.

»Guten Abend.« Eine füllige Frau in einem schwarzen Kleid spricht mich an. »Wie geht es Ihnen? Haben wir nicht gerade herrliches Wetter? Ihr Kleid gefällt mir sehr gut. Mögen Sie klassische Musik? Mozarts *Nachtmusik* ist mein Lieblingsstück. Und Ihres?«

Hat die Gute etwa zu viel Sekt getrunken? Ihre Fragen prasseln nur so auf mich ein, und ich weiß gar nicht, welche ich zuerst beantworten soll.

»Ähm …«, fange ich an, aber mein Gegenüber lässt mich gar nicht zu Wort kommen.

»Finden Sie das Wetter auch so wunderbar?«

Ich nicke. »Es ist zwar Abend, und wir sind drinnen, aber ja, durchaus.«

»Wenn wir jetzt draußen wären und es noch richtig hell wäre, dann wäre es einfach nur herrlich, nicht wahr?« Sie wird ein wenig hektisch.

Mir kommt das Wort »wäre« in dem Satz ein wenig zu oft vor, trotzdem nicke ich. »Ja, auf jeden Fall.«

Die Frau wirkt nun deutlich zufriedener und beugt sich näher zu mir. »Unter uns: Ist Graf Friedrich nicht wunderbar? Ich war schon zweimal bei der Gräfin im Workshop und habe so viel gelernt, aber dass wir jetzt ihn bekommen haben, ist wirklich ein Riesenglück. Zu Hause habe ich jetzt immer Blumen und Kerzen auf dem Tisch, und es gibt nur noch Champagner anstelle von Sekt. Also fast immer, meine ich, weil der eigentlich zu teuer ist. Unter uns: Meistens hole ich sowieso nur Prosecco, weil der mir besser schmeckt.«

Aha.

»Was haben Sie sonst noch so bei der Gräfin gelernt?«, will ich wissen.

»Sehr viel. Welche Gabel man für Fisch benutzt und welches Glas für welches Getränk ist, obwohl ich die für Cognac und Likör nach wie vor verwechsele. Außerdem kann ich ungezwungener auf fremde Menschen zugehen, so wie gerade auf Sie. Die Gräfin hat gemeint, Wetter, Musik und Komplimente gehen als Gesprächsthema immer. Damit kriegt man sie alle. Wenn man gebildet wirken möchte, sollte man außerdem mindestens ein klassisches Lieblingsstück haben, wie zum Beispiel die *Nachtmusik*. Genial, oder?«

Damit ist klar, was ihr Fragenmonolog zu bedeuten hatte.

»Wissen Sie«, erzählt sie weiter, »ich bin eigentlich ziemlich schüchtern und hätte nie gedacht, dass ich einfach so fremde Leute ansprechen kann. Aber ich bin ein richtiger Fan der Tischkulturabende geworden. Wann immer ich im Schloss bin, fühle ich mich gebildet und wie eine richtige Prinzessin«, sagt sie und strahlt.

Ich denke an meinen Artikel und werde hellhörig. »Das klingt wirklich sehr schön«, antworte ich und meine es auch so. »Aber könnten Sie sich vorstellen, immer mit den von Strombachs zu verkehren? Als eine von ihnen?«

Die Frau sieht mich an, als hätte ich drei Köpfe. »Eine von denen? Nee, natürlich nicht.«

»Warum denn nicht?«

»Die sind doch reich und schön. Und adelig. Damit stehen sie über uns. Außerdem wäre es mir viel zu anstrengend, ständig im Abendkleid zum Essen zu erscheinen und eine Stoffserviette zu benutzen. Das ist völlig unpraktisch. Mein Mann und ich essen gern mal vor dem Fernseher, und er trinkt dazu sein Feierabendbier. Für Wein ist er nicht so zu haben, und ich ehrlich gesagt auch nicht.«

Genau meine Theorie, denke ich.

»Ich gehe dann mal weiter Konversation üben«, erklärt sie und lächelt mich an. »Die Frisur steht Ihnen. Ich hoffe, dass die milden Temperaturen noch eine Weile anhalten. Genießen Sie die Musik. Einen schönen Abend noch.«

Nachdenklich bleibe ich zurück. Kann man sich das gute Benehmen und bestimmte Dinge wirklich so antrainieren, dass man sich irgendwann zwanglos unter den Reichen bewegt? Die Frau gerade war das Gegenbeispiel dafür.

Mein Blick fällt auf Anita, die es tatsächlich geschafft hat, sich in die erste Reihe zu drängeln und direkt vor dem Grafen zu platzieren, mit dem sie nun eine Unterhaltung anfängt. Was die beiden reden, kann ich nicht verstehen, doch ihr Charme scheint zu wirken, denn Friedrich von Strombach wirkt ganz angetan. Er prostet ihr zu und lächelt sie an, während er etwas zu ihr sagt. Dann schweift sein Blick durch den Raum und bleibt an mir hängen. Einen Moment zu lang sieht mir der Graf direkt in die Augen, und ich bekomme einen trockenen Hals.

Als ein livrierter Kellner verkündet, dass nun das Essen serviert werde, seufzen die meisten Frauen enttäuscht auf. Ich nehme an, dass sie am liebsten noch länger mit dem charmanten Friedrich von Strombach geplaudert hätten. Wir begeben uns zurück zu unseren Plätzen und bleiben brav vor den Stühlen stehen.

Selbst Bernadette erhebt sich und zwinkert mir zu. »Dass mir ein echter Graf den Stuhl unter mein elefantöses Hinterteil schiebt, lasse ich mir dann doch nicht entgehen.«

»Soll ich die Szene filmen?«, frage ich und zücke mein Smartphone.

»Eine wichtige Regel sollte bei Tisch übrigens selbstverständlich sein«, sagt soeben der Graf. »Handys sind absolut tabu. Sie sollten in Ihrer Handtasche bleiben, und wenn Sie telefonieren müssen, dann verlassen Sie bitte den Raum. Allerdings müssen Sie sich dessen bewusst sein, dass es äußerst unhöflich wirkt.«

Rasch stecke ich das Telefon zurück in die Tasche und hoffe, dass Friedrich von Strombach es nicht bemerkt hat. »Also kein Clip«, zische ich meiner Cousine zu.

Der Graf geht nun um die Tische herum und rückt jeder einzelnen Dame den Stuhl mit einer freundlichen Bemerkung zurecht. »Ich freue mich, dass Sie da sind«, »Auf einen schönen Abend mit Ihnen«, »Sie sehen bezaubernd aus« und »Ich hoffe, Sie fühlen sich bei uns wohl« sind nur einige der charmanten Sätze. Die Frauen schmelzen förmlich dahin.

Bei Anita sagt er: »Ihr Kleid steht Ihnen ganz wunderbar.«

Dann bin ich an der Reihe. »Sind Sie nicht Frau Lindner?«, fragt er. »Ich habe Sie vorhin an der Stimme erkannt. Enchanté«, setzt er auf Französisch an, da ertönt ein Klingeln aus meiner Handtasche.

Wie peinlich! Wieso habe ich das dämliche Handy denn nicht auf lautlos gestellt? Ich bin so verwirrt, weil er mich mit meinem Namen angesprochen hat, dass ich fast die Tasche fallen lasse. Am Klingelton erkenne ich, dass es Ronja ist. Hoffentlich ist nichts passiert.

»Verzeihung, ein Notfall«, sage ich entschuldigend und greife nach dem Telefon. »Räuber? Hier ist deine Mami«, flöte ich und hoffe, dass nun alle glauben, mein

Kind sei noch klein, und mehr Verständnis für mich aufbringen.

»Das weiß ich doch, ich habe dich schließlich angerufen«, sagt meine Tochter. »Ich wollte nur fragen, ob wir uns ein Laufband kaufen können. Ich will was für meine Fitness tun.«

Ich spüre die missbilligenden Blicke der anderen auf mir, während der Graf noch immer abwartend neben mir steht. Ich kann mich daher unmöglich über Laufbänder unterhalten und beschließe spontan, die Kleinkindnummer durchzuziehen. »Du, Mausilein, das besprechen wir später, ja? Mal sehen, was dir das Christkind dieses Jahr bringt. Da musst du schön geduldig und brav sein, mein Räuberchen.«

Die Ersten fangen an zu schmunzeln, und Bernadette neben mir bekommt einen Hustenanfall.

»Spielzeug? Christkind? Wir haben noch nicht einmal richtig Sommer«, ruft Ronja. »Wie redest du überhaupt mit mir?«

»Jaja, Schatzilein. Mal einen hübschen Wunschzettel, und sag der Babysitterin, dass Mami bald nach Hause kommt.« Aus dem Augenwinkel sehe ich, dass der Graf noch immer hinter meinem Stuhl steht.

»Bist du betrunken, Mama? Das ist übelst peinlich. Was ist denn jetzt mit dem Laufband? Ich könnte als Fitnesstrainerin arbeiten …«

»Genau, ich hab dich auch lieb. Bis zum Himmel und zurück. Tschüssi«, flöte ich in den Hörer und lege auf. »Ich bitte um Verzeihung, aber für mein Kind möchte ich immer erreichbar sein«, sage ich in die Runde und versuche, Bernadette dabei nicht anzuschauen, da ich sonst nicht ernst bleiben kann.

»Selbstverständlich«, bekräftigt der Graf, während er mir endlich den Stuhl zurechtrückt. »Aber ein wichtiger Tipp für die Zukunft: das Telefon auf Vibration stellen und bei einem Anruf kurz den Saal verlassen, dann fühlen sich Ihre Tischgenossen nicht gestört.«

»Natürlich«, antworte ich. »Sie haben ja so recht.« Das hat er tatsächlich.

Friedrich von Strombach bleibt einen Moment neben meinem Stuhl stehen. »Gefällt Ihnen der Workshop bisher?«, fragt er.

»Ja«, sage ich. »Es ist zumindest ein interessantes Erlebnis, das man nicht alle Tage hat.«

»Das freut mich sehr.«

Anita lächelt ihn strahlend an. »Es ist einfach klasse, dass Sie diesmal den Kurs machen. Vielleicht können Sie mir nachher noch einige persönliche Fragen beantworten?«

»Sehr gerne. Ich stehe Ihnen allen jederzeit zur Verfügung«, antwortet der Graf, dem Anitas offensichtliche Bewunderung zu gefallen scheint. »Meine Schwester und ich legen großen Wert darauf, dass sich die Kursteilnehmer bei uns wohlfühlen.«

»Die Männer sind doch alle gleich«, flüstere ich meiner Cousine zu, nachdem Friedrich weitergegangen ist. »Ob Bauarbeiter oder Graf, immer wollen sie das Gefühl haben, sie wären die Größten.«

Sie nickt und neigt sich zu mir. »Trotzdem hatte ich vorhin den Eindruck, dass er ein gewisses Interesse an dir hat.«

»Du spinnst«, sage ich verlegen.

»Nein.« Bernadette ist sich sicher. »Ich glaube, du hättest bei dem Knaben eine echte Chance. Vielleicht ja nur auf einen Platz in seinem Bett, aber vielleicht auch …« Sie lässt den Satz unvollendet, und ich erwidere lieber mal nichts darauf.

Die Wahrscheinlichkeit, dass ein Adeliger ein ernsthaftes Interesse an mir hat, ist in meinen Augen gleich null, und es ist albern, sich darüber weiter Gedanken zu machen.

Nach dem Aperitif serviert der Kellner uns die einzelnen Gänge. Dazu gibt es einen korrespondierenden Wein und die Erklärung des Grafen, warum dieser zu dem jeweiligen Gericht passt. Zwischendurch macht er immer wieder Anmerkungen, wie man dieses oder jenes isst, wie Kerne oder Knochen unauffällig vom Mund an den Tellerrand gelangen und welche Art von Konversation bei Tisch angebracht ist.

»Hitzige Debatten, unangenehme Diskussionen und Geschmacklosigkeiten aller Art sind völlig deplatziert«, referiert der Graf, »ebenso wie vulgäre oder umgangssprachliche Vokabeln. Überlegen Sie immer, ob Sie sich nicht noch ein bisschen gewählter ausdrücken können. Wenn Sie mit mehreren Personen am Tisch sitzen, dürfen Sie niemanden vernachlässigen. Beziehen Sie auch die Sitznachbarn links und rechts von Ihnen in die Unterhaltung ein.«

»Ich weiß schon, dass ich mir meine impulsive Sprechweise abgewöhnen muss, aber die Worte sprudeln oft nur so aus meinem Mund«, meint Anita zu mir. »Ich habe eben ein loses Mundwerk. Ach, das hätte ich jetzt bestimmt auch nicht sagen sollen. Also, noch mal von vorn: Ich bin eine Frau, die öfter erst nachdenken sollte, bevor sie etwas sagt. Schriftlich kann ich das besser.«

Ich winke ab. »Ich mag Menschen, die locker sind. Außerdem hätte ich keine Lust, mich ständig verstellen zu müssen.«

»Wenn es um eine gute Sache geht, warum nicht? Ich wäre gern in höheren Kreisen zu Hause, bin aber die Tochter eines Uhrmachers. Deswegen ticke ich auch nicht immer ganz sauber.« Sie lacht. »Oh, wieder so ein Ausdruck, den man besser vermeiden sollte, wenn man hier einheiratet.«

Bernadette schaltet sich ein. »Du willst hier gleich einheiraten, Anita? Da hast du dir aber ein hohes Ziel gesteckt.«

»Hier oder woanders.« Sie zuckt mit den Schultern. »Hauptsache, ich entscheide mich diesmal richtig. Ich bin zweimal so böse reingefallen, das könnt ihr euch gar nicht vorstellen. Zwei Kerle hintereinander, die mich beide nur ausgenutzt haben. Arme Schlucker, die mein hart verdientes Geld durchgebracht haben, und treu war auch keiner von ihnen. Ich bin zweimal auf dieselbe Masche hereingefallen. Große Liebe, von wegen. Und was habe ich davon? Ich bekomme keinen Unterhalt und schufte gleich in zwei Jobs, um über die Runden zu kommen …« Ihre Stimme bricht.

»Oh, das hört sich aber nicht gut an«, antworte ich. »Das tut mir leid.«

Auch Bernadette sieht sie mitfühlend an.

Anita lacht kurz auf. »Na ja, das ist Vergangenheit. Wie heißt es so schön? Aus Fehlern lernt man, und glaubt mir, das habe ich. Mit dem Ausnutzen ist Schluss, ich lasse mich von keinem Mann mehr blenden. Ich muss an meine eigene Zukunft denken und will gut versorgt sein. Jetzt bin ich mal an der Reihe.«

Dieser Satz lässt mich elektrisiert hochfahren. Den habe ich doch schon mal irgendwo gelesen. Genau, in der E-Mail von dieser Chiara.! Ist es denn möglich …?

Könnte es sein, dass Anita in Wirklichkeit Chiara ist? Das wäre ja ein unglaublicher Zufall. Die Puzzleteile würden jedenfalls gut zusammenpassen. Nur, wie kann ich es herausfinden, ohne dass sie Verdacht schöpft?

Ich spüre, wie mich Bernadette unter dem Tisch tritt. Sie scheint den gleichen Gedanken zu haben wie ich. »Du könntest dir also vorstellen, einen reichen Mann zu heiraten?«, fragt sie direkt. »Damit du versorgt bist, oder wie meinst du das?«

Anita rührt ihren Espresso um, den der Kellner uns gerade serviert hat. »Na ja, ich muss meinen Zukünftigen schon mögen und er mich natürlich auch, aber ich gebe zu, dass ich mittlerweile ziemlich pragmatisch an die Sache rangehe. Ja, ich würde gern noch mal heiraten, nur diesmal vernünftig und nicht nur blind vor Liebe. Und Geld beruhigt, oder etwa nicht?«

»Gewiss. Weißt du denn schon, wie du das anstellen willst? Hast du einen Plan?«, helfe ich nach.

»Einen Plan?« Anita zieht die Stirn in Falten. »Indirekt ja. Ich will nicht länger mit der rosaroten Brille auf der Nase durch die Welt laufen und mich nicht mehr ausnutzen lassen. Sollte ich noch mal eine Partnerschaft eingehen, dann nur mit jemandem, der mir einen gewissen Lebensstandard bietet. Die Sache ist nämlich so …«

Sie wird durch ein Klingeln unterbrochen.

Graf Friedrich steht zwischen den beiden Tischen und läutet ein silbernes Glöckchen. »Meine Damen, mir ist aufgefallen, dass viele von Ihnen nicht genau wissen, wohin die Stoffserviette gehört. Nun, beim Essen sollten Sie diese auf den Schoß legen.«

Seine Stimme klingt für mich wie aus weiter Ferne, denn ich konzentriere mich voll und ganz darauf, mir

Anita näher anzuschauen. Ich bin mir inzwischen relativ sicher, dass sie Chiara ist.

Am liebsten würde ich ihr meine Handynummer geben und sie bitten, mich anzurufen, um mir zu erzählen, was sie weiter vorhat. Ich kann mir nicht vorstellen, dass sie den Grafen hier und heute dazu bringt, sich mit ihr zu verabreden. Falls doch, werde ich es vermutlich gar nicht mitbekommen. Dabei wäre es für meinen Artikel geradezu unbezahlbar.

Ich drehe mich zur Bernadette um. »Ich bin mir fast sicher, dass sie die Mails an den Doc geschrieben hat«, flüstere ich ihr zu.

Meine Cousine nickt. »Das Gefühl habe ich auch.«

»... deshalb möchte ich Ihnen unseren ersten Wohltätigkeitsball hier im Schloss ans Herz legen«, sagt der Graf und sieht in unsere Richtung. »Es gibt noch einige wenige Restkarten für diesen besonderen Event in unserem wunderschönen Ballsaal. Er findet in wenigen Wochen statt, und der Gesamterlös geht an die Stiftung meiner Schwester für notleidende Familien. Wenn Sie Interesse haben, können Sie die Karten gerne am Empfang erwerben, für nur zweihundertfünfzig Euro pro Person. Ich kann Ihnen versichern, dass Sie eine niveauvolle Veranstaltung mit einem ansprechenden Rahmenprogramm und Livemusik erwartet. Sie wissen ja: Nur das Beste ist gut genug für Sie. Dieses Motto sollten auch Sie sich immer vor Augen halten.«

»Wollt ihr nicht auch zu dem Ball kommen?«, wendet sich Anita an uns. »Ich habe mir schon vor ein paar Tagen eine Karte gesichert. Ist nicht gerade billig, aber sicher eine gute Investition. Es werden sehr viele betuchte ... ähm ... vermögende Leute erwartet, das ist natürlich toll. Auch für die Stiftung.« Sie zwinkert mir zu.

Wenn sie tatsächlich Chiara ist, dann muss ich meine Meinung über sie revidieren. Ihre offene Art gefällt mir, und sie wirkt eigentlich gar nicht wie eine berechnende, eiskalte Hochstaplerin.

»Ein Ball?«, sagt meine Cousine erfreut. »Genau das Richtige für uns. Nicht wahr, Helen?«

Ich pflichte ihr bei. Eine sehr gute Idee. Der perfekte Anlass für meine Recherche. Wozu habe ich denn Zugriff auf das Spesenkonto? Lauter Reiche und Chiara-Anita obendrauf. Da muss ich mich doch nur an den Rand stellen und zuschauen.

Außerdem würdest du dann den Grafen wiedersehen, flüstert eine Stimme in meinem Inneren.

# 6

Lieber Dr. Gabriel,
mein Mann will mit seinen Freunden übers Wochenende wegfahren. Ich habe aber Angst, dass er mich dann betrügen wird. Ich weiß nicht, was ich tun soll.
Hochachtungsvoll
A. T.

*Liebe A. T.,*
*da hilft nur eines: Sie müssen mit Ihrem Mann reden. Erzählen Sie ihm von Ihren Ängsten und Ihrer Eifersucht. Arbeiten Sie daran, dass Ihre Beziehung stabil wird. Vertrauen gehört nämlich zu einer guten Ehe dazu.*
*Es umarmt Sie aus der Ferne*
*Ihr Dr. Gabriel*

»Nie im Leben kaufe ich diese Klamotten! Ich bin doch nicht Tiger Woods.« Ich stehe vor dem Spiegel eines eleganten Ladens, der sich *Birdie Style* nennt, und betrachte meine Erscheinung in der weißen Knickerbockerhose, dem lachsfarbenen Polohemd und dem weiß-lachs karierten Pullunder. »Wie kann man nur so etwas anziehen? Ich hasse Bermudahosen.«

Bernadette hat darauf bestanden, dass wir in die benachbarte Stadt fahren, weil es dort eine exklusive Boutique für Golfzubehör gibt.

»Die haben dort die perfekten Outfits fürs Green«, hat sie mir erklärt. Der Inhalt meines Kleiderschranks war ihr nämlich nicht golflike genug.

»Pst, nicht so laut«, ermahnt sie mich jetzt und sieht sich um. »Hier könntest du jederzeit auf einen Millionär treffen. Im Obergeschoss gibt es auch eine Herrenabteilung, also halt die Augen offen.«

»Du meinst, dann könnte ich mir das Golfen sparen? Wir gehen doch schon zu diesem Wohltätigkeitsball.«

Gleich im Anschluss an den Workshop habe ich mir eine Karte gekauft, und Bernadette war ebenfalls so wild darauf, dass sie sich von ihrem Mann zwei Karten als »Schwangerschaftsgeschenk« gewünscht hat.

»Schließlich plage ich mich mit Gewichtszunahme und Schlaflosigkeit herum und habe noch dazu die Geburtsschmerzen vor mir – er dagegen hatte bisher nur das Vergnügen beim Sex«, argumentierte sie. »Außerdem ist es vorerst unsere letzte Ausgehgelegenheit.«

Jetzt schüttelt sie entschieden den Kopf. »Negativ. Du brauchst doch Stoff für deinen Artikel. Wer weiß, welchen Prinzen du beim Golfen begegnest.«

Ich seufze. »Okay, das sehe ich ein. Aber dieses lächerliche Zeugs hier kaufe ich nicht. In der Hose schaut mich doch niemand an. Oben herum sehe ich aus wie ein Flamingo.«

Bernadette grinst. »Die Farben sind nun mal in. Außerdem möchte ich dich darauf aufmerksam machen, dass solche Kleidungsstücke der Golfetikette entsprechen. Du musst dir nur mal im Internet ein paar Bilder anschauen. Sportlich und zugleich elegant und edel.«

»Pah!« Verächtlich puste ich durch die Lippen. »Um damit auf einem Riesenrasen herumzulaufen. Da würde ich am liebsten meine Jeans anziehen.«

»Millionärsgattinnen tragen auf dem Golfplatz keine Jeans«, belehrt mich meine Cousine.

»Ich bin ja auch keine.«

»Das kann aber noch kommen. Stell dir vor, du begegnest dabei wirklich der Liebe deines Lebens, und er ist noch dazu steinreich. Dann hat sich die Recherche mehr als gelohnt.« Bernadettes Blick wirkt ganz verklärt. »Dann brauchst du keinen Redakteursjob mehr, sondern gehörst zum Jetset. Wenn dein Mann zufällig ein Haus in Saint-Tropez und eines auf St. Barth hat, können wir dort immer Urlaub machen. Du lädst mich doch ein, oder?«

»Klar. Eine Hütte in einem netten Skigebiet sollte er aber auch haben. Ich fahre gern Ski und war schon ewig nicht mehr in den Bergen.«

Meine Cousine lächelt. »Siehst du, langsam kommst du auf den Geschmack. Vielleicht machst du es doch wie Anita-Chiara, und dein Artikel nimmt ein unerwartetes Ende …«

Wir gehen inzwischen fest davon aus, dass Anita die Mails an Doktor Gabriel geschrieben hat.

»Hier hätte ich noch ein leuchtend frisches Käppi in einem wunderbaren Lachston.« Die Verkäuferin kommt mit einer Schirmmütze um die Ecke. »In Weiß hätten wir es auch noch da. Beides passt wunderbar zu dem kompletten Outfit. Brauchen Sie eigentlich auch noch Schuhe?«

»Ich habe kein Mützengesicht«, gebe ich zurück. »Daher verzichte ich auf eine Kopfbedeckung.« Ich gehöre zu den Menschen, die mit jeder Art von Hut oder Käppi einfach nur bescheuert aussehen.

»Auf dem Golfplatz trägt man nun mal Mütze«, sagt sie fassungslos. »Setzen Sie das Käppi doch wenigstens mal auf.«

Derart genötigt, tue ich, was sie will, und glaube ihr kein Wort, als sie ruft: »Wunderbar! Ich würde die lachsfarbene nehmen.«

Erneut werfe ich einen Blick in den Spiegel und fühle mich meilenweit von »wunderbar« entfernt. »Wissen Sie, ich fange erst mit dem Golfen an«, erkläre ich der Verkäuferin. »Deshalb bin ich mir nicht sicher, ob ich das alles sofort brauche. Ich könnte doch einfach eine Jeans …«

»Eine Jeans auf dem Golfplatz geht gar nicht.« Da sind sich Bernadette und die Verkäuferin einig.

»Dann wenigstens eine lange Baumwollhose?« Ich komme mir vor wie ein Kind, das um eine Süßigkeit bettelt.

Die Verkäuferin nickt gnädig. »Eine schön geschnittene, edle Baumwollhose ist okay. Wenn Sie dazu das wunderbare Poloshirt anziehen, dürfte es gehen. Und eine leichte Jacke darüber. Oder doch die Weste? Soll ich Ihnen mal ein paar Hosen heraussuchen?«

»Nein, ich nehme erst mal meine eigenen, denke ich.«

Prompt lässt ihre Begeisterung nach. »Ach so«, sagt sie nur.

Bestimmt sieht man mir an, dass mein Budget knapp ist und ich das Spesenkonto der Zeitung für andere Dinge verwenden möchte als eine Knickerbockerhose, in der ich noch dazu albern aussehe.

Irgendwie fühle ich mich schuldig, weil wir die Zeit

der Verkäuferin in Anspruch genommen haben, deshalb kaufe ich das lachsfarbene Poloshirt und, weil Bernadette darauf besteht, auch die weiße Schirmmütze. Beides ist teuer genug, und ich ärgere mich jetzt schon darüber, Spesenkonto hin oder her.

»Los, gehen wir einen Kaffee trinken«, fordere ich meine Cousine auf. »Wir sollten eine Pause machen, sonst bekommst du noch Vorwehen.«

»Nein, wir müssen doch noch das Geschenk für deinen *Bruder* aussuchen«, antwortet sie. »Oben.«

»Hä? Ich habe gar keinen …«, setze ich an, doch sie unterbricht mich mit einem bedeutungsvollen Blick.

»In der Herrenabteilung. Vielleicht hat ja einer der männlichen Kunden die Größe deines Bruders, dann könntest du ihn fragen, ob er etwas anprobiert, damit wir sehen, wie es aussieht. Da laufen bestimmt jede Menge nette, hilfsbereite adäquate Männer herum.«

Bestimmt. Wie im Freigehege. Aber ich habe es endlich kapiert. »Ach ja, der Golf für meinen Bruder. Sein Lieblingsauto.«

Den flachen Witz wollte ich schon die ganze Zeit bringen, und er verfehlt seine Wirkung nicht. Die Augenbrauen der Verkäuferin heben sich, doch bevor sie etwas sagen kann, schiebt mich Bernadette schon in Richtung Fahrstuhl.

»Die Treppe schaffe ich nicht mehr, aber die obere Etage lassen wir uns nicht entgehen. Bauch rein, also du, ich kann das derzeit nicht, Brust raus, Augen offen halten.«

Okay, ich gebe mich geschlagen. Sehen wir mal nach, welche Millionäre hier in dem Laden noch frei herumlaufen und gefüttert werden dürfen.

In der Herrenabteilung befindet sich nur ein einziger Mann, und das ist scheinbar der Verkäufer. »Einen wunderschönen guten Tag, die Damen. Was kann ich für Sie tun?«, fragt er und kommt eilig auf uns zu.

»Im Moment noch nichts«, antwortet Bernadette. »Meine Freundin schaut noch. Gibt es hier einen Stuhl? Ich muss mich eine Weile ausruhen.«

»Vor den Umkleidekabinen gibt es eine Sitzecke mit Getränken«, erklärt er. »Sie melden sich einfach, wenn Sie etwas brauchen?«, fügt er, an mich gewandt, hinzu.

»Sollen wir nicht doch lieber irgendwo einen schönen Kaffee trinken?«, frage ich hoffnungsvoll, sobald sich der Verkäufer entfernt hat. »Hier ist doch kein Mensch.«

»Wir warten auf jeden Fall, bis jemand kommt«, zischt mir Bernadette zu. »Bis es so weit ist, begutachtest du die Klamotten, während ich mich kurz ausruhe. Wenn du ein interessantes Objekt erspähst, dann schaust du dir erst seine Schuhe, seine Uhr und seine Sachen an. Wirken sie teuer oder gar maßgeschneidert, dann schmeiß dich ran.«

»Ich will mich aber nicht ranschmeißen.«

Meine Cousine seufzt. »Doch, du willst. Du willst doch deinem Chef beweisen, dass die Millionäre nicht so leicht anbeißen, oder? Vielleicht tun sie es ja doch? Stell dir vor, auf dem Ball taucht Friedrich von Strombach mit Knallbonbon-Anita Arm in Arm auf.«

»Nie im Leben!« Davon bin ich überzeugt. »Sie war zwar sehr nett, aber ganz sicher nicht seine Kragenweite. Zumindest nicht als ernsthafte Partnerin.«

»Okay, weil er adelig ist, das sehe ich ein.« Bernadette lässt nicht locker. »Aber was ist mit einem, sagen wir mal, Industriellen, der sein Geld selbst gemacht hat?«

Mittlerweile hasse ich diese Diskussion. »Auch der bewegt sich inzwischen in gewissen Kreisen, und ich sage dir, da kommt man nicht rein. Es sei denn, man hat selber Geld.«

Bernadette gibt mir einen Schubs. »Los, beweis es. Du wartest auf einen adäquaten Mann und gehst die Sache journalistisch-investigativ an. Du bist doch Profi. Und achte auf seine Schuhe.«

Ich finde das Ganze selten dämlich, andererseits hat Bernadette mich gerade an meiner Berufsehre gepackt. Dass man reiche Männer nicht im Supermarkt kennenlernt, ist klar, und hier ist die Wahrscheinlichkeit sicherlich bedeutend größer. Also verbringe ich die nächsten fünfzehn Minuten damit, Hemden, Pullover und Hosen auf ihren Bügeln hin- und herzuschieben und dem Verkäufer dreimal zu versichern, dass ich noch immer keine Hilfe oder Beratung benötige.

Gerade als ich die Aktion abblasen will, kommt endlich jemand die Treppe herauf. Braun gebrannt, kahler Kopf, grauer Bart, ein stechender Blick. Er sieht ein bisschen aus wie Sean Connery ohne Haare und ist vermutlich gleich alt. Ich checke ihn von oben bis unten ab. Lederschuhe, Markensakko, schickes Hemd, goldene Uhr, rotes Einstecktuch, schwarze Designerbrille. Könnte ein Volltreffer sein.

Während ich mir noch überlege, wie ich ihn am besten in ein Gespräch verwickeln könnte, kommt der Typ direkt auf mich zu.

»Guten Tag, ich bräuchte eine leichte Steppjacke in Größe zweiundfünfzig. Welche Farben hätten Sie denn anzubieten?«

Hallo? Er hält mich für eine Verkäuferin. Schlagartig bin ich beleidigt und wedele mit meiner *Birdie-Style*-Tüte vor seiner Nase herum. »Das ist ein Irrtum. Ich bin hier ebenfalls Kundin.«

»Oh, ich dachte, Sie bedienen hier«, gibt er zurück. Kein Lächeln. Keine Entschuldigung. Nichts.

Arroganter Idiot!

»Einfach mal öfter die Brille putzen lassen«, murmele ich.

»Pardon?«

»Schon gut.«

Eigentlich habe ich keine Lust auf eine Unterhaltung mit dem Schnösel, aber ich muss an meinen Artikel denken. Je schneller ich damit durch bin, umso besser. Sean Connery könnte nach dem Grafen das nächste Versuchsobjekt in Sachen »Ich angele mir einen Millionär« sein. Oder vielmehr, um das Gegenteil zu beweisen. Millionäre heiraten Verkäuferinnen nämlich nur in kitschigen Liebesfilmen, von dieser Meinung weiche ich nicht ab.

Ich setze ein strahlendes Lächeln auf. »Ach, ich selbst bräuchte allerdings auch ein wenig Hilfe. Wissen Sie, ich suche nach einem Geschenk für meinen … Bruder, und Sie haben in etwa seine Größe. Würden Sie vielleicht etwas überziehen, damit ich sehen kann, wie es aussieht?«

Den Blick meines Gegenübers kann ich nicht deuten. »Haben Sie den Verkäufer nicht gefunden?«

»Doch. Nein. Er … hatte zu tun. Außerdem hat er nicht die Statur meines Bruders.«

»Moment, ich regele das.«

Sofort schäme mich für meine Lüge und hoffe, dass der eifrige Verkäufer niemals davon erfährt. Da eilt er auch schon auf uns beide zu.

»Einen wunderschönen Tag, der Herr Fischer. Wie kann ich behilflich sein?«

»Rufen Sie bitte noch einen Kollegen, wir brauchen umgehend eine weitere Beratung.«

Sean Connerys Stimme duldet keinen Widerspruch, und der Verkäufer nimmt sofort eine unterwürfige Pose ein.

»Selbstverständlich. Einen Moment bitte, Herr Fischer, kommt sofort. Die Dame hat also etwas gefunden?«

Ich meine, einen leicht vorwurfsvollen Unterton gehört zu haben, aber er entfernt sich rasch wieder.

Herr Fischer. Irgendwie bin ich enttäuscht, dass Sean Connery in Wirklichkeit einen so simplen Namen hat.

»Sie scheinen hier Stammkunde zu sein«, versuche ich noch ein Gespräch, auch wenn es mir langsam zu blöd wird.

»Ja.«

Zugegeben, eine sehr präzise Auskunft. Damit dreht er sich um und widmet sich den aufgestellten Golfbags. Ich habe keine Lust mehr und fühle mich in allen meinen Vorurteilen bestätigt. Wichtiger Aspekt für den Artikel, notiere ich mir im Geiste: die Arroganz der Reichen. Für heute habe ich genug recherchiert.

Ich marschiere zu den Umkleidekabinen, wo ich meine Cousine mit einer Kristallschüssel voller Pralinen auf dem Bauch vorfinde.

»Na, wie ist er? Ich konnte eure Unterhaltung nicht genau verfolgen, aber der Typ sieht echt reich aus«, zischt sie mir zu. »Und ist sogar ziemlich attraktiv. Möchtest du lieber einen Rumtrüffel oder eine Marzipankugel? Köstlich! Nur die weißen Champagnertrüffel habe ich schon aufgegessen.«

»Wir können gehen, ich bin fertig.«

»Wirklich?« Bernadette ist enttäuscht. »Das war aber eine kurze Unterhaltung.«

»Dafür war sie sehr aufschlussreich.«

»Hat er etwas anprobiert? Ich wollte euch nicht so offensichtlich beobachten.«

Ich schüttele den Kopf und senke die Stimme. »Nein, und ich will hier weg.«

»Hast du seine Nummer?«

»Nein. Bevor du fragst, er auch nicht meine«, erkläre ich. »Ich stehe mehr auf Daniel Craig als auf Sean Connery.«

»Verstehe ich nicht.«

In diesem Moment eilt ein weiterer Verkäufer auf uns zu. »Einen wunderschönen guten Tag, die Damen. Mein Kollege meinte, ich kann Ihnen behilflich sein?«

Ich drehe mich um, aber Sean Connery-Fischer ist spurlos verschwunden.

Meine Cousine deutet auf die Kristallschüssel. »Die weißen Champagnertrüffel sind alle. Wenn Sie die vielleicht nachfüllen könnten?«

Ich falle ihr ins Wort. »Vielen Dank, es hat sich erledigt. Wir kommen ein andermal wieder.« Es wird Zeit für einen eleganten Abgang.

»Aber«, der Verkäufer versteht die Welt nicht mehr, »man hat mich extra aus der Mittagspause holen lassen. Es hieß, dass Sie eine besondere Beratung brauchten. Ich könnte Ihnen vielleicht wenigstens …«

Der Ärmste. Mittagspause unterbrochen und keine Aussicht auf eine saftige Provision.

Ich lächele ihn an. »Normalerweise würde ich mich sehr über Ihre Hilfe freuen, aber wissen Sie, meine Freundin bekommt in den nächsten Stunden ihr Baby. Wir werden jetzt lieber ins Krankenhaus fahren, es sei denn, Sie sind ausgebildeter Geburtshelfer?«

Entsetzt weicht er einen Schritt zurück. »Geburtshelfer? Ich? Nein. Vielleicht ist ja ein Arzt im Haus?«

»Wo denn? In der Umkleidekabine versteckt? Der Laden ist doch leer«, widerspreche ich.

»Soll ich einen Krankenwagen rufen?«

»Nicht nötig, keine Panik, die Fruchtblase ist noch nicht geplatzt«, erkläre ich, während sich Bernadette schnell noch zwei Pralinen in den Mund schiebt und dann ächzend aufsteht. »Trotzdem sollten wir jetzt besser gehen. Ob das der Holzboden hier verträgt, weiß man ja nicht.«

»Die Fruchtblase?« Sichtlich erschüttert, beäugt der Verkäufer meine Freundin von Kopf bis Fuß und betet vermutlich insgeheim, dass weder der Holzboden noch er das Spektakel erleben müssen. »Dann sollten Sie sich wirklich rasch auf den Weg machen. Soll ich Sie noch zur Tür geleiten?« Man sieht ihm an, dass er es nur aus Pflichtgefühl sagt.

»Vielen Dank, das brauchen Sie nicht. Wir nehmen den Fahrstuhl und sind quasi schon weg.«

Der arme Mann kann seine Erleichterung kaum verbergen. »Natürlich, danke. Ich meine, alles Gute für Sie drei.« Er verbeugt sich leicht, und sobald wir vor dem Aufzug stehen, tritt er den Rückzug an.

Bevor sich die Tür schließt, schiebt jemand seinen Lederschuh dazwischen. »Oh. Fahren Sie runter?« Sean Connery-Fischer steht da und wirkt bei unserem Anblick unentschlossen.

»Nee, noch drei höher«, sage ich.

»Dann nehme ich die Treppe. Außerdem passen wir alle wahrscheinlich nicht in den Lift.« Er starrt auf Bernadettes Bauch, nimmt den Fuß weg, und die Tür schließt sich.

»Was war das denn für ein Schwangerenhasser?«, fragt meine Cousine. »Der hat mich ja voll gemobbt, wie Ronja sagen würde.«

Ich nicke. »Extrem unfreundlich, aber wenigstens schon in der vierten Nikolaus-Lebensphase.«

Sie sieht mich fragend an. »Meinst du den Bart, oder wieso?«

»Sein Alter. Die Männer durchlaufen meiner Meinung nach vier Lebensphasen: Erst glauben sie an den Nikolaus, dann tun sie es nicht mehr, irgendwann spielen sie den Nikolaus, und am Ende sehen sie so aus. Spätestens dann ist es so gut wie vorbei.«

Bernadette prustet los und hält sich den Bauch. »Und blöd ist er auch noch. Der Laden hat doch nur zwei Etagen.«

»Da siehst du mal. Reich und blöd, die Mischung gibt es also auch. Dafür müssen wir jetzt ein paarmal rauf- und runterfahren, bis wir sicher sind, dass er den Laden verlassen hat. Draußen erzähle ich dir mehr von meinem Flirtversuch.«

»Was war denn los?«, will Bernadette wissen, als wir endlich auf der Straße stehen. »Wieso sind wir denn so schnell aufgebrochen? Ich hätte gern noch die Nussnougat-Würfel probiert.«

»Also, das ging echt gar nicht«, antworte ich und sehe mich um. Puh, er scheint längst weg zu sein. »Erst dachte ich, er hat was von Sean Connery, aber der Typ war einfach nur blind und eingebildet, eine völlig unakzeptable Mischung, egal wie dick die Brieftasche ist. Erst hat er mich für die Verkäuferin gehalten und dann ignoriert, nachdem ich ihm ganz freundlich meine Bitte vorgetragen habe.«

Bernadette fängt wieder an zu lachen. »Für die Verkäuferin? Ist nicht wahr. Der muss echt blind sein. Die Verkäuferinnen in dem Laden sind wesentlich schicker angezogen.«

Jetzt bin ich beleidigt. »Was soll das denn bitte heißen? Sehe ich so schlimm aus? Beim Shoppen habe ich immer legere Klamotten und flache Schuhe an.«

Meine Cousine mustert mich von der Seite. »Nichts gegen deinen Stil, Helen. Aber du hast eine Mission, da solltest du ein bisschen vermögender wirken und auftreten. So wie diese Anita sich das vorgenommen hat.«

»Soll ich etwa in Knallbonbon-Kleidern herumlaufen, oder was? Vergiss es. Ich bin schließlich nicht auf der Suche nach einem Millionär.«

Bernadette hakt sich bei mir ein. »Du musst dich ein bisschen anpassen, sonst scheitert dein Vorhaben von vorneherein. Gleich und gleich gesellt sich nun mal gern, das ist übrigens auch deine Theorie.«

»Du meinst, der Prinz nimmt das Aschenputtel im wahren Leben gar nicht zur Frau?«

»Das Aschenputtel musste sich auch erst verwandeln, bevor der Prinz auf es aufmerksam wurde«, belehrt mich Bernadette. »Ohne die gute Fee hätte es keine Chance gehabt.«

Ich verziehe das Gesicht. »Kleider machen vielleicht Leute, trotzdem glaube ich nicht, dass Anita ihr Ziel erreichen wird, und wenn sie zehn gute Feen um sich herum hat. Ihr Verhalten ist berechnend, allein deshalb kann es nicht klappen. Genau das wird meine Recherche beweisen. Ich fress ’nen Besen, wenn Anita mit dem Grafen auf dem Ball auftaucht. Eine heimliche Bettgeschichte will ich nicht ausschließen, aber keine richtige Beziehung. Niedere Beweggründe, negative Energie, kein guter Ausgang. Selbst bei Marilyn Monroe hat es nicht geklappt mit dem Millionär.«

»Das war doch bloß ein Film. Die Leute wollten, dass sich Marilyn verliebt und dass die Liebe siegt.«

Ich nicke. »Ganz genau. Aber auch im wahren Leben suchen wir alle immer nur das Happy End und nicht das Money End.«

# 7

»Lieber Dr. Gabriel,
seit unsere Tochter in eine andere Stadt gezogen ist, meldet sie sich kaum noch bei uns. Mein Mann und ich fühlen uns einsam und nutzlos. Wie können wir den Kontakt wieder verbessern?«
Irene und Manfred Ackermann

Irene und Manfred Ackermann? So heißen doch die Nachbarn meiner Eltern. Und sie haben eine Tochter, Mia, die mittlerweile in Frankfurt lebt. Hat meine Mutter mir nicht erst neulich erzählt, Mia sei schon sehr lange nicht da gewesen? Die Fakten passen also, und das Ehepaar hat den Brief mit seinem vollen Namen unterschrieben. Das kommt bei älteren Leuten öfter vor.

Ich muss zugeben, manchmal stelle ich Spekulationen über meine »Fälle« an. Hin und wieder passt die eine oder andere Geschichte nämlich zu irgendwelchen Gerüchten, die ich im Kleinstadtfunk schon gehört habe, oder es ist wie jetzt ein Name, der mir bekannt vorkommt. Dann ist es wie ein Puzzle, das man nach und nach zusammensetzt. Ich überlege lange, was ich den Ackermanns schreiben soll.

»Die sollen ihre Tochter in Ruhe lassen, ist doch klar.« Ronja ist so leise in mein Arbeitszimmer getreten, dass ich sie gar nicht bemerkt habe. Jetzt steht sie direkt neben dem Schreibtisch und trinkt einen Schluck aus meinem Teeglas.

»Räuber, wie oft muss ich dir noch sagen, dass du meine Arbeit respektieren sollst? Damit ist vor allem die Privatsphäre der Leute gemeint.«

»Chill mal.« Sie zuckt mit den Schultern. »Der Brief liegt offen auf dem Tisch, und ich hatte keine Ahnung, dass er an den Psycho-Doc adressiert ist. Außerdem brauchst du eindeutig Nachhilfe: Du antwortest denen doch bestimmt, dass sie sich mehr Mühe geben und den Kontakt suchen sollen, dabei will die Frau bestimmt bloß ihre Ruhe haben und nicht ständig kontrolliert werden. Dass Eltern das nie kapieren!«

»Reden wir gerade von dir?« Ich stecke den Brief zurück in den Umschlag. »Du weißt doch gar nichts über die näheren Umstände. Vielleicht steckt die Tochter in Schwierigkeiten? Auch wenn sie schon Mitte zwanzig ist, kann sie trotzdem Probleme haben.«

»Woher weißt du, dass sie Mitte zwanzig ist?« Ronja sieht mich ziemlich hinterlistig an. »Das steht da nirgendwo.«

Auf die Schnelle fällt mir keine Antwort ein, was meiner Tochter natürlich nicht entgeht. »Du kennst die Leute. Du weißt, wer das ist, stimmt's? Endlich! Das ist ja cool. Wer ist es? Sag schon. Kenn ich die auch? Sollen wir dort anrufen? Dann kannst du's ihnen gleich selbst sagen.«

»Blödsinn«, verteidige ich mich. »Erstens weiß ich gar nicht genau, wer das ist, und zweitens ist Anonymität das Wichtigste bei Doktor Gabriels Arbeit. Sag mal, musst du nicht für ein Referat lernen? Du weißt, dass ich gleich zum Essen verabredet bin. Soll ich es canceln?«

Heute findet das Abendessen bei Marianne Fontane statt, und Theo junior wird mich in einer knappen Stunde abholen. Die ganze Zeit hoffe ich, dass ich einen triftigen Grund finde, um mich doch noch davor zu drücken, aber bisher hat sich nichts Plausibles ergeben. Wenn Ronja auf meine Hilfe bestehen würde, hätte ich die perfekte Ausrede.

Doch meine Tochter scheint es kaum erwarten zu können, endlich alleine zu sein. »Quatsch! Du gehst da schön chillig hin, ich lerne mit Vanessa, und danach zappen wir noch ein bisschen. Sie schläft heute hier und ist schon unterwegs. Geht doch klar für dich, oder? Wir müssen echt viel besprechen.«

Aha. Bis eben war von Vanessa noch keine Rede gewesen, aber ich bin froh, dass Ronja nachher nicht alleine ist. Sie ist zwar schon groß, doch ich mache mir seit fünfzehn Jahren Sorgen um sie und sehe Gespenster, wo keine sind. Mir ist es lieber, sie hat Gesellschaft. »Sicher, geht klar. Was habt ihr denn so Wichtiges zu besprechen? Gibt es Neuigkeiten?«

Meine Tochter schüttelt den Kopf. Ein wenig zu stark für meine Begriffe. »Du bist immer so übelst neugierig. Wie wär's, wenn du auch mal meine Privatsphäre respektierst?«

Aha. Muss ich mir jetzt Sorgen machen?

Als könnte sie meine Gedanken lesen, funkelt mich Ronja herausfordernd an. »Mach dir nicht schon wieder irgendwelche Sorgen. Amüsier dich lieber mit diesem Bäcker Theo. Vielleicht wird ja doch noch was aus euch.«

Ich will verneinen, aber das würde nur wieder eine unnötige Diskussion über mich und neue Männerbekanntschaften hervorrufen, also sage ich lieber nichts.

»Ziehst du dich denn nicht um?« Ronja deutet auf meine Jeans. »Diese Bäckersfrau tut doch immer so krass vornehm, oder? Wenn du dich schick machst, wird sie vielleicht deine neue Schwiegermutter und meine Stiefoma. Haha, voll lustig.«

Ich verschweige ihr, dass wir in den Augen von Marianne Fontane nicht heiratswürdig sind, sondern klappe mein Notebook zu und beschließe, den Ackermanns morgen zu antworten. Vielleicht sollte ich meine Mutter anrufen und sie vorsichtig nach ihren Nachbarn ausfragen. Ich schließe die Doktor-Gabriel-Post in meinen Aktenschrank, was Ronja mit einem Kopfschütteln quittiert.

»Du bist übelst paranoid.«

Eine Stunde später hupt es auf der Straße.

»Kommt dein Macker gar nicht hoch?« Ronja und Vanessa sitzen auf dem Wohnzimmersofa und kichern. »Hat er Angst vor mir?«, fragt meine Tochter frech.

»Er ist nicht mein Macker. Was für ein blödes Wort! Er ist auch nicht mein Freund, und ich glaube nicht, dass er vor irgendwem Angst hat. Ich habe ihn gebeten, einfach nur kurz zu hupen. Mir reicht es nämlich so.«

»Deine Mutter will ihn zappeln lassen«, höre ich Vanessa sagen, während ich nach meiner Handtasche greife. »Das ist voll retro, aber ziemlich *sweet.*«

Seit wann diskutieren zwei Teenager mein Liebesleben? Es hupt zum zweiten Mal, und ich verwerfe den Gedanken, die Frage jetzt zu klären.

»Macht niemandem auf, und geht auch nicht außer Haus«, gebe ich den beiden die letzten Anweisungen.

»Und zwischendurch will ich eine Nachricht von dir haben, Räuber.«

Meine Tochter verdreht die Augen, nickt aber. »Jaja, stress nicht so rum. Amüsier dich gut, und mach keine Dummheiten, hörst du?«, äfft sie meinen Tonfall nach. »Und denk an unsere Abmachung wegen der Sexgeräusche. Geh lieber mit zu ihm. Ach ja, er soll Kondome benutzen, nicht dass du in deinem Alter schwanger wirst.«

»Räuber, Schluss jetzt!« Ich laufe knallrot an, während Ronja mich frech angrinst.

Vanessa meint nur fachmännisch: »Ey, Ronny, du hast deine Mutter ja noch besser im Griff als Lucy.«

Im nächsten Moment stehe ich auch schon auf der Treppe und stoße unten fast mit Theo junior zusammen, der mir eine rote Rose überreicht.

»Auf einen schönen Abend. Du siehst sehr hübsch aus.«

»Vielen Dank.«

Galant öffnet er mir die Beifahrertür seines Jaguars und lässt mich einsteigen. Vielleicht hat er ja auch schon mal einen Workshop bei der Gräfin von Strombach gemacht. Ich muss zugeben, dass Theo in dem dunkelblauen Anzug und dem hellblauen Hemd ziemlich gut aussieht und ein sehr sicheres Auftreten hat. Ich fange an, mich ein wenig zu entspannen.

»Danke, dass du mitkommst«, sagt Theo, als er den Motor startet. »Ich weiß, dass du dich komisch fühlst, aber ich werde dich garantiert nicht in eine peinliche Lage bringen, das verspreche ich dir.«

»Hoffentlich«, antworte ich. »Ich will klarstellen, dass wir nur gute Freunde sind und das Gerede von wilder Ehe und Co. nur Spaß war.«

»Gute Freunde, aus denen durchaus mehr werden könnte«, erinnert er mich, und ich frage mich, ob es wirklich eine gute Idee ist, ihn zu begleiten. »Mir ist schon geholfen, wenn ich da heute Abend nicht alleine auftauche. Du hast doch gehört, dass eine neue Kandidatin auf mich wartet.«

»Wie viele Leute hat deine Mutter eingeladen?«

»So um die dreißig«, antwortet Theo.

»Dreißig? Ich dachte, es sei ein kleines Abendessen?« Ich streiche mein graues Kleid glatt und frage mich, wie viele Leute ich wohl davon kenne. Wenn ich dort mit Mariannes Sohn auftauche, wird die Gerüchteküche brodeln. Andererseits liegt der Vorteil einer größeren Gesellschaft klar auf der Hand: Ich muss nicht neben Theos Mutter sitzen und mich mit Argusaugen beobachten lassen.

»Für meine Mutter ist das klein. Sie lädt immer zwanzig bis dreißig Leute ein, das findet sie sehr gesellig. Und für das Essen sorgt ein kleiner Partyservice. Ich bin sicher, es wird ein netter Abend«, beruhigt mich Theo und steuert den Wagen souverän durch den Verkehr.

Ich mustere ihn von der Seite. »Ich bin immer noch nicht sicher, ob das eine gute Idee ist«, sage ich.

»Ich schon«, sagt Theo und lächelt. »Erstens lassen mich alle in Ruhe, wenn sie glauben, dass sich zwischen uns etwas tut, und zweitens …« Er sieht mich kurz an.

»Was denn?«, hake ich nach.

»Ich … wir … Ach, keine Ahnung. Lassen wir es einfach auf uns zukommen, okay?«

Mit einem Mal fühle ich mich ziemlich unbehaglich und weiß auch nicht, warum. »Okay«, sage ich leise.

Ein Schweigen entsteht, und zum ersten Mal, seit wir uns kennen, macht keiner von uns den Versuch, es zu beenden. Zum Glück fahren wir ein paar Minuten später vor das hell erleuchtete Haus der Familie Fontane vor. Die Bäckerei scheint viel Geld abzuwerfen, denn es ist eine imposante weiße Villa mit Marmorsäulen am Eingang. Hier war ich noch nie und staune daher nicht schlecht.

»Wow, sehr schick«, entfährt es mir.

Theo junior winkt ab und wirkt wieder souverän. »Was meine Eltern mit diesem Riesenhaus wollen, weiß ich, ehrlich gesagt, nicht. Jedes Mal, wenn ich hier bin, muss ich mich neu orientieren. Dabei sind sie nur zu zweit. Ohne Putzfrau und Gärtner würden sie gar nicht klarkommen. Die Wohnung, die wir früher hatten, war viel gemütlicher. Ich jedenfalls bin froh um mein Appartement direkt über der Firma.«

»Na ja, du wirst es eines Tages erben«, antworte ich.

Theo parkt vor einer riesigen Doppelgarage und brummt etwas Unverständliches. Wir gehen zur Tür, wo bereits zwei andere Gäste stehen. Entsetzt stelle ich fest, dass es sich um meine Eltern handelt, die bei meinem Anblick kugelrunde Augen bekommen.

»Helen!« Sie umarmen mich, als hätten wir uns drei Jahre nicht gesehen, dabei war ich erst vorgestern bei ihnen zum Kaffee.

»Mama! Papa! Was macht ihr denn hier?«

»Was wohl? Wir sind bei Marianne zum Abendessen eingeladen«, antwortet meine Mutter, die Theo und mich neugierig mustert. »Und aus welchem Grund bist du hier? Du hast gar nichts gesagt. Musst du etwa noch arbeiten?«

Ich hätte ahnen können, dass Theodor senior seinen Skatpartner nicht nur zum Kartenspielen trifft, doch ich war mit zu vielen anderen Dingen beschäftigt.

Theo junior macht prompt alles noch viel schlimmer. »Guten Abend, Frau und Herr Lindner. Helen ist mit mir hier.«

Die Augen meiner Mutter werden noch runder, während mein Vater ihm auf die Schulter klopft. »Endlich eine vernünftige Begleitung, Helen. Meinen Segen hast du. Nach diesem Taugenichts Stefan …«

Das reicht.

»Fang nicht wieder damit an, Papa«, sage ich drohend, und er verstummt.

Meine Eltern waren damals weder von meiner Heirat noch von meiner Scheidung begeistert. Stefan haben sie nie gemocht. Höchstens geduldet und auch das nur, weil er Ronjas Vater war. Sie gaben ihm die Schuld daran, dass ich nie fertig studiert hatte, und sind bis heute der Meinung, dass er mein Leben verpfuscht habe.

»Ja, Stefan kann man getrost vergessen. Ich habe dir immer gesagt, dass das ein Fehler war, so jung zu heiraten. Aber du und der liebe Theo?« Meine Mutter drückt vorwurfsvoll meine Hand. »Das ist etwas ganz anderes. Eine so gute Partie.« Beim letzten Satz senkt sie zwar die Stimme, ist aber nach wie vor deutlich zu verstehen.

»Es gibt da nichts zu erzählen. Wir sind nur gute Freunde«, beeile ich mich zu sagen und würde am liebsten wieder abhauen. Es ist immer dasselbe mit ihnen. Obwohl ich sie ständig darum bitte, nicht vor anderen Leuten über Stefan zu schimpfen, tun sie es bei jeder sich bietenden Gelegenheit. Heute Abend wird mich nicht nur Marianne Fontane beobachten, sondern auch das Ehepaar Lindner, so viel steht fest. Worauf habe ich mich da bloß eingelassen?

»Hier entlang.« Theo rettet die Situation, indem er die Tür aufschließt und mich in die große Eingangshalle schiebt. »Tut mir leid, ich dachte, du wüsstest, dass deine Eltern auch eingeladen sind, Helen. Aber egal, so schlagen wir gleich zwei Fliegen mit einer Klappe, deine Eltern und meine«, raunt er mir amüsiert zu.

»Mit dem Unterschied, dass meine sehr für unsere Verbindung wären. Sieh nur, wie begeistert meine Mutter ist. Ich kann dir jetzt schon sagen, dass ich nach der Vorspeise Kopfschmerzen haben werde«, gebe ich zurück. »Und wehe, du verbreitest weiter Unwahrheiten. So ein Gespräch wie neulich in deinem Büro ist im Beisein meiner Eltern absolut tabu, sonst komme ich aus dieser Nummer nie mehr raus«, flüstere ich zurück. Ich habe meiner Mutter vorhin angemerkt, wie verzückt sie war. Vermutlich stellt sie gerade die Gästeliste für unsere Hochzeit zusammen.

»Schon verstanden.« Theo nickt. »Mach dir keine Sorgen, ich werde dich nicht in Verlegenheit bringen.«

»Kinder, da seid ihr ja!« Marianne Fontane eilt auf uns zu. »Guten Abend, Helen. Theo, gib deiner Mutter einen Kuss.«

»Wir haben uns doch heute Morgen erst gesehen.« Er verdreht die Augen.

»Na und? Ich begrüße meinen Sohn anständig, wann immer ich ihn sehe.« Marianne lässt sich auf die Wangen küssen und wendet sich dann mir zu. »Wo ist denn die Kleine?«

»Welche Kleine?«, frage ich, bis mir klar wird, dass sie meine Tochter meint. »Ach, Ronja? Die ist zu Hause geblieben.«

»Marianne, du wusstest *es*?« Meine Mutter unterbricht uns und deutet auf Theo. »Warum erfahre ich die wirklich wichtigen Dinge immer als Letzte?«

Ich schalte mich ein. »Mama, es gibt kein *es*.«

Marianne Fontane nickt. »Ich habe auch erst neulich erfahren, dass da eine gewisse … Sympathie zwischen den beiden besteht, und beschlossen, dass wir uns alle etwas besser kennenlernen sollten. Eure Tochter kenne ich so gut wie gar nicht, und auch wir sehen uns viel zu selten.«

»Das wird sich ja vielleicht jetzt ändern.« Meine Mutter ist begeistert.

Ich wette, dass sie sich nun die rosigste Zukunft für uns alle ausmalt.

Marianne verzieht kurz die Lippen. »Nun denn, da gäbe es erst noch viele verschiedene Dinge zu klären und zu bedenken …«

Mein Vater schaltet sich ein. »Was denn? Will Theodor etwa zehn Kamele für meine Tochter haben? Normalerweise ist das umgekehrt.«

Alle lachen etwas gezwungen, und ich hoffe, dass sich die Gemüter beruhigen, sobald klar wird, dass zwischen Theo junior und mir nichts läuft.

»Papa, nun hör aber auf! Wir sind heute ausschließlich als Geschäftspartner hier. Und als gute Freunde«, füge ich noch schnell hinzu, weil sich Mariannes Miene verdüstert hat. Ich will nicht, dass sie sich von uns angelogen fühlt.

»Achtet bitte auf die Tischkärtchen, damit ihr wisst, wo ihr sitzt.« Theos Mutter ist wieder ganz die perfekte Gastgeberin. »Ich lege Wert auf eine gepflegte Unterhaltung.«

Ich könnte wetten, dass sie bei den von Strombachs in die Lehre gegangen ist.

Im Esszimmer wartet eine lange, festlich gedeckte Tafel auf uns, die mich an den Workshop im Schloss erinnert, allerdings ist mir das goldene Geschirr einen Tick zu kitschig. Sofort habe ich Friedrich von Strombach wieder vor

Augen. Leider hat sich an dem Abend keine Gelegenheit mehr ergeben, mit dem Grafen noch ein paar persönliche Worte zu wechseln, denn die anwesenden Frauen, allen voran Anita, hatten ihn mit Beschlag belegt, und meine Cousine war zu erschöpft, um noch länger zu bleiben.

»Da stehen unsere Namen drauf.« Theo unterbricht meine Gedanken und deutet auf zwei Plätze nebeneinander.

Gott sei Dank. Ich hatte schon befürchtet, zwischen unseren beiden Müttern eingepfercht zu werden. Kaum stehe ich neben meinem Stuhl, schon rückt Theo ihn mir ganz selbstverständlich zurecht. Mein Verdacht, dass er ebenfalls Bekanntschaft mit den von Strombachs gemacht haben könnte, erhärtet sich. Links neben mir sitzt bereits ein älterer Herr, der mich höflich mit »Grüß Gott« begrüßt.

»Möchtest du einen Aperitif?« Theo greift nach einer Flasche, die in einem Eiskübel steht.

»Oh ja, bitte viel Alkohol, sonst überstehe ich nicht mal die Vorspeise.« Nicht gerade damenhaft, meine Konversation. Wenn der Graf mich jetzt hören könnte, wäre er bestimmt nicht *amused*.

Der Mann zu meiner Linken neigt sich zu uns. »Alkohol ist nicht immer die erste Lösung«, sagt er.

»Aber die beste, stimmt's?« Ich lächele ihn an, doch er verzieht keine Miene.

Was ist denn das für eine Spaßbremse? Ich schiele auf sein Tischkärtchen. »Pfr. Auerberg« steht da, und ich halte vor Schreck die Luft an. Diese Marianne!

»Hallo, Theo, wir haben uns ja lange nicht gesehen.«

»Guten Abend, Herr Pfarrer«, antwortet mein Begleiter verhalten und schüttelt dem älteren Herrn die Hand. »Was machen Sie denn hier?«

»Deine Mutter hat mich eingeladen.«

Das glaube ich sofort. Und ihn bewusst neben mich gesetzt. Das ist definitiv kein Zufall, ich wette, dass er mir auf den Zahn fühlen soll.

»Und ich bin dann wohl Ihre Mission?«, sage ich und reiche ihm die Hand. »Maria Magdalena oder eigentlich Helen Lindner.«

Pfarrer Auerberg bewahrt die Fassung. »Mein Kind, ich bin sicher, dass wir heute Abend genug Zeit für ein ernsthaftes Gespräch haben werden.«

Ich sehe erst Theo und dann wieder den Pfarrer an. »Sie wissen also, wer ich bin?«

Er trinkt einen Schluck Rotwein. Von wegen Alkohol ist nicht immer die erste Lösung. »Ja, man hat mich informiert, und ich bin erfreut, Sie hier persönlich zu treffen und Ihnen helfen zu können.«

»Helfen? Wobei denn?«

»Bei Ihren Problemen, was die Irrungen und Wirrungen des Lebens angeht. Ich habe ein offenes Ohr für alles. Wir haben ja Zeit.«

Habe ich mich da gerade verhört? »Ich habe keine Probleme«, wiederhole ich stoisch.

»Natürlich, mein Kind.« Der Pfarrer spricht mit einer so sanften Stimme, dass es mich fast wahnsinnig macht. »Sie müssen sich mit Ihrem Mann aussöhnen. Vor Gott sind Sie noch immer verheiratet, und das darf der Mensch nicht trennen.«

Ich trete Theo unter dem Tisch. »Toilette, sofort«, zische ich.

»Das Gäste-WC ist links neben der Haustür«, antwortet Pfarrer Auerberg, der sich im Hause Fontane offensichtlich bestens auskennt. »Wir reden später weiter.«

Ich trete Theo noch einmal und hoffe, dass er die Aufforderung, mir zu folgen, auch versteht. Dann springe ich auf und eile in die Eingangshalle. Vor der Gästetoilette bleibe ich stehen. Der Ausgang ist verlockend nah – ich könnte einfach verschwinden und wäre nicht länger der Inquisition ausgesetzt.

»Helen? Ist alles in Ordnung?« Theo junior ist mir tatsächlich gefolgt.

»Da rein.« Ich öffne die Klotür und ziehe ihn hinein.

Der Raum ist ganz in Silber gehalten, und wir quetschen uns beide neben das schmale Waschbecken.

»Was soll das? Sitzt der Pfarrer neben mir, um eine Teufelsaustreibung vorzunehmen? Oder soll ich ihm zuerst alle meine Sünden beichten? Der denkt doch jetzt, ich bin eine geschiedene, alleinerziehende Alkoholikerin, die er bekehren oder irgendwie von dir abbringen muss. Hast du gehört, dass er gesagt hat, ich soll mich mit meinem Exmann versöhnen? Deine Mutter hat den Kerl doch auf mich angesetzt.«

Theo seufzt. »Tut mir echt leid. Das ist mal wieder eine von ihren unmöglichen Aktionen, mit denen sie schon so manche meiner Freundinnen vergrault hat. Ich schwöre, ich hab von nichts gewusst, und könnte meiner Mutter den Hals umdrehen.«

Er schiebt die Unterlippe über die Oberlippe und sieht dabei so komisch aus, dass ich fast lachen muss. Ich glaube ihm, dass er nichts dafür kann, trotzdem verstehe ich nicht, dass sich das alle gefallen lassen.

»Das hat sie schon öfter gemacht? Und du nimmst das einfach so hin?«

»Natürlich nicht.« Theo verzieht das Gesicht. »Was glaubst du, warum ich zu diesem Essen nicht erscheinen wollte? Ich halte Abstand, so gut es geht, und sehe zu, dass sie nichts von meinem Privatleben mitbekommt. Durch die Firma sind wir natürlich alle eng miteinander verbunden, und zwischendurch passieren dann solche Sachen wie heute. Am schlimmsten ist es, wenn sie mich verkuppeln will. Sollen wir abhauen?«

»Am liebsten ja. Andererseits … könnten wir uns auch ein wenig an ihr rächen. Deine Mutter könnte einen kleinen Dämpfer vertragen, was meinst du? Nichts Böses, aber indem sie mir den Pfarrer auf den Hals gehetzt hat, ist sie zu weit gegangen.«

»Ich bin dabei. Wollen wir auf dem Tisch übereinander herfallen?« Theo grinst.

Ich grinse zurück. »Hättest du wohl gern. Ich denke da eher an eine gezielte kleine Aktion.«

»Was denn?«

»Eigentlich wollte ich heute jedem klarmachen, dass zwischen uns nichts läuft, aber ich hab's mir gerade anders überlegt.«

Skepsis schlägt mir entgegen.

»Also fangen wir heute etwas miteinander an? Im Ernst oder nur als Show?«

»Mensch, Theo, du redest darüber, als wäre eine Beziehung ein Computerspiel, das man programmieren kann. Ich bin dafür, dass wir deine Mutter ein bisschen schockieren, sicher ergibt sich heute eine Gelegenheit dazu. Vielleicht werde ich dich tatsächlich küssen, oder ich werfe mit dem Geschirr um mich. Gleichzeitig wische ich damit auch meinen Eltern eins aus, aber die haben es auch verdient, so oft wie die schon schlecht über meinen Exmann geredet haben. Immerhin ist er Ronjas Papa. Abhauen können wir später immer noch.«

Theo sieht mich im Spiegel über dem Waschbecken an. »Also, nur damit es klar ist, knutschen fände ich besser, als Geschirr zu werfen. Oder beides. Und was machen wir solange mit Auerberg? Soll ich mich neben ihn setzen?«

Mein alter Kampfgeist kehrt zurück. »Nein. Feige war ich noch nie. Niemand hat gesagt, dass ich vor dem Pfarrer kuschen muss, oder? Ich werde mich ihm stellen. Ich bin nicht nur geschieden, sondern evangelisch getauft und noch dazu aus der Kirche ausgetreten. Davon wird ihm wohl nichts gefallen. Außerdem trinke ich so viel Alkohol, wie es mir passt. Er kann sich jetzt schon warm anziehen.«

»Richtig so! Du bist ziemlich sexy, wenn du über Brötchennamen referierst, aber so gefällst du mir noch besser.«

Theo zwinkert mir zu, und ich finde ihn in diesem Moment ziemlich attraktiv. Wir stehen ganz nah beieinander, und sein Gesicht kommt immer näher. Ein Kribbeln erfasst mich …

»Hallo? Ist alles in Ordnung da drinnen?« Jemand klopft gegen die Tür.

»Oh, wir blockieren die Gästetoilette«, sage ich, weiche zurück und kichere. »Wie zwei Mädchen, die zusammen aufs Klo gehen.«

»Meine Mutter. Immer das falsche Timing«, stellt Theo mit Grabesstimme fest.

Ich drehe den Schlüssel um und mache die Tür auf.

Im selben Moment stehen wir Marianne gegenüber, die uns, wie erwartet, entsetzt anstarrt. Im Schlepptau hat sie zwei Frauen, die uns neugierig beäugen.

»Wart ihr da etwa gemeinsam drin?«, fragt Theos Mutter, und ihre Stimme klingt schrill.

Ich erkenne die Chance und ergreife sie sofort. »Ja, manchmal ist das Verlangen so dringend. Wir wollten einfach für ein paar Minuten ungestört sein, Sie verstehen schon …«

»In meinem Gäste-WC?« Marianne Fontane ist einer Ohnmacht nahe.

»In deinem Gäste-WC *und* vor der Ehe«, murmelt Theo hinter mir, und ich muss schon wieder kichern.

Keine Ahnung, ob seine Mutter ihn verstanden hat oder nicht, aber das ist nicht wichtig. Man merkt auch so, dass es in ihrem Kopf arbeitet und sie sich nur mühsam beherrscht.

»Ist das etwa der kleine Theo?«, fragt die jüngere der beiden Frauen und klingt ziemlich spöttisch. »Ganz schön groß geworden, seitdem wir uns das letzte Mal gesehen haben. Aber noch genauso draufgängerisch.«

»Hallo, Cassi«, sagt er und lächelt sie an.

»Ähm … ja … Das ist er.« Marianne hat ihre Fassung wiedergewonnen. »Meine alte Schulfreundin Margret kennst du doch auch noch? Und das ist … unsere … Bäckerei-Pressevertretung, Frau Lindner.«

Eine neue Berufsbezeichnung, die mir so nie eingefallen wäre, aber bitte sehr. Marianne versucht offenbar, alle Optionen für ihren Sohn offenzuhalten.

Die beiden Frauen fragen zu meinem Bedauern nicht weiter nach, was die »Bäckerei-Pressevertretung« mit dem Juniorchef auf der Toilette getrieben hat, dafür setzt Theo unaufgefordert zu einer Erklärung an.

»Ja, hallo. Wir mussten gerade eine neue Werbestrategie besprechen, alles streng geheim. Hallo, Margret, schön, euch zu sehen.«

Ich bin nicht die Einzige, die ihn daraufhin entgeistert

anschaut. Wer soll denn bitte glauben, dass wir auf der Gästetoilette seiner Mutter eine geheime Werbestrategie besprochen haben? Und wie feige ist das denn? Ich dachte, wir wollten Rache üben?

Cassandra lacht. »Darauf möchte ich wetten.«

Ich schüttele den beiden Frauen höflich die Hand und sage nichts. In diesem Moment klingelt mein Handy. Ronja. »Hallo?«, melde ich mich schnell. Hoffentlich ist nichts passiert. »Was ist los?«

»Mama? Ist mein pinkes Shirt von Esprit gewaschen? Ich finde es nicht im Schrank.«

Ich bin verwirrt. »Was?«

»Mein pinkes Shirt«, wiederholt sie ungeduldig. »Wo ist das?«

»Wieso? Brauchst du es jetzt? Ihr geht doch nirgendwohin?«

»Nein, aber es ist nicht da.« Ihre Stimme wird leicht hysterisch. »Ich wollte es Vanessa zeigen. Also?«

»Wenn es nicht im Schrank ist, dann vermutlich in der Wäsche.«

Meine Tochter wird lauter. »Ich werd voll aggro! Warum brauchst du immer so lange für alles? Wahrscheinlich musst du es auch noch bügeln.«

Jetzt reicht's mir aber. »Ich brauche überhaupt nicht lange. Außerdem steht es dir frei, deine Sachen selbst zu waschen und zu bügeln, mein Fräulein. Ja, ich kann auch voll aggro sein«, blaffe ich in den Hörer.

Am anderen Ende ertönt Musik, dann ein Kichern. »Ich glaub, sie hat gerade Stress«, höre ich Ronjas Stimme. »Chill mal wieder, Mama. Ich brauche eben gewisse Dinge, sonst komm ich nicht klar. Na ja, ist jetzt auch egal. Tschüss dann.« Es klickt.

»Wage es ja nicht aufzulegen«, sage ich, obwohl ich weiß, dass meine Tochter es nicht mehr hören kann.

Erst da fällt mir auf, dass mich die anderen neugierig anschauen.

»Alles in Ordnung?«, fragt Theo.

Ich versuche ein falsches Lächeln. »Sicher. Teenager an Bord. Zickenalarm. Pubertätsstress, man kennt das ja.«

Mariannes Freundin hebt die Augenbrauen. »Also, von meinen Kindern kenne ich das nicht.«

»Mutter, du hast uns auch streng erzogen«, sagt Cassandra.

»Ja, eine gute Erziehung ist sehr wichtig«, bekräftigt Marianne. »Mit Anstand und Respekt. Darauf habe ich bei meinem Sohn immer großen Wert gelegt. Auch wenn wir nur eine einfache Bäckersfamilie waren.« Sie betont das Wort »waren«, womit klar ist, dass sie sich einerseits nicht mehr zu den einfacheren Leuten zählt und andererseits meine Erziehung infrage stellt. »Cassi, wie gut, dass du dir mit dem Kinderkriegen Zeit gelassen hast. Du hast eine wunderbare Karriere gemacht, jetzt kannst du dich langsam um die Familienplanung kümmern. Übrigens, du sitzt neben Theo, er wird sich sicher gut um dich kümmern. Achtet bitte auf die Tischkärtchen.«

Oh, alles klar. Marianne hat mich zwar eingeladen, aber die Hoffnung auf eine standesgemäße Verbindung für ihren Sohn deshalb noch lange nicht aufgegeben. Diese Cassandra wäre die perfekte Partie für ihn. Nicht geschieden und keine Kinder. Vermutlich ist sie auch noch katholisch.

Als hätte Theo meine Gedanken gelesen, räuspert er sich. »Mutter? Hast du Pfarrer Auerberg bewusst neben Helen gesetzt, oder ist das ein Irrtum? Sie kennt ihn doch gar nicht.«

»Dann wird sie ihn eben kennenlernen«, antwortet Marianne spitz. »Dafür sind solche Abende schließlich da. Man trifft interessante Menschen und tauscht sich mit ihnen aus. Das kannst du mit Cassi ja auch. Sie arbeitet in der Führungsetage bei einem Lebensmittelkonzern, da habt ihr sicher viele Gemeinsamkeiten.«

Ich unterdrücke ein Grinsen. »Stimmt, ihr könnt euch sicher wunderbar über Butter und Schmalz, Zucker und Salz, Milch und Mehl, Safran und so weiter unterhalten.« Das alte Kinderlied scheint nicht gerade gut anzukommen.

»Mit Gemeinsamkeiten meint Marianne natürlich nicht nur die Zutaten«, mischt sich Cassandras Mutter ein. »Schön, wenn man jemanden als Tischnachbarn hat, zu dem man einen Bezug hat.«

»Stimmt«, sage ich. »Ich bin allerdings noch auf der Suche nach meinem Bezug zu einem katholischen Pfarrer.«

Marianne Fontane tut erstaunt. »Aber Helen, Sie haben doch neulich erst mit mir über Nächstenliebe diskutiert. Ich dachte, Sie interessieren sich für Theologie.« Ihr Ton ist ausgesprochen freundlich.

Ich weiß genau, was du vorhast, denke ich. Dann gebe ich genauso freundlich zurück: »Das weniger, aber wenn schon der Pfarrer mein Tischnachbar ist, kann ich mit ihm das Thema ›katholische oder evangelische Taufe‹ diskutieren. Theo und ich haben das nämlich noch gar nicht besprochen.«

Marianne und Margret ziehen scharf die Luft ein, Cassandra hebt die Augenbrauen, und Theo schmunzelt. »Haben wir in der Tat noch nicht«, sagt er.

»Eigentlich«, fahre ich fort, »wäre ich dafür, unser gemeinsames Kind gar nicht taufen zu lassen. Es soll sich selbst entscheiden, wenn es alt genug ist.«

»Euer … gemeinsames Kind? Nicht getauft?« Marianne weiß offenbar nicht, was sie schlimmer finden soll. Allerdings scheint ihr das vor den Gästen mehr als unangenehm zu sein.

»Na ja, das ist natürlich ein Thema, das wir nicht mit allen besprechen müssen«, ergänzt ihr Sohn. »Deshalb schlage ich vor, dass wir bei Tisch weiterplaudern. Hier entlang, bitte.«

Voller Genugtuung bemerke ich, wie die Gastgeberin uns mit offenem Mund anstarrt. Das wird sicher ein Spaß, denke ich. Auf der einen Seite das Jüngste Gericht und auf der anderen sämtliche Augenpaare, die sicher den ganzen Abend auf uns ruhen werden.

# 8

*Liebe Irene und lieber Manfred,*
*die Beweggründe Ihrer Tochter kann ich natürlich nicht erahnen. Deshalb sollten Sie sie um ein Gespräch bitten, sie aber auf keinen Fall bedrängen. Sagen und zeigen Sie ihr vielmehr, dass Sie sie lieben und auf jeden Fall hinter ihr stehen – ganz egal was sie tut.*
*Es umarmt Sie aus der Ferne*
*Ihr Dr. Gabriel*

Ich formuliere den Brief in Gedanken, während mir der Pfarrer mit mildem Gesichtsausdruck und immer noch sanfter Stimme von seinem Klosteraufenthalt in Österreich erzählt.

»Wissen Sie, das war ein sehr friedlicher Ort, weil man dort schweigen musste. Fünf Wochen lang habe ich kein Wort gesprochen.«

Das ist vermutlich der Grund, weshalb er heute Abend wie ein Wasserfall redet. Der Mann hat eindeutig Nachholbedarf. Nachdem er zunächst vergebens versucht hat, mir Einzelheiten über mein Leben und meine Ehe zu entlocken, verlegte er sich aufs Erzählen und textet mich nun schon seit gefühlten sieben Stunden zu. Theo rechts neben mir wird die ganze Zeit von Cassandra in Beschlag genommen. Hin und wieder bezieht er mich zwar in ihre Unterhaltung mit ein, aber ich habe absolut kein Interesse, über Mehlmengen oder Biovollkorn zu reden.

»Deshalb würde ich mich sehr freuen, wenn Sie an unseren Besinnungsabenden teilnehmen würden. Darf ich denn mit Ihnen rechnen?«

Ich schrecke auf. »Was? Warum?«

Pfarrer Auerberg sieht mich milde lächelnd an. »Wissen Sie, jeder von uns sollte über sein Leben reflektieren. Wenn wir im Alltag schon kein Schweigegelübde ablegen können, müssen wir uns wenigstens ab und zu besinnen. Vor allem diejenigen, die eine große Last mit sich herumtragen.«

»Ich will mich nicht besinnen, höchstens besinnungslos betrinken«, gebe ich zurück, aber sein Gesichtsausdruck verändert sich nicht. Okay, diesen platten Humor versteht er definitiv nicht.

»Wir bleiben klar, reden miteinander, schweigen und denken über unsere Sünden nach.«

Meine Güte, vermutlich kommt er mir gleich mit der Hölle. »Was sind denn Ihre Sünden? Haben Sie vielleicht eine heimliche Freundin?«, versuche ich ihn zu provozieren.

Es wirkt nicht.

»Auch wenn Sie evangelisch sind, wissen Sie doch sicher, dass wir katholischen Kirchendiener das Zölibat leben. Nichtsdestotrotz gebe ich mir größte Mühe, andere Lebensweisen zu verstehen.« Er redet mit mir wie mit einem Kind, und diese milde Güte geht mir langsam auf den Keks.

»Wie gelingt Ihnen das, wenn Sie alles nur in der Theorie erfassen können?«

Pfarrer Auerberg wiegt den Kopf. »Kommen Sie zu den Besinnungsabenden, dann können wir darüber diskutieren. Sie sind doch geschieden?«

»Ja.«

»Sehen Sie. Es ist schwer, sich für den rechten Weg zu entscheiden.«

Das ist ja wohl die Höhe. »Manchmal ist der linke eben besser«, antworte ich.

»Sie sollten dringend entschleunigen, mein Kind. Ich hätte sogar noch einen Tipp für Sie: Die Klöster bieten auch Aufenthalte für Menschen an, die Buße tun wollen, das kann ich Ihnen wärmstens empfehlen. Ich werde Ihnen zum Besinnungsabend einige Broschüren mitbringen.« Er räuspert sich. »Wir reden gleich weiter, verzeihen Sie, aber ich müsste mal eben austreten.«

»Aus der Kirche?« Natürlich lacht er nicht über diesen billigen Witz, seine Miene bleibt unverändert freundlich. Okay, der Mann ist ein Heiliger, und damit kann ich nichts anfangen. »Sorry, ich hab's eben nicht so mit der Kirche. Außerdem habe ich ziemliche Kopfschmerzen und werde wohl gleich nach Hause fahren«, bereite ich schon mal meinen Abgang vor. Noch mehr Gerede über Buße kann ich nämlich nicht ertragen.

»Das tut mir sehr leid. Ich denke, Ihr ganzes Inneres schlägt Alarm, denn es ist nicht leicht, den wahren Weg zu finden.« Pfarrer Auerberg holt tief Luft. »Wenn ich zurück bin, erzählen Sie mir alles, was Sie bedrückt. Marianne Fontane hat mich explizit darum gebeten, mich Ihrer anzunehmen. Wir sind nämlich beide der Ansicht, dass Theodor junior auf seinem guten Weg bleiben soll.« Damit steht er auf, und ich lächele höflich.

Sie glauben also alle beide, dass ich den armen Theo vom rechten Weg abbringen möchte? Meinetwegen, das können sie haben.

»Du kannst dir die Importpreise nicht vorstellen«, höre ich Cassandra gerade sagen. »Aber ich habe sie alle gedrückt. Man muss eben hart verhandeln.«

»Natürlich.«

Nach einem Flirt hört sich das nicht gerade an, daher mische ich mich ungeniert ein. Ich zupfe Theo am Ärmel. »Hast du Lust, die Leute ein bisschen zu schocken?«

Er dreht sich augenblicklich zu mir um. »Darauf warte ich schon die ganze Zeit«, sagt er begeistert und zwinkert mir zu. »Ich hatte schon befürchtet, dass unser Pfarrer dir eine Gehirnwäsche verpasst hat. Du hast mich komplett ignoriert.«

»Von wegen. Du scheinst dich doch auch bestens zu unterhalten.«

Er verdreht die Augen und flüstert. »Schön wär's. Ich langweile mich zu Tode. Diese Frau kennt kein anderes Thema als ihren Job. Bitte erlöse mich.«

»Wir sollten sie neben den Pfarrer setzen. Für Erlösungen aller Art ist er zuständig. Ich bin hier eher die Sünderin«, erinnere ich ihn. »Aber ich habe soeben beschlossen, mich zu verdrücken, und würde gerne vorher noch für ein wenig Gesprächsstoff sorgen. Bist du dabei?«

»Was sollen wir machen? Unter dem Tisch knutschen?«

Ich muss lachen. »Warum unter dem Tisch?«

»Du hast recht.«

Was als Nächstes passiert, geht so schnell, dass ich darauf überhaupt nicht vorbereitet bin. Theo legt einen Arm um mich, zieht mich an sich und küsst mich mitten auf den Mund.

»Oooh!«, höre ich eine Stimme und dann eine andere: »Aaaah!« Ich kann sie nicht auseinanderhalten, kann mir aber denken, dass jetzt in alle Richtungen spekuliert wird.

Als er mich endlich loslässt, bin ich knallrot und ziemlich perplex.

»So, das musste mal gesagt werden«, meint Theo grinsend. »Wollen wir jetzt über die Kindernamen und die Taufe reden?«

Ich fange einige Blicke am Tisch auf. Meine Mutter schaut begeistert, mein Vater triumphierend und Marianne Fontane entsetzt. Ihr Mann interessiert sich dagegen mehr für das Stück Baguette in seiner Hand, das er eingehend betrachtet. Auch Cassandra tut so, als hätte sie nichts bemerkt, und wischt konzentriert auf ihrem Handy herum. Die anderen Gäste mustern uns teils verstohlen, teils mit unverhohlener Neugierde.

»Das nenne ich mal eine gelungene Show«, sage ich zu meinem Kusspartner. »Schade nur, dass der Pfarrer gerade nicht da war. Er hätte vermutlich Weihwasser ausgepackt und uns damit besprüht. Aber nun reicht es mir für heute, ich muss mich leider verabschieden. Schlimme Kopfschmerzen, ganz schlimme sogar.«

»Ich komme mit.« Theo massiert sich grinsend die Schläfen. »Es scheint ansteckend zu sein.«

»Bist du sicher?« Ich spreche immer noch sehr leise, doch Cassandra ist nach wie vor mit ihrem Smartphone beschäftigt. »Ich kann mir auch ein Taxi bestellen.«

»Blödsinn! Ich fahre dich.«

Ich nicke ihm kurz zu, dann sage ich laut: »Mama, Papa, mir geht es nicht so gut, deshalb wird mich Theo nach Hause bringen. Herr und Frau Fontane, besten Dank für die Einladung. Es war sehr … interessant.«

Marianne Fontane mustert mich missbilligend. »Was hast du so plötzlich? Der Hauptgang kommt doch erst noch.«

»Es ist das Baby«, würde ich am liebsten antworten, aber damit würde aus dem zarten Gerücht eine faustdicke Lüge, und das will ich dann doch nicht. Schließlich will ich meinen Job bei den Fontanes behalten.

»Ich weiß auch nicht genau«, erwidere ich daher ausweichend und wünsche dann allen am Tisch noch einen schönen Abend, während meine Mutter mindestens dreimal »Ruf mich auf jeden Fall morgen an« sagt.

»Theo, du kommst aber gleich noch mal zurück.« Die Stimme seiner Mutter duldet keinen Widerspruch, und ich bin gespannt, ob er sich fügen wird.

»Ich weiß noch nicht, ob ich Helen allein lassen kann«, sagt er nur und zieht mich mit sich.

Kichernd wie kleine Kinder, stürmen wir nach draußen und sind froh, als wir in Theos Auto sitzen. Ich zumindest bin es.

»Deine Mutter ist wirklich eine harte Nuss«, sage ich.

»Verstehst du jetzt, warum ich ihr möglichst nichts über mein Privatleben verraten möchte?«, fragt er und fährt los. »Sie mischt sich in alles ein und macht vieles kaputt, bevor es überhaupt angefangen hat. Tut mir leid, jetzt steckst du mittendrin, obwohl du mir nur einen Gefallen tun solltest.«

»Bei der Show, die wir ihnen geboten haben, wird sie zumindest in der nächsten Zeit ziemlich viele Fragen an uns beide haben.«

»Bereust du es?«

Ich strecke die Beine aus. »Eigentlich nicht. Wir sind erwachsene Menschen, und das Gerede der Leute sollte uns egal sein. Zwischendurch vergesse ich das bloß immer. Es geht niemanden etwas an, was ich tue.«

Theo macht das Radio an und schweigt. Ich würde ihn gern fragen, ob der Kuss auch zur Show gehört hat oder ob er etwas zu bedeuten hatte, traue mich jedoch nicht. Stattdessen fällt mir ein, dass es schon lange her ist, seit ich das letzte Mal einen Mann geküsst habe.

Als er nach einigen Minuten vor dem Haus mit meiner Wohnung hält, wirkt er ziemlich zerknirscht.

»Das mit dem Pfarrer ist mir echt unangenehm. Es war trotzdem sehr schön mit dir, Helen.«

»Finde ich auch. Wir hatten viel Spaß. Fährst du denn jetzt noch mal zu deinen Eltern?«

Theo schüttelt heftig den Kopf. »Auf keinen Fall. Ich lasse den Herrschaften lieber noch ein bisschen Raum für Spekulationen. Das geschieht meiner Mutter ganz recht. Und Cassandra, ehrlich gesagt, auch. Sie hatte nichts als ihre Firma im Kopf. Ich dachte die ganze Zeit, dass sie gleich einen Laptop herausholt und mir eine PowerPoint-Präsentation nach der anderen zeigt. Zum Glück hast du mich geküsst.«

»Hey«, protestiere ich, »du hast mich geküsst.«

Er lächelt wieder und streichelt meine Wange. »Darf ich das spontan wiederholen? Einfach so? Ohne Zuschauer?«

Die Antwort wartet er gar nicht erst ab, sondern küsst mich noch einmal. So fühlt sich also der Kerni-Knuspi-Knacki-Kuss an, denke ich und muss zugeben, dass Theo junior ziemlich gut küssen kann.

»Gute Nacht«, sagt er verschmitzt. »Ich melde mich.«

Beim Aussteigen fällt mir als Erstes das rote Cabrio auf, das auf der gegenüberliegenden Straßenseite steht. Es gehört meinem Exmann Stefan. Er hat es sich erst im vergangenen Jahr angeschafft und ist der Meinung, dass es sein Leben schöner macht. Ich gehe davon aus, dass man damit schneller junge Frauen erobern kann, aber sei's drum. Jedem das, was er braucht.

Trotzdem bin ich alarmiert. Was macht Stefan denn hier? Ist etwas passiert? Das ist doch gar nicht sein Wochenende.

Mit klopfendem Herzen laufe ich die Treppe hoch und schließe die Wohnungstür auf.

»Räuber? Ich bin wieder da.«

»Was? So früh?«, kommt ihre Stimme aus dem Wohnzimmer.

Ronja und Stefan sitzen auf dem Sofa, eine Schüssel Popcorn zwischen sich, und sehen sich eine Sendung im Fernsehen an. Der Anblick der beiden versetzt mir einen Stich. Früher haben wir so zu dritt zusammengesessen. Niemals hätte ich es für möglich gehalten, dass wir uns irgendwann die Wochenenden mit unserem Kind teilen müssen. Obwohl ich die Scheidung längst akzeptiert habe und meine freundschaftliche Beziehung zu Stefan sehr schätze, trauere ich unserer Familienzeit noch immer hinterher.

»Was ist denn hier los?«, frage ich. »Was machst du bei uns, Stefan? Und wo ist Vanessa?«

»Ist dein Rendezvous zu Ende?«, gibt mein Exmann zurück, statt zu antworten. »War wohl nicht so gut?«

Ronja grinst. »Oder Mama will nur schnell ein paar Sachen packen, weil sie woanders übernachtet.«

»Macht sie das öfter?« Er ist alles andere als begeistert. »Und du bist dann alleine hier?«

»Na und? Ich bin fünfzehn.«

»Das geht trotzdem nicht.«

Ich unterbreche die beiden. »Stopp, stopp. Niemand übernachtet woanders oder bleibt allein. Räuber, hör auf, Papa solche Unwahrheiten zu erzählen. Nur zu eurer Information: Mein Abend war sehr schön, aber eben kurz.«

»Wieso? Hat das Essen nicht geschmeckt, oder ist dein Verehrer zudringlich geworden? Bei so was hilft nur ein Tritt in die Eier«, erklärt mir meine Tochter fachmännisch.

»Nichts dergleichen, danke für die guten Ratschläge.« Ich sehe keine Veranlassung, die näheren Einzelheiten mit ihr zu erörtern oder gar von dem Kuss zu erzählen. »Mich interessiert viel mehr, warum dein Vater da ist. Wo ist überhaupt deine beste Freundin?«

Ronja zuckt mit den Schultern. »Vanessa ging's plötzlich nicht gut, da hat ihre Mutter sie abgeholt. Weil ich gerade mit Papa geschrieben hab, ist er spontan vorbeigekommen, bis du nach Hause kommst. Voll *sweet*, ne?«

»Warum hast du mich denn nicht angerufen?«

»Wir wollten dir den Abend nicht verderben. Ich wär auch allein geblieben, aber Papa wollte unbedingt mit mir hier warten.« Sie gähnt. »Boah, bin ich müde. Ich geh dann mal in mein Zimmer. Nacht, Papa, bis nächstes Wochenende, wenn Mama golfen geht.«

»Ich ruf dich morgen an«, antwortet Stefan.

»App mir lieber, telefonieren ist so retro.« Sie gibt jedem einen Kuss auf die Wange und verschwindet.

Sobald wir allein sind, seufzt Stefan. »Telefonieren ist also retro. Sie will immer nur appen. Das ist so was von mühselig, ständig vertippe ich mich. Ist doch total blöd.«

Ich sehe es zwar genauso, werde es aber garantiert nicht zugeben. »Schaff dir eine Lesebrille an. Du meinst doch, dass du deine Jugend verpasst hast, also musst du jetzt mithalten.«

Mein Exmann verzieht das Gesicht. »Willst du mir den Satz bis in alle Ewigkeit vorwerfen? Dafür höre ich von Ronja, dass du anfangen willst zu golfen? Was hat dich denn da geritten? Du bist doch gar nicht der Typ für so einen mondänen Sport.«

Nein. Er hat mich auch immer nur als Hausfrau und Mutter betrachtet und mir nicht einmal meinen Beruf gegönnt. Augenblicklich bin ich sauer und beschließe, ihm den wahren Grund nicht zu verraten. Es geht ihn schlicht nichts an. »Ich kritisiere auch nicht dein Leben.«

Entschuldigend hebt Stefan die Hand. »Tut mir leid, hast ja recht.« Dann sieht er mich mit dem Lächeln an, mit dem er mich früher immer rumgekriegt hat, wenn wir uns gestritten hatten. »Ich mache mir eben Sorgen um dich. Hast du gerade jemanden? Ist es dieser Bäcker?«

Ich hoffe, dass ich mich nicht verrate. Stefan und ich sind zwar Freunde, aber ich frage ihn auch nicht nach seinen ständig wechselnden Beziehungen. »Nein, davon abgesehen, geht es dich nichts an. Es sei denn, es wird wegen Ronja relevant, dann würde ich dich wie abgesprochen rechtzeitig informieren.«

Er macht ein unschuldiges Gesicht. »Trotzdem will ich wissen, mit wem du verkehrst, nicht jeder Mann ist gut für dich. Ich will einfach auf dich aufpassen.«

»Nicht nötig. Ich erlaube mir bei deinen Freundinnen auch kein Urteil«, gebe ich zurück.

Stefan winkt ab. »Tu nicht so, als ob es mehrere Hundert wären …«

»Na ja, ein paar fallen mir schon ein. Natascha, Sina, Eva-Maria, Barbara …«, zähle ich auf. »Zumindest sind das die Namen, die du erwähnt hast. Vielleicht waren es ja auch noch mehr?«

Oha, Treffer. Seine Wangen werden heiß.

»Ich gebe zu, dass ich ein paar Frauen kennengelernt habe, aber irgendwie vergleiche ich das immer mit dem, was wir hatten.« Er macht eine Pause und schaut mir tief in die Augen. »Es ist nicht dasselbe, Helen.«

»Natürlich nicht«, antworte ich und weiche seinem Blick aus. »Wir waren lange zusammen und haben ein gemeinsames Kind. Es kann nicht dasselbe sein.«

Stefan wird ernst. »Weißt du, es ist komisch für mich, wenn ich weiß, dass meine Frau sich mit anderen Männern trifft.«

»Deine Exfrau«, korrigiere ich sanft. Ich habe lange gebraucht, bis es mir nichts mehr ausmachte, mich so zu bezeichnen.

»Das Leben geht weiter. Wir sollten uns bemühen, Ronja aus unserem Liebeskarussell herauszuhalten, da sind wir uns doch einig, nicht wahr? Und wenn es bei einem von uns ernst werden sollte, dann müssen wir darüber reden.«

»Du hast also noch keinen Gesprächsbedarf?«

Für einen Moment habe ich das Gefühl, dass Stefan erleichtert wirkt. »Nein. Für heute Abend habe ich vom Beichten genug. Ich bringe dich jetzt zur Tür und brauche dann dringend etwas Schlaf.«

Am nächsten Tag lässt mir Theo einen Backwarengutschein zukommen, auf den er »Für ein schönes gemeinsames Frühstück bei dir« geschrieben hat, was ich ziemlich mutig/dreist/frech finde. Ich sende ihm eine Mail mit »Werden meine Tochter und ich haben, vielen Dank« und löse den Gutschein beim nächsten Einkauf in einer der Fontane-Filialen ein. Seinen Kuss kann ich immer noch nicht richtig einordnen, auch wenn ich ihn zugegebenermaßen genossen habe.

Die Woche geht ziemlich schnell vorbei. Ich erstelle für das örtliche Krankenhaus ein Kursheft, schreibe für eine Gartenzeitung einen Artikel über Hydrokultur, schicke Zeidler allgemeine Infos über Schultoiletten, Sanierungskostenfragen und Lehrerengpässe und wimmele beim gemeinsamen Kaffeetrinken die Versuche meiner Mutter ab, mehr über »den lieben Theo und was da so läuft« zu erfahren.

»Schließlich habt ihr euch vor aller Augen geküsst, und Marianne meinte, ich soll dich unbedingt fragen, ob du vielleicht schon schwanger bist?«, wiederholt sie auch ständig am Telefon.

Ich versichere ihr mehrmals, dass dies nicht der Fall sei, und weigere mich, ihr mehr zu erzählen, was sie irgendwann beleidigt hinnimmt.

Theo schreibt mir eine weitere Mail, diesmal beruflich, fügt allerdings als Nachsatz »Ich melde mich bald« hinzu.

Jeden Abend ruft Bernadette an und versucht mich davon zu überzeugen, den Golf-Schnupperkurs am bevorstehenden Wochenende nicht abzusagen, was ich die ganze Zeit tun will.

»Nur weil dich der Bäcker geküsst hat, musst du nicht auf einen Millionär verzichten«, wiederholt sie gebetsmühlenartig. »Probier doch einfach beides aus. Außerdem gibt's da noch den Grafen.«

»Darum geht es doch gar nicht. Dieser Sport interessiert mich kein bisschen, und ich opfere kein ganzes Wochenende dafür«, lautet mein Standardargument.

Sie erwidert jedes Mal, dass ich gefälligst an die Festanstellung als Redakteurin denken soll. »Du bist eine gute Journalistin und machst deine Arbeit ordentlich«, ermahnt sie mich. »Bis zu dem Ball ist es noch eine Weile hin. Währenddessen steht auf dem Golfplatz jede Menge Geld herum. Du kannst die Reichen beobachten und in Ruhe recherchieren.«

Am Donnerstag haben Ronja und ich endlich mal wieder einen Mutter-Tochter-Termin.

»Ich bin so froh, dass wir etwas zusammen unternehmen«, sage ich, als wir ins Auto steigen. »Es ist so selten geworden.«

»Mach keinen Stress. Wir hängen doch andauernd zusammen zu Hause rum«, antwortet Ronja achselzuckend.

»Ja, du in deinem Zimmer und ich in der Küche. Früher waren wir öfter mal im Kino oder Zoo.«

Meine Tochter sieht mich von der Seite an. »Du willst doch nicht etwa mit mir in den Zoo, oder? Und keine meiner Freundinnen geht mehr mit ihrer Mutter ins Kino. Das ist voll peinlich.«

Ich schlucke. »Aber *ich* bin nicht peinlich, oder? Ich halte mich eigentlich für eine moderne, coole und zeitgemäße Mutter.«

Ronja prustet drauflos. »Modern, cool und zeitgemäß? Na ja …« Sie lässt den Satz unvollendet.

Ich denke an meine eigene Mutter und dass sie ganz anders war, als ich es jetzt bin. »Ja, finde ich schon«, sage ich trotzig. »Mit mir kann man sich sehen lassen. Meine Mutter wäre nie mit mir zur Maniküre gegangen.«

»Vanessa hätte ich viel lieber mitgenommen, aber du hast ja den Termin für uns beide gemacht. Außerdem werde ich dort schon niemanden treffen, den ich kenne.« Dann sieht sie mich von der Seite an. »Mensch, Mama, ich hab dich lieb, ehrlich. Aber ich bin fünfzehn. Oh Mann, du brauchst dringend Ablenkung. Hast du immer noch keinen tollen Mann kennengelernt?«

»Räuber, so etwas muss sich ergeben. Ich treffe öfter irgendwelche Männer, aber das heißt noch lange nicht, dass ich den erstbesten nehme.«

Während ich einparke, scheint Ronja zu überlegen.

»Wenn es darum geht, dass die Sexregeln zu streng sind, dann können wir noch mal darüber reden. Was ist denn mit dem Bäcker?«

»Ronja!« Ich kann immer noch nicht glauben, wie selbstverständlich sie das Wort »Sex« ausspricht. Ja, sie hat recht. Mit fünfzehn ist man ganz schön weit. »Deine Regeln sind völlig in Ordnung und Theo Fontane auch. Mehr kann ich dazu momentan nicht sagen.«

»Also bist du nicht in ihn verliebt?«

Ich schüttele den Kopf. »Auch wenn es dich nichts angeht: nein.«

»Na ja, das kann noch kommen. Manche Leute verlieben sich nicht auf den ersten Blick, sondern erst auf den zehnten oder so.«

Ich bin froh, als wir unser Ziel erreichen, denn das Gespräch macht mich langsam nervös. Wäre Bernadette an ihrer Stelle gewesen, hätte ich kein Problem damit gehabt. Schon merkwürdig, wie sehr man seinem Kind gegenüber gehemmt ist.

Das Nagelstudio heißt *Wellness Tempel* und teilt sich die Räume mit einem Thai-Massage-Salon. Wir nehmen an zwei nebeneinanderstehenden Tischen Platz, und zwei asiatische Frauen mit Mundschutz reichen uns ein paar Broschüren zur Ansicht. »Hiel Tlends schauen, bitte.«

»Oh, guck mal, die haben Glitzersteine und kleine Aufkleber und Metallicfarben.« Meine Tochter ist plötzlich ganz aufgeregt und sieht aus wie damals, als sie sechs Jahre alt war und sich in der Eisdiele nicht zwischen dem Biene-Maja- und dem Pinocchio-Becher entscheiden konnte.

»Ich will was mit Stickern, und du?«, will sie wissen.

»Ich hätte gern Hühnchen süß-sauer«, antworte ich und finde mich irrsinnig lustig, doch niemand scheint meinen Humor zu verstehen.

Die beiden Asiatinnen verziehen kaum das Gesicht, und Ronja beschwert sich direkt.

»Mama, sei nicht peinlich. Sonst gehe ich überhaupt nicht mehr mit dir vor die Tür.«

Ich blättere die verschiedenen Nageltrends durch und staune über die winzigen Perlen, chinesischen Schriftzeichen und kleinen Tiergesichter, die man sich applizieren lassen kann. »Wer will denn schon einen ganzen Zoo auf den Fingern haben?«, wundere ich mich. »Meine Nägel sind dafür nicht mal groß genug.«

»Ich finde die Zebrastreifen cool«, meint meine Tochter. »Aber ich nehme die Emoticons. Auf den Zeigefinger den strahlenden Smiley, auf den Daumen den Daumen, auf den Mittelfinger den Totenkopf und so weiter. Dann kann ich sie vorzeigen, wie ich sie brauche.« Sie kichert.

»Räuber, du zeigst doch wohl niemandem den Mittelfinger.«

Ronja grinst. »Läuft. Was ist mit dir?«

»Keine Ahnung.« Normalerweise feile ich mir die Nägel ziemlich kurz und lackiere sie in einem unauffälligen Ton. Ich habe den Termin nur Ronja zuliebe gemacht, weil sie sich eine professionelle Maniküre schon ewig wünscht. »Auf Sticker verzichte ich, das passt nicht zum Golfplatz, denke ich.«

»Das mit dem Golf-Schnupperkurs ist irgendwie komisch«, findet Ronja.

»Wieso denn?«

»Ich hätte es nie gedacht, aber es ist cool. Vanessas Eltern golfen auch ganz oft. Sie sagt, im Golfclub laufen viele Reiche und Schöne herum. Ich hab denen natürlich nicht gesagt, dass du dort bloß die Millionäre beobachten willst.«

»Ist auch besser so«, antworte ich. »Du sollst das niemandem erzählen, das weißt du doch.«

Meine Tochter kräuselt die Nase. »Mama, auf mich ist Verlass. Ich hoffe nur, dass du echt wen kennenlernst. Gut benehmen kannst du dich ja jetzt auch, nach deinem Workshop im Schloss.« Sie grinst breit.

»Hallo? Ich konnte mich schon vorher gut benehmen. Wenn du öfter etwas mit mir zusammen unternehmen würdest, wüsstest du das.«

»Weißt du, Mama«, sagt meine Tochter, »ich komm echt gut mit dir klar. So Sachen wie das hier können wir ab und zu machen. Aber mit fünfzehn macht man nicht mehr so viel mit seiner Mutter. Da kann ich nichts für, das hab ich nicht erfunden.« Sie betont das Wort »Mutter«, als handele es sich um ein exotisches Tier. »Nur damit es klar ist: Flipp nicht gleich aus, aber zur Mathe-Olympiade begleitest du mich nicht.«

Ich fahre zusammen. »Wie? Was? Ich dachte, da gehst du nicht hin. Hast du deine Meinung geändert?«

Sie ist hörbar um einen beiläufigen Tonfall bemüht, als sie sagt: »Herr Sandberg hat die Klasse nominieren lassen, wer uns vertreten soll, und alle haben mich gewählt. Cool, oder? Wie bei einem Casting. Nur dass Herr Sandberg netter ist als Dieter Bohlen.«

»Wann war das denn? Wieso hast du es mir nicht erzählt?«

»Hab ich doch gerade, chill mal. Es war gestern, und nach der Nominierung haben wir noch sechs Leute ausgewählt, die mich begleiten sollen. Als Fanclub sozusagen. Alle wollten mit, deshalb musste ausgelost werden. Na ja, da kann ich die Klasse doch nicht im Stich lassen. Und Herr Sandberg auch nicht.«

»Herrn«, korrigiere ich automatisch.

»Also was du immer damit hast. Jedenfalls ist das jetzt so, du brauchst nicht zu denken, dass ich das freiwillig mache. Es ist eine Nominierung, und ich bin sozusagen im Re-Call, hat er gesagt.«

Clever, dieser Mathelehrer!

Ich verkneife mir ein Schmunzeln. Bloß nichts Falsches sagen. »Natürlich«, antworte ich so beiläufig wie möglich. »Wenn die Klasse dich nominiert hat und anfeuern will, dann wäre es unhöflich, sich zu weigern.«

»Eben. Ziemlich uncool.« Ronja lässt sich nicht anmerken, ob sie die Taktik ihres Lehrers durchschaut hat, und ich hüte mich, ihr meine übermäßige Begeisterung zu zeigen. Mein Mathegenie! Meine begabte Tochter! Mein Fleisch und Blut! Zur Mathe-Olympiade!

»Haben Sie gefunden?«, unterbrechen uns die asiatischen Mitarbeiterinnen.

Ronja zeigt auf die Sticker, und ich entscheide mich für eine einfache Maniküre mit einem edlen Roselack.

»Vielleicht chinesisches Holoskopzeichen?«, fragt die Asiatin.

Ich schüttele den Kopf. »Nein danke. Nur Farbe, schlicht, edel und schön.«

Nach einer halben Stunde bin ich fertig, während bei Ronja noch die Sticker aufgeklebt werden.

»Hiel haben kostenlos Gutschein fül Massage. Du verspannt. Gehen nebenan.« Die freundliche Asiatin deutet auf die Massageräume. »Sofolt gehen.«

»Mama, mach das. Gönn dir mal was«, befiehlt meine Tochter. »Bei mir dauert's eh noch, der Überlack muss noch aufgetragen werden.«

Also gut. Eine kleine Massage kann nicht schaden. Ich bezahle für uns beide und warte darauf, dass man mir den Gutschein aushändigt, aber die Mitarbeiterin zieht sich den Mundschutz vom Gesicht und winkt mich zu sich.

»Du mitkommen.«

Es stellt sich heraus, dass sie offenbar nicht nur Nägel modellieren kann, sondern auch gelernte Masseurin ist, denn sie führt mich in einen kleinen Raum, in dem eine Massageliege steht.

»Du Lücken flei machen, dann auf Bauch legen, ich gleich zulück«, sagt sie und verschwindet.

Ich frage mich, ob die Damen auch noch einen asiatischen Imbiss betreiben und wir im Anschluss dort ein Mittagessen serviert bekommen. Gleichzeitig hoffe ich, dass sie sich irgendwo die Hände desinfiziert und dann weiß, was sie tut.

Just als ich meinen nackten Oberkörper bäuchlings auf die schmale Liege quetsche, klingelt mein Handy. Ich angele es aus der Tasche und halte es mir ans Ohr, während ich versuche, so elegant wie möglich auf der Liege zu bleiben. Meinen nackten Busen möchte ich der Asiatin nicht unbedingt zeigen.

»Hallo?«

»Frau Lindner? Hier Julian Sandberg.« Hat der Mann telepathische Fähigkeiten, und er hat mitbekommen, dass wir über ihn reden? »Können Sie frei sprechen?«

»Geht so«, antworte ich wahrheitsgemäß. Ich hätte nie gedacht, dass einem das Reden so schwerfällt, wenn man flach auf dem Bauch liegt.

»Ist Ronja in der Nähe?«

»Nicht in der unmittelbaren.«

»Sie klingen etwas merkwürdig. Ist alles in Ordnung?«

»Jaja, natürlich.«

»Okay«, Julian Sandberg macht eine kurze Pause. »Hat Ronja Ihnen von der Wahl erzählt?«

»Gerade eben. Zumindest die Kurzversion.«

Während mir der Lehrer nun die Details nachreicht, kehrt die Asiatin zurück und macht sich wortlos an die Arbeit. Erst verteilt sie ein wenig Öl auf meinen Rücken und fängt dann an, mich zu bearbeiten. Sie ist nicht gerade sanft.

»Aua!«

»Bitte?«, sagt Julian Sandberg.

»Du sehl velspannt«, sagt die Masseurin und kneift mich.

»Oooh!«, stöhne ich.

»Was machen Sie gerade?«, tönt die neugierige Frage aus dem Telefon.

Ich will gar nicht wissen, wie sich mein Stöhnen gerade angehört hatte. Spontan entscheide ich mich für die Wahrheit. »Ich werde gerade von einer asiatischen Fachkraft massiert, die mir davor die Nägel gemacht hat. In der Horizontalen kann man nicht so gut reden. Und schmerzhaft ist es auch.«

Als wollte sie mich dafür bestrafen, findet die Asiatin wieder ein paar Stellen, die sie unsanft bearbeiten kann.

»Aaaah! Nicht so fest, bitte«, jammere ich.

»Ich glaube, ich überlasse Sie jetzt Ihrem Schicksal«, sagt Julian Sandberg und lacht leise. »Wie wäre es demnächst mit einem Kaffee, bei dem ich Ihnen die Story in Ruhe erzählen kann?«

»Ja, können wir gerne machen«, antworte ich zerstreut, weil mich ein erneuter Klammergriff fast hochgehen lässt. »Aua!«

»Muss sein«, sagt die Masseurin und macht ungerührt weiter.

»Hallo?«, fragt mein Gesprächspartner. »Soll ich mich mal mit Terminvorschlägen melden?«

»Oooh! Au! Ja bitte!«, rufe ich und hoffe, dass sowohl der Lehrer als auch die Asiatin die richtigen Antworten zuordnen können. Dann werfe ich das Handy in meine Tasche und überlasse mich kampflos den knetenden Händen auf meinem Rücken. »Es tut teilweise richtig weh«, beschwere ich mich.

»Du sehl velspannt.«

Nach weiteren fünf Minuten merke ich, wie meine Muskeln tatsächlich nachgeben, und fange an, die Massage zu genießen. Nur leider ist sie genau in diesem Moment auch schon zu Ende.

»So, feltig. Vielzig Eulo.«

Ich richte mich auf. »Wie, vierzig Euro? Ich denk, es war ein Gutschein?«

Die Asiatin nickt, während sie mir meine Sachen

reicht. »Dlei Massagen fül sechzig Eulo. Hiel Pleisliste. Du kostenlosen Gutschein haben fül elste Mal. Noch zweimal kommen, also nul vielzig Eulo. Bezahlung volhel, du kliegst noch zwei Gutscheine.«

Ich will mich gerade empören, dass es ein mieser Trick sei, merke aber, dass sich mein Rücken und mein Nacken wirklich sehr viel besser anfühlen. Vielleicht sollte ich doch noch zweimal herkommen? Bei meiner sitzenden Tätigkeit ist das Geld ja gut investiert.

»Mami, bist du fertig?« Ronja steht in der Tür und hält alle zehn Finger in die Höhe. »Guck mal, wie geil das aussieht. Ich wette, Vanessa und Lucy wollen es auch direkt haben. Die Frau sagt, dass die Sticker super lange halten. Wenn ich schon zu dieser Mathe-Olympiade muss, will ich wenigstens cool aussehen und nicht wie so'n Freak oder Nerd. Herr Sandberg wird ganz schön staunen. Oder heißt das jetzt Herrn?«

»Herr«, sage ich, und im selben Moment wird mir klar, dass ich mich mit ebendiesem Herrn auf einen Kaffee verabredet habe, ohne mir darüber Gedanken zu machen, wie meine Tochter es finden könnte.

Wortlos zahle ich die vierzig Euro, stecke die beiden Gutscheine ein und zerbreche mir den Kopf, ob ich es ihr erzählen oder lieber verschweigen soll. Wenn ich die Wahrheit sage, dann erfährt sie, dass wir hinter ihrem Rücken ein Komplott geschmiedet haben. Ich könnte mir vorstellen, dass sie dann ausrastet und aus Trotz die Aktion absagt. Das will ich auf keinen Fall riskieren.

Daher beschließe ich, vorerst den Mund zu halten und den Wettbewerb abzuwarten. Vielleicht findet das Kaffeetrinken ja gar nicht statt, dann hätte ich die Pferde unnötig scheu gemacht.

# 9

Lieber Dr. Gabriel,
heute möchte ich mich einmal bei Ihnen für die vielen guten Ratschläge bedanken. Ich lese Ihren Kummerkasten sehr gern, da Ihre Antworten immer mitfühlend und nie besserwisserisch sind. Man kann sie auch gut für das eigene Leben anwenden.
Viele Grüße
Milla T.

Briefe wie dieser tun mir immer besonders gut, und ich fühle mich darin bestätigt, den Leuten gute Ratschläge zu erteilen.

Während ich mich durch die eingegangenen Mails klicke, klingelt das Telefon, und ich schaue auf die Uhr. Es ist Bernadette, die mich am liebsten zum Landhaus Birkenhain begleiten würde. Nur das energische Veto von Gregor und mir konnte sie davon abhalten, für sich nachträglich auch einen Schnupperkurs zu buchen.

»Bist du bereit? Ist Ronja schon bei Stefan? Hast du alles gepackt?«, will sie von mir wissen. »Hast du auch das Golfer-Käppi dabei? Und was Schickes für den Abend?«

»Ja, alles klar. Ronja und Stefan sind zusammen abgedüst, und ich habe mir jegliche dämlichen Bemerkungen verbeten. Ich bin nämlich ganz und gar nicht bereit. Die lächerlichen Golfklamotten sind zwar eingepackt, aber Lust habe ich keine. Und ja, das kleine Schwarze für den Abend im Clubhaus hab ich auch dabei und meine Nachtwäsche sowieso.«

»Dessous?«

Ich bin entrüstet. »Natürlich nicht. Was denkst du denn? Erstens recherchiere ich dort bloß, und zweitens bin ich keine Schlampe, die mit einem Typen gleich ins Bett hüpft.«

»Schade. Ein paar pikante Details würden mich über die Tatsache hinwegtrösten, dass ich gar nicht mehr weiß, wie Herumhüpfen überhaupt geht. Aber irgendwie muss das Kind ja in meinen Bauch gekommen sein … Rufst du mich zwischendurch mal an? Ich will wissen, wie es dir geht und was du so treibst.«

Ich seufze. »Bernadette! Irgendwie weiß ich gerade, wie sich Ronja fühlt, wenn ich sie so ausfrage.«

Meine Cousine schnaubt. »Jetzt sei mal nicht so empfindlich. Ich bin dein Coach in dieser Angelegenheit. Wenn das Baby da ist, wird unser Vertrag automatisch aufgelöst. Dann gibt es andere Dinge, um die ich mich kümmern muss.«

»Bis dahin habe ich den Artikel längst geschrieben«, antworte ich voller Zuversicht. »Ich habe mich mit dem Gedanken angefreundet, heute und morgen ordentlich zu recherchieren. Das heißt, dass du bitte keine großen Fortschritte beim Golfen von mir erwarten darfst, weil ich mich auf das Zwischenmenschliche konzentrieren muss.«

»Ja!«, jubelt meine Cousine. »Und was heißt das genau? Bist du bereit, dir einen von den Reichen zu angeln?«

»Könnte sein.«

»Ist nicht dein Ernst! Was ist mit deinen moralischen Grundsätzen?« Bernadette klingt richtig erstaunt.

Ich grinse in mich hinein. »Nicht wie du vielleicht denkst. Ich habe mir nur vorgenommen, ein bisschen aktiver zu werden, schließlich brauche ich ein paar handfeste Erkenntnisse für meinen Artikel. Seitdem mich der Sean-Connery-Verschnitt für die Verkäuferin gehalten hat, ist klar, dass die Aschenputtel-Story nicht funktioniert. Heute werde ich Chiaras Strategie ausprobieren und versuchen dazuzugehören. Vermutlich klappt das auch nicht. Ich bin eben anders und gehöre nicht zu der High Society, die lieber unter sich bleibt. Dafür habe ich dann endlich die Story, die Zeidler haben will. Man kann sich nicht einfach so einen Millionär angeln.«

»Und wenn doch einer anbeißt?«

Ich hole tief Luft und weiß, dass ich sie jetzt schockieren werde. »Für den unwahrscheinlichen Fall, dass tatsächlich einer anbeißt, wie du so schön sagst, werde ich die Kein-Sex-vor-der-Ehe-Strategie anwenden.«

»Was?« Bernadette brüllt mir so laut ins Ohr, dass ich den Hörer kurz weglegen muss. »Was ist denn das für ein Blödsinn?«

»Ich muss mich beeilen«, sage ich nach einem schnellen Blick auf die Uhr, »daher hier nur die Kurzversion. Ich kann nicht ausschließen, dass sich ein vermögender Typ auf eine Affäre einlassen würde. Ob mit Chiara, Anita oder mir. Aber hier geht es um eine dauerhafte Beziehung. Um das Ganze abzukürzen, werde ich im Falle eines Falles verkünden, dass ich mit gewissen Dingen vorerst noch warten möchte.«

»Bis zur Ehe? Du bist doch verrückt. Das macht keiner mit.«

»Ja, das nehme ich auch an. Aber ich werde ganz sicher nicht für die Recherche bis zum Äußersten gehen. Ich bringe das Golf-Wochenende hinter mich und danach den Wohltätigkeitsball, und damit hat es sich. So langsam habe ich die Nase voll von dem Zirkus.«

Meine Cousine räuspert sich. »Wirst du etwa komisch? Du brauchst dringend mehr Sex oder eine richtige Liebesbeziehung. Ich hab absichtlich bisher nichts gesagt, aber wenn du bei Theos Kuss wirklich an Kerni-Knuspi-Knacki-Irgendwas gedacht hast, wie du behauptet hast, dann stimmt etwas nicht mit dir. Sobald du mit der Recherche durch bist, kümmern wir uns um ein privates Happy End für dich. Ich hätte da einige Ideen ...«

Ich verziehe das Gesicht, auch wenn sie es nicht sehen kann. »Nein, bitte nicht schon wieder einen neuen Plan. Du wirst bald Mutter, und dann hast du wirklich etwas anderes zu tun. Ich dagegen werde zuerst einen Neuanfang in Sachen Job starten, Knuspi-Küsse hin oder her. Zeidler verspricht mir seit Monaten eine feste Stelle und gibt mir immer nur komische Aufträge. Was kommt als Nächstes? Soll ich das Horoskop auf Seite acht erfinden? Ich habe studiert und kann schreiben, und zwar auch über Dinge mit Substanz. Ich bringe das hier zu einem würdigen Ende, aber danach haue ich in der Redaktion mit der Faust auf den Tisch. Ich bin doch keine Marionette.«

Am anderen Ende der Leitung ist es für einen Moment ruhig. Dann sagt Bernadette: »Du hast recht, Helen. Für mich ist es ein Riesenspaß und eine willkommene Ablenkung von den Schwangerschaftswehwehchen, bei dir dagegen geht es um deinen Beruf. Jetzt habe ich ein richtig schlechtes Gewissen.«

Ich lächele. »Das brauchst du nicht. Ich nehme den Millionärsauftrag mit Humor, keine Sorge. Du darfst dich also ruhig noch ein bisschen länger amüsieren, ich halte dich gerne auf dem Laufenden. Danach muss ich endlich mal meinem Chef klarmachen, dass ich mehr draufhabe.«

»Und dein Liebesleben?« Meine Cousine gibt nicht so schnell auf.

»Eins nach dem anderen«, sage ich mit gespieltem Seufzen.

Eine halbe Stunde später parke ich vor dem einsam inmitten von Feldern gelegenen Landhaus Birkenhain, das, wie zu erwarten, von lauter Birken umgeben ist. Der Gebäudekomplex wirkt sehr exklusiv, und den Autos auf dem Parkplatz nach zu urteilen, bin ich hier genau richtig, um mich der High Society anzunähern. Ich verstecke meinen kleinen Wagen in der hintersten Ecke, denn eine sportliche Limousine war bei dem dünnen Spesenkonto leider nicht drin.

Mit meinem kleinen Rollkoffer betrete ich die Lobby des Hotels und stelle fest, dass auch hier alles nur vom Feinsten ist. Das Mobiliar ist aus hellem Holz und edlem Glas, was hervorragend miteinander harmoniert.

An der Rezeption begrüßt mich eine Frau im Businesskostüm. »Herzlich willkommen im Landhaus. Mein Name ist Juliane, was kann ich für Sie tun?«

Ich nenne meinen Namen, und sie überreicht mir überfreundlich eine goldene Schlüsselkarte.

»Ich hoffe, Sie hatten eine gute Anreise? Zimmer einhundertzwei, in der ersten Etage. Sobald Sie sich eingerichtet haben, bringt Sie unser Shuttle zum Golfplatz. Tiffany Reith erwartet Sie dort.«

»Wer ist Tiffany Reith?«, frage ich.

»Der Club Pro. Frau Reith hält alle weiteren Utensilien für Sie bereit.«

»Club Pro?«

Julianes Gesicht bleibt unverändert freundlich. »Club-Professionals sind die Golflehrer. Abgekürzt Pro. Für Sie ist laut meiner Liste Tiffany zuständig.«

»Die Arme tut mir jetzt schon leid«, sage ich scherzhaft. »Vermutlich bin ich ein hoffnungsloser Fall. Ich versage schon beim Minigolf.«

Die Rezeptionistin verzieht immer noch keine Miene. Okay, dann eben keine Scherze. Ich bedanke mich und sehe, dass das Landhaus einen Wellnessbereich anbietet.

»Gibt es hier auch eine Sauna?«, frage ich begeistert.

Sie nickt. »Selbstverständlich. Wir verfügen außerdem über ein Schwimmbad und einen Fitnessraum und bieten diverse Anwendungen an. Wenn Sie vom Golfplatz zurückkommen, können Sie gerne einen Termin reservieren. Obwohl, viel Zeit bis zum Dinner im Restaurant werden Sie leider nicht haben. Vielleicht danach?«

Ich bedauere jetzt schon, dass ich gleich auf den Golfplatz muss, und spähe hoffnungsvoll nach draußen, wo sich gerade der Himmel zuzieht. »Sieht nach Regen aus«, sage ich.

Juliane lächelt. »Ja, aber den Golfern macht das ja nichts aus, nicht wahr?«

Ach nein? Das wusste ich noch gar nicht, und der Gedanke behagt mir nicht sonderlich. »Sind denn viele Leute im Hotel?«, frage ich.

»Ja. Wie jedes Wochenende sind wir ausgebucht. Die meisten sind Clubmitglieder, die gern aufs Land hinausfahren und sich beim Golfen entspannen. Unsere anderen

Gäste machen wie Sie den Schnupperkurs. Erfahrungsgemäß kommen viele von ihnen danach regelmäßig wieder.«

Dann werde ich eben die erste Ausnahme von der Regel sein. Zu gern würde ich noch fragen, wer von den bedeutendsten Mitgliedern an diesem Wochenende persönlich anwesend ist, aber ich traue mich nicht. Diese Juliane würde mir auch vermutlich keine Auskunft erteilen, sie wirkt sehr professionell.

»Gibt es auf dem Platz genügend Toiletten?«, frage ich, denn für mich ist dieser Punkt wie immer sehr wichtig.

Die Empfangsdame lächelt immer noch. »Im Clubhaus selbstverständlich.«

»Oh, gut. Und wie ist das auf dem Golfplatz? Der ist doch recht groß. Stehen da irgendwo Dixi-Klos herum?«

»An Loch fünf gibt es ein in die Landschaft integriertes Bauwerk, das einem großen Golfball ähnelt. Sehr geschmackvoll.«

Ob geschmackvoll oder nicht, Hauptsache, eine Toilette in der Nähe, das ist sehr beruhigend. »Vielen Dank.«

Auf dem Weg nach oben nehme ich die Treppe. Eine Frau mit arabischen Zügen im Burberry-Mantel läuft neben mir her.

Als wir oben ankommen, seufzt sie: »Schon wieder ein Schnupperwochenende. Ist es nicht furchtbar, wenn so viele Zuschauer hierherkommen? Eine Übernachtung können sie sich nicht leisten, verstopfen aber den ganzen Golfplatz. Ich frage mich, was das bringen soll, die werden doch nie im Leben hier zahlendes Mitglied. Wenn das Landhaus so weitermacht, muss ich mir bald einen anderen Club suchen.«

Volltreffer, denke ich. Ein Snob wie aus dem Buche. Sie würde sich garantiert nicht mit einem Mann unter ihrem

Niveau abgeben. Spontan erwidere ich: »Ja, einfach nur furchtbar. Bestimmt wollen die Frauen sich bloß unsere Ehemänner krallen. Ist Ihr Mann auch hier?«

Sie sieht mich irritiert an. »Ja, warum?«

»Na, auf den würde ich aufpassen. Ich habe gehört, dass einige attraktive Singles angekommen sind, hemmungslos und willig noch dazu. Die denken mit Sicherheit, dass Leute, die Golf spielen, keinen Sex mehr haben. Diese Frauen sollen unglaubliche Tricks auf Lager haben, die die Männer einfach nur wild machen. Nach so einem Schnupperwochenende steigt bekanntlich die Scheidungsrate. Und jetzt entschuldigen Sie mich bitte.«

Damit lasse ich die verdutzte Frau stehen und schließe meine Tür auf. Das Zimmer ist, wie erwartet, sehr geschmackvoll eingerichtet, und ich frage mich, wie wohl Leute leben, die sich so etwas immer leisten können. Der Golfkurs mit Übernachtung war, obwohl ein Jubiläumsangebot, nicht gerade günstig. Wenn die Zeitung die Kosten dafür nicht übernommen hätte, wäre ich nie auf die Idee gekommen, in diesem Hotel eine Übernachtung zu buchen, da hat die snobistische Frau völlig recht.

Da ich sämtliche Jeanshosen auf Bernadettes Anweisung hin zu Hause gelassen habe, beschließe ich, mich nicht umzuziehen. Ich trage bereits eine hellgraue Baumwollhose und das lachsfarbene Poloshirt. Es reicht, wenn ich die graue Steppweste mitnehme, die ich mir extra für diesen Zweck zugelegt habe. Die weiße Schirmmütze, die ich immer noch schrecklich finde, lege ich in meinen weißen Lederrucksack, den ich statt einer Handtasche mitnehme. Eine Leihgabe von Bernadette, die mir erklärt hat, dass er zwar aus den Achtzigern ist, aber edel aussieht und perfekt zu meinen weißen Segelturnschuhen passt.

»Dann kann es ja losgehen«, murmele ich und mache mich auf den Weg.

Das Shuttle entpuppt sich als ein Golfcart, das ein älterer, wortkarger Herr steuert. Er fährt mich über den angrenzenden Golfplatz bis zum Clubhaus. Das Gebäude wirkt schon von außen sehr feudal und hat eine Terrasse, die mit einer Glasdecke und halb offenen Glaswänden verkleidet ist. An den Teakholztischen sitzen einige Leute, die aussehen wie auf den Fotos neulich im Internet, als ich »Golfer« eingegeben habe. Knickerbockerhosen sind hier genauso zahlreich vertreten wie die obligatorischen Mützen, und mir fällt ein, dass ich ja so tun möchte, als ob ich dazugehörte. Also ziehe ich beim Aussteigen mein Schirmkäppi aus dem Rucksack und setze es auf.

Just in diesem Moment setzt ein heftiger Regenguss ein, und ich drehe mich zum Golfplatz um. Verdammt! Die Spieler spielen ihre Runden ungerührt weiter. Was sind das denn für harte Brocken?

»Hallo! Ich glaub es nicht. Helen? Du bist es tatsächlich.«

Die Stimme hinter mir kenne ich doch. Ich drehe mich zum Clubhaus um, und da steht sie: Anita, die Frau, die ich für Chiara halte. Diesmal sieht sie ganz wie eine klassische Golferin aus. Selbst die Knickerbockerhose und der karierte Pullunder fehlen nicht.

»Als unser Pro vorhin meinte, dass wir noch auf eine Helen Lindner warten, habe ich gleich gestutzt. Deinen Nachnamen kannte ich zwar nicht, aber Helen ist auch nicht gerade ein gängiger Vorname«, schnattert sie drauflos und nimmt mich herzlich in den Arm. »Wie geht es dir? Dass wir uns innerhalb so kurzer Zeit gleich zweimal treffen, kann kein Zufall sein.«

Ist es auch nicht. Wenn sie wüsste. Laut frage ich: »Dann machst du also auch den Schnupperkurs?«

»Auf jeden Fall. Mich interessiert ... die Atmosphäre hier, die Leute, einfach alles«, antwortet sie. »Und natürlich das Spiel.«

»Natürlich.«

Alles klar. Damit bin ich mir absolut sicher, dass sie Chiara ist. Ich folge bei meiner Recherche quasi ihrem Plan, und es liegt auf der Hand, sich die Golfer näher anzusehen.

Es regnet sich ein, und ich frage mich, warum wir uns nicht irgendwo unterstellen.

»Hi, ich bin Tiffany.« Eine junge Frau in weißen Bermudashorts, weißer Mütze und dunkelblauem Sweatshirt kommt auf uns zu und begrüßt mich. »Mit dir sind wir komplett. Ich bin heute und morgen für euch zuständig. Ihr seid fünf Frauen, ich hoffe, das ist okay. Kommt mit, ich stelle euch den anderen vor, und dann erkläre ich euch zuerst die Ausrüstung. Wir haben einen langen Tag vor uns.«

»Einen langen Tag? Gehen wir heute schon auf den Platz?«, frage ich.

»Natürlich«, lächelt Tiffany. »Ihr wollt doch den Sport kennenlernen.«

»Aber es regnet«, protestiere ich. »Können wir nicht zuerst einen Kaffee im Clubhaus trinken und uns dabei ein bisschen unterhalten? Man spielt doch nicht bei Regen, oder?«

Abgesehen davon würde ich mich dort sehr gerne umschauen. Wie soll ich mit vermögenden Männern ins Gespräch kommen, wenn ich mit lauter Frauen den ganzen Tag auf dem Rasen stehe? Und mit Anita will ich auch noch plaudern. Vielleicht hat sie schon etwas Interessantes zu erzählen.

Tiffany ist verblüfft. »Wir spielen bei jedem Wetter. Nur wenn das Fairway ganz aufgeweicht ist und der Ball steckenbleibt oder wenn nur Pfützen auf dem Green sind, dann macht es nicht so viel Spaß. Bei Gewitter natürlich auch nicht.«

Ich habe nicht jedes Wort verstanden, aber zumindest ist klar, dass uns an dem Wochenende nicht viel Zeit zum Kaffeetrinken im Clubhaus bleiben wird.

Die Golflehrerin schaut auf die Uhr. »Wollen wir? Zuerst müssen wir euch Regenhandschuhe anpassen, denn heute bleibt das Wetter trüb. Die anderen warten schon.«

In diesem Moment treffe ich eine Entscheidung, und es ist mir völlig egal, wie seltsam sie sich anhört. Ich habe keine Lust, stundenlang bei Wind und Regen von Loch zu Loch zu wandern. Ich will auch keine Regenhandschuhe anziehen oder eine alberne Mütze tragen. Dieser Sport mag schön sein, jedoch nicht für mich. Ich will viel lieber zwei entspannende Wellnesstage verbringen, ins Fitnessstudio gehen und ins Schwimmbad – und das Verhalten der Leute studieren.

»Ich komme doch nicht mit«, sage ich spontan. Anita und Tiffany sind sichtbar überrascht, und ich bemühe mich um eine plausible Erklärung. »Wisst ihr, eine Freundin hat den Kurs für mich gebucht. Ich glaube, ich möchte erst mal alles … aus der Distanz beobachten. Ich war noch nie auf einem Golfplatz, daher ist es sehr interessant für mich, nur mitmachen werde ich lieber nicht.«

Das Lächeln der Golflehrerin wird mit einem Mal schmaler. »Aber du darfst nicht einfach so auf dem Platz herumlaufen. Oder Fotos schießen.«

Wofür hält sie mich? »Das werde ich selbstverständlich nicht tun. Ich bleibe im Clubhaus und im Hotel. Ich will erst die Atmosphäre kennenlernen, das Spiel der anderen verfolgen und mich Schritt für Schritt dem Sport nähern.«

Man merkt Tiffany an, dass sie mich kein bisschen versteht. »Du kannst nicht zwischendurch in den Kurs einsteigen«, sagt sie nur lahm.

Anita pflichtet ihr bei. »Komm schon, Helen. Alle spielen Golf – das hier ist eine perfekte Gelegenheit, um neue … Leute kennenzulernen.«

Natürlich. Für ihr Vorhaben ist der Plan perfekt, ich dagegen bin gar nicht auf der Suche nach einem reichen Mann und will auf Dauer auch nicht in irgendwelche Kreise vordringen, deshalb winke ich ab.

»Nein, geht ihr nur. Du kannst mir dann heute Abend beim Essen von deinen Erlebnissen berichten, Anita. Viel Spaß!«

Tiffany schüttelt den Kopf. »Bist du dir sicher? Du kannst gerne erst mal zusammen mit uns anfangen und den Kurs dann immer noch unterbrechen.«

Ich ziehe die Mütze ab und stopfe sie in den Rucksack. »Vielen Dank für das Angebot, aber es bleibt dabei. Ich bin eher der Schönwettertyp. Wenn ich bei Regen irgendwo herumlaufen oder -stehen muss, dann werde ich voll aggro, wie meine Tochter sagen würde. *Yolo*, versteht ihr?«

Sie verstehen nicht. Anita wirkt unschlüssig. Ich könnte wetten, dass sie sich auch etwas Schöneres vorstellen kann, als bei Nieselregen Abschläge zu üben. Allerdings scheint sie ihren Plan eisern zu verfolgen, denn sie zuckt mit den Schultern.

»Schade, Helen. Wir sehen uns dann heute Abend beim Essen.«

Auch Tiffany will mich offenbar nicht länger überzeugen. »Alles klar. Dann seid ihr ab sofort eben zu viert.«

Die beiden Frauen gehen zu ihrer Gruppe, und ich begebe mich als Allerertstes unter das Glasdach der Terrasse, um wieder trocken zu werden. An einem der Tische sitzt ein Mann mit einem Apple-Notebook, und ich stelle mir vor, dass er gerade die Börsenkurse checkt. Ich beschließe, direkt weiter für meinen Artikel zu recherchieren und mich zu ihm zu setzen. Mal sehen, ob auch er zu den Snobs gehört.

»Ist hier noch frei?«

Da mehrere andere Tische unbesetzt sind, muss der Typ definitiv davon ausgehen, dass ich mich zu ihm gesellen möchte, und das tut er wohl auch, denn er lächelt mich an.

»Bitte sehr.« Sofort vertieft er sich wieder in sein Notebook.

Ich bin mir noch nicht sicher, in welche Kategorie ich ihn einordnen soll, daher bestelle ich mir erst mal einen großen Milchkaffee und sehe mich ein wenig um. Den wenigen Leuten auf der Terrasse sieht man ihren Wohlstand deutlich an. Die Gesprächsfetzen, die zu mir herüberdringen, drehen sich vorwiegend um Handicaps und Schläger, und nach den meisten Gesichtern zu urteilen, halten sich alle für ziemlich gut. Auf ihrer Kleidung prangen Designer-Embleme, und allein ihre Körperhaltung verrät, dass sie etwas darstellen. Diejenigen, die derzeit spielen, kann ich nicht so gut erkennen, nehme jedoch an, dass sie genauso elitär wirken. Da es immer noch leicht nieselt, bin ich froh, im Trockenen zu sitzen, und weiß jetzt schon, dass Golfspielen niemals zu meinen bevorzugten Hobbys gehören wird.

»Spielen Sie gleich?« Mein Tischnachbar klappt sein Notebook zu und mustert mich neugierig.

»Nein, noch nicht. Ich habe … ich habe ein Handicap.« Was rede ich denn da? »Also, ich meine, ich bin heute gehandicapt, deshalb kann ich nicht spielen.« Mehr muss er gar nicht wissen.

»Oh, das tut mir leid. Der Sport wird immer populärer, nicht wahr? Frische Luft, viel Zeit zum Nachdenken, dazu gute Gespräche mit Geschäftspartnern«, bekräftigt er.

Okay, der Typ ist ganz und gar nicht arrogant und scheint mit mir ins Gespräch kommen zu wollen, aber er weiß natürlich nicht, dass ich nur zufällig hier bin.

Ich beschließe, ihn ein wenig aus der Reserve zu locken. »Stimmt. Es gibt hier sogar Schnupperkurse, die für Normalverdiener erschwinglich sind. Dadurch vermischt sich das Publikum, nicht wahr? Wie finden Sie das?«

Los, komm schon. Zeig dein wahres Gesicht. Du willst doch bestimmt nicht den Pöbel auf eurem heiligen Rasen herumlaufen sehen.

»Ich finde es sehr gut«, sagt er wider Erwarten. »Jeder sollte die Möglichkeit bekommen, das zu tun, was ihm Spaß macht. Das sollte nicht am Geld scheitern.«

Ich bin angenehm überrascht. »Na ja, manchmal möchte man lieber unter sich bleiben«, wage ich mich weiter vor. »Und natürlich erfordert das auch gewisse Einschränkungen. Wer hier aufgenommen werden möchte, braucht von zwei Mitgliedern eine Empfehlung. Das selektiert von vorneherein, oder?«

»Ja, aber die Regelung ist doch überholt. Wer auf der Suche nach neuen Kontakten ist, hat keine Chance, weil er gar nicht erst angenommen wird. Ich finde das übertrieben.«

Eine sehr gesunde Einstellung. Ich frage mich, wie weit unsere Bekanntschaft gehen könnte. Irre ich mich etwa doch? Gibt es in diesen Kreisen nicht nur arrogante Snobs wie Sean Connery-Fischer oder die Frau im Hotel, sondern auch normale Menschen, die jeden akzeptieren? Das würde meiner These widersprechen, und Anita-Chiara hätte mit ihrer doch eine Chance.

Wie vermögend mag mein Gegenüber sein? Unauffällig mustere ich seine Erscheinung, aber weil er die gleichen Golfklamotten wie alle anderen trägt, kann ich ihn nicht »abchecken«, wie Bernadette sich ausdrücken würde. Sein Gesicht ist eher durchschnittlich, und er hat etwas von einem Banker.

»Ehrlich gesagt«, er senkt die Stimme und neigt sich zu mir, »könnte ich Ihre Hilfe gebrauchen, auch wenn wir uns gerade erst kennengelernt haben. Sie sind wirklich sehr nett. Darf ich Sie vielleicht heute Abend auf ein Glas Wein einladen?«

Ich bin verwirrt. Der geht aber ran. Ist er etwa auf der Suche nach einer Affäre? »Wobei brauchen Sie denn meine Hilfe?«, frage ich.

»Ach, das wollte ich eigentlich erst heute Abend ansprechen, aber da Sie mich so direkt fragen: Könnten Sie vielleicht eine meiner Mentorinnen werden und mich für eine Mitgliedschaft empfehlen? Für Sie dürfte es doch kein Problem sein, schließlich ist es mit keiner Verpflichtung verbunden. Wissen Sie, ich möchte hier unbedingt Mitglied werden, aber ich finde niemanden, der mich empfehlen würde. Der Beitrag ist kein Problem für mich, allerdings komme ich nicht an die Leute ran. Ich wäre bereit, Ihnen meine Eignung in jeder gewünschten Form zu belegen.« Er rutscht noch etwas näher.

Für einen Moment verschlägt es mir die Sprache. Dann muss ich schwer an mich halten, um nicht lauthals loszulachen. »Sie wollen mich als Mentorin haben und mir Ihre Eignung in jeder gewünschten Form belegen?«, frage ich, um Ernsthaftigkeit bemüht. »Was genau verstehen Sie darunter?«

Er blinzelt verwirrt. »Ähm … na ja … Sie haben sich zu mir gesetzt, da habe ich gedacht … Also, ich bin solvent, das versichere ich Ihnen, aber ich verfüge auch über verschiedene Fähigkeiten, die Ihnen zusagen dürften … Mein Durchhaltevermögen zum Beispiel ist legendär.«

Oh mein Gott! Merkt man mir mein Single-Dasein etwa so sehr an? Hält er mich für eine Frau, die dringend mal wieder Sex haben möchte? Ist er einer von diesen neumodischen Gigolos? Oder gar ein Heiratsschwindler? Übrigens ein ganz neuer Aspekt meiner Story.

»Bieten Sie mir etwa sexuelle Dienste an?«, frage ich geradeheraus und hoffe, dass uns niemand hören kann.

Der Typ dreht sich nach allen Seiten um. »Nein, also wirklich! Was denken Sie denn von mir?«

Jetzt bin ich verlegen. »Sie reden hier von Fähigkeiten, die mir zusagen dürften, und von Ihrem legendären Durchhaltevermögen. Das ist ziemlich zweideutig, finde ich.«

Er fängt an, seinen Laptop hektisch einzupacken. Ohne mich anzusehen, murmelt er: »Das ist ein Missverständnis. Ich dachte eher daran, dass ich teamfähig bin und kompetent. Ich kenne mich mit Zahlen und Bilanzen aus und könnte bei finanziellen Transaktionen des Golfclubs behilflich sein. Mit Durchhaltevermögen meinte ich eher, dass ich nicht so schnell aufgebe, auch wenn es Schwierigkeiten gibt. Zum Beispiel steuerlicher Art. Das können meine Kollegen bei der Bank bestätigen, bei der ich tätig bin.«

Okay, mit Banker habe ich also richtiggelegen. Das war aber auch der einzige Treffer. Auf einmal ist mir das Ganze mindestens genauso peinlich wie ihm.

»Hören Sie«, sage ich. »Tut mir leid, wenn ich Ihnen etwas unterstellt habe. Ich bin selbst nur zum Schnupperkurs hier und möchte gar nicht Mitglied werden. Daher sollten Sie sich jemand anders als Mentor suchen. Wenn ich Ihnen allerdings einen guten Rat geben darf: Reden Sie Klartext, und warten Sie nicht ab, bis jemand Sie anspricht. Dieses delikate Drumherum kann, wie wir gerade festgestellt haben, leicht zu unschönen Missverständnissen führen. Sie scheinen wirklich ein guter Kandidat für den Golfclub zu sein und sollten Ihre Hilfe offen anbieten. Aber Sie müssen selbstbewusster auf die Leute zugehen.« Beinahe hätte ich hinzugefügt: »Es umarmt Sie aus der Ferne Ihr Doktor Gabriel«, doch im letzten Moment verkneife ich mir den Psycho-Spruch.

Ob der Typ sich meine Ratschläge zu Herzen nimmt, werde ich vermutlich nie erfahren, denn er steht auf, nickt mir kurz zu und geht mit hochrotem Kopf davon.

# 10

*Liebe Chiara,*
*Sie sind eine sympathische Frau, die es gar nicht nötig hat, sich jemanden unter falschen Voraussetzungen zu »angeln«. Bitte machen Sie niemandem etwas vor, und tun Sie auch nichts, was Sie nicht wirklich wollen. Verstellen Sie sich nicht, und bleiben Sie so liebenswert, wie Sie sind. Geld ist nicht alles.*
*Es umarmt Sie aus der Ferne*
*Ihr Dr. Gabriel*

Am liebsten würde ich Anita genau diese Mail schicken, denn je länger ich über meine seltsame Begegnung mit dem Banker nachdenke, umso wichtiger scheint es mir, Klartext zu reden. Dieses ganze Ich-kann-mir-einen-Millionär-angeln-wenn-ich-nur-entsprechend-gebildet-und-vorbereitet-bin-Vorhaben ist doch Blödsinn. Der Typ von der Terrasse hat meine Vermutung bestätigt. Unabhängig davon, dass es schwer ist, hier Anschluss zu finden, stellt sich mir die Frage, ob das überhaupt erstrebenswert ist. Alle wollen in diese Kreise – warum nur?

Der Regen lässt ein wenig nach, und ich beobachte, wie rasch sich die Terrasse füllt. Es ist Mittagszeit, und mehrere Gruppen nehmen schwatzend und lachend Platz. Ich bleibe an meinem Tisch alleine und bin eigentlich ganz froh darüber. Noch so eine Begegnung wie mit dem Banker verkrafte ich nicht. Die Lust, mir einen Mann für das Experiment anzulachen, ist mir gründlich vergangen. Außerdem glaube ich nach wie vor, dass die Cliquen hier am liebsten unter sich bleiben.

Von Anita und den anderen Frauen fehlt jede Spur, und ich bin gespannt, wie sie sich heute Abend verhalten wird. Geht sie auf Männerjagd, oder bereitet sie sich weiter auf ihre Rolle vor? Am besten, ich bleibe in ihrer Nähe und beobachte sie einfach. Eigene Erlebnisse brauche ich dann gar nicht mehr.

Gerade als ich beschließe, im Hotel ein paar Wellness-Anwendungen zu buchen, tauchen zwei bekannte Gesichter auf der Clubterrasse auf. Theodor Fontane senior und junior.

Natürlich, sie gehören zu den Vermögenden in unserer Stadt. Warum nur bin ich nicht auf die Idee gekommen, dass sie Mitglieder im Golfclub sein könnten? Im ersten Moment will ich mich verstecken, aber sie haben mich schon entdeckt.

»Ist das nicht Helen?«, ruft Theodor Fontane senior hocherfreut. »Na, das ist ja mal eine Überraschung. Du hast mir gar nicht gesagt, dass sie auch Golf spielt«, wendet er sich an seinen Sohn und gibt mir die Hand.

»Ich wusste es auch nicht«, antwortet dieser und sieht mich leicht verlegen an. »Hallo. Warum hast du meine letzte Nachricht nicht beantwortet?«

»Welche Nachricht? Auf meinem Anrufbeantworter war nichts.«

Theo holt sein Handy heraus. »Anrufbeantworter? Nein, nein. Ich habe dir eine Mail geschickt, hast du sie etwa nicht bekommen?«

»Du meinst die mit den Texten für die nächste *Brot-Rosenlady*? Die habe ich dir doch gestern korrigiert zurückgemailt.«

Der Junior ist sichtlich irritiert. »Ja, aber darunter war eine Einladung.«

»Oh, die hab ich gar nicht bemerkt«, lüge ich. Habe ich wohl, aber für mich war es eher eine Frage als eine Einladung, und die fand ich so blöd, dass ich darauf nicht eingehen wollte. Unter dem neuesten »Fontanes-Rap-Wrap-Rezept der Saison« hatte Theo den folgenden Satz geschrieben: »Wie wäre es mit uns beiden? Es muss ja nicht unbedingt ein ›Fontanes Rap-Wrap‹ sein, auch wenn er wirklich sehr lecker ist.« Das jetzt als Einladung zu deklarieren, ist ein bisschen übertrieben, und dass die Bezeichnung »Fontanes Rap-Wrap« mal wieder eine Eigenkreation von Vater und Sohn war, versteht sich von selbst.

»Theo! Man schickt einer Dame keine Einladung per E-Mail, sondern ruft sie an«, belehrt ihn sein alter Herr. »Alte Schule.«

Recht hat er. Ich lächele. »Dein Vater kennt sich aus. Eine Dame möchte Blumen und Aufmerksamkeit, keine Gutscheine oder unverständlichen Mails.«

Der Senior nickt. »So ist es. Dieser ganze neumodische Firlefanz mit Appes und Amazonas. Ich würde niemals einen Google verschicken, um eine Dame anzusprechen.«

Da hat er einiges verwechselt, trotzdem korrigiere ich ihn nicht, denn er hat es im Grunde genommen erkannt. »Sie sind eben ein richtiger Frauenkenner.«

Theodor strahlt. »Gewöhn dir doch bitte an, mich Theodor zu nennen, Kindchen. Vielleicht wirst du ja mal meine Schwiegertochter. Und wenn nicht, kannst du mich trotzdem duzen.«

»Ich will's versuchen.« Das mit der Schwiegertochter lasse ich mal lieber unkommentiert.

»Schade, dass du neulich Abend so früh gegangen bist. Marianne ist wirklich ein Goldstück, so viel Mühe, wie sie sich immer gibt, oder?«

Ich habe nicht das Herz, ihm zu sagen, dass seine Frau ein kleiner Drachen ist und den Pfarrer auf mich angesetzt hat. »Ja, es war ein sehr netter Abend«, sage ich.

»Das Lustigste war doch, als irgendjemand das Gerücht verbreitet hat, du wärst von unserem Theo schwanger. Die Leute reden bei solchen Gelegenheiten viel Blödsinn. Aber Marianne hat mit deiner Mutter geredet, um die Wahrheit herauszufinden.«

»Sie hat endlich jemanden gefunden, den sie ausfragen konnte«, meint Theo junior zu mir und deutet ein gequältes Lächeln an. »Ich bin ihr nämlich aus dem Weg gegangen.«

Sein Vater schlägt ihm mit der Hand auf den Rücken. »Du weißt doch, dass deine Mutter immer alles wissen muss«, sagt er nicht ohne Stolz. »Und bei euch beiden waren wir uns nicht sicher.« Dann wendet er sich an mich. »Weißt du, Helen, wir kennen dich noch als kleines Mädchen, da fällt es einem schwer zu respektieren, dass ihr mittlerweile erwachsen seid. Aber ich verspreche dir, dass wir uns nicht einmischen werden.«

»Wer's glaubt«, murmelt Theo.

»Was nicht ist, kann ja noch werden, nicht wahr? Oder bist du schon zu alt für Kinder?« Theodor Fontane senior, wie er leibt und lebt.

Was soll ich darauf erwidern? »In Italien hat neulich erst eine Siebzigjährige ein Kind bekommen«, antworte ich, merke jedoch, dass der alte Herr mit dieser Information nicht viel anfangen kann.

Sein Sohn wechselt schnell das Thema. »Sag mal, Helen, warum haben wir dich hier noch nie getroffen? Wie lange spielst du denn schon Golf?«

»Noch gar nicht«, erkläre ich wahrheitsgemäß. »Ich schnuppere heute und morgen nur mal ein bisschen rein und weiß, ehrlich gesagt, noch gar nicht, ob ich überhaupt Golf spielen möchte.«

»Es ist super. Wir sind schon ewig Mitglieder«, antwortet Theodor Fontane senior und winkt einer Gruppe Männer am Nebentisch zu. »Mein Sohn hat mich dazu überredet, weil hier nebenbei viele Geschäfte gemacht werden. Marianne ist auch gern auf dem Platz, nur heute Nachmittag kann sie nicht. Andere Verpflichtungen.«

Wahrscheinlich im Beichtstuhl. Ich verkneife mir die Bemerkung und nicke nur lächelnd. »Ja, ich bin erstaunt, wie viele bekannte Gesichter man hier trifft.«

»Wir wohnen in einer Kleinstadt, und es ist der einzige Golfplatz weit und breit. Ich sage immer, die Golfwelt ist ein Dorf. Mein Sohn hat auf dem Green schon einige gute Geschäfte abgewickelt. Er ist ein echter Fuchs.« Er sieht den Junior stolz an. »Schade, dass ausgerechnet heute Marianne nicht da ist. Sie würde dich sicher zu einer Mitgliedschaft überreden.«

»Sind denn Alleinerziehende und Geschiedene überhaupt zugelassen? Oder verbieten es vielleicht die Statuten?« Ich mache ein unschuldiges Gesicht, und wie erwartet versteht der Senior den kleinen Seitenhieb gar nicht.

»Natürlich, was hat das denn damit zu tun? Wichtig ist doch, dass das Kleingeld stimmt und die Beiträge pünktlich bezahlt werden.« Er lacht. »Und natürlich, dass zwei Mentoren eine Empfehlung aussprechen, aber da müsstest du dir keine Sorgen machen, das übernehmen wir gerne. Auf eine gewisse Exklusivität legt der Club schon großen Wert. Jeden wollen wir hier nicht haben, und das ist auch gut so.«

»Dich natürlich schon«, bekräftigt sein Sohn.

Diese »Exklusivität« geht mir inzwischen gehörig auf die Nerven. Als wäre es etwas Besonderes, wenn man dazu auserkoren wurde, mit einem blöden Schläger auf einen kleinen weißen Ball einzudreschen, um ihn in ein winziges Loch zu bugsieren. Und dafür auch noch monatlich eine völlig überhöhte Summe zu bezahlen. Absurd.

»Ach so«, sage ich mit zuckersüßer Stimme, »ich wäre also hier willkommen, weil ich euch kenne? Die Mitgliedsbeiträge sind sicher nicht gerade niedrig. Meint ihr, dass einem das Sozialamt einen Zuschuss gewährt, wenn man sie sich nicht leisten kann?« Manchmal kann ich nicht aufhören, es auf die Spitze zu treiben, aber die beiden Fontanes erscheinen mir gerade ziemlich hochnäsig, und ich muss meinem Unmut Luft verschaffen.

Vater und Sohn werfen sich einen verwirrten Blick zu.

»Keine Ahnung«, murmelt der Senior. »Bist du denn darauf angewiesen, Kindchen?«

»Ich dachte, du seist finanziell abgesichert? Wir können gerne dein Honorar ein wenig erhöhen«, schlägt Theo junior vor.

»Ach, so einfach ist das? Wenn ich das gewusst hätte, dann hätte ich mich schon früher mit dem Golfsport befasst. Also ja, unbedingt das Honorar erhöhen, aber bitte nur, weil ich gute Arbeit leiste, und nicht, damit ich eurem exklusiven Club beitreten kann.« Ich rede mich in Rage. »Und nein, zum Glück muss ich bisher nicht um Unterstützung vom Staat bitten. Aber viele andere Alleinerziehende schon. Übrigens finde ich es ganz schön arrogant, dass hier sogar Leute nicht zugelassen werden, die sich den Beitrag locker leisten können, nur weil sie nicht die entsprechenden Beziehungen haben. Die Bezeichnung ›Mentoren‹ finde ich in dem Zusammenhang lachhaft.«

Theodor Fontane senior räuspert sich. »Ähm … wirklich? Weißt du, es gibt eben Regeln, die gute Gründe haben. Nun ja, ich geh dann mal die anderen begrüßen. Bis später.«

Der Junior seufzt. »Okay, es mag sich gerade arrogant angehört haben, aber bitte vergiss nicht, dass mein Vater nicht studiert hat und ein einfacher Bäcker war. Er ist stolz darauf, heute zu gewissen Kreisen zu gehören. Auch wir haben lange gebraucht, um hier aufgenommen zu werden.«

»Daran siehst du doch, wie unsinnig das Ganze ist«, sage ich, schäme mich jedoch gleichzeitig ein wenig. »Es tut mir leid, wenn ich deinen Vater beleidigt habe, das war nicht meine Absicht, nur fand ich seinen Ton ziemlich von oben herab.«

»Was ist denn so verkehrt daran, wenn man unter seinesgleichen bleiben möchte?«, fragt Theo. »Wir haben etwas erreicht und uns mit harter Arbeit eine Firma aufgebaut. Darauf sind wir stolz.«

»Das ist ja auch euer gutes Recht. Es mag sein, dass ich ein wenig überempfindlich reagiere, aber ich bin derzeit beruflich mit dem Thema ›High Society und normale Menschen‹ beschäftigt, und da kommt man nicht umhin, auch ein paar richtige Snobs zu treffen. Der Kontostand sagt nun mal nichts über den Charakter eines Menschen aus.«

Theo setzt sich zu mir an den Tisch. »Natürlich nicht. Trotzdem finde ich nichts Schlimmes an der Tradition des Golfclubs oder anderer Vereinigungen, nur Leute mit Empfehlung aufzunehmen.«

»Ich schon.« Ich denke an den Banker, an Chiara und an meine Story. Es ist total anstrengend, um Akzeptanz zu buhlen.

Theo Fontane lächelt. »In deinem Kopf geht anscheinend allerhand vor. Lass uns ein andermal in Ruhe darüber reden und lieber das Thema wechseln, ja?«

Meinetwegen. Er scheint es sowieso nicht zu verstehen. »Okay. Wie geht es Casablanca?«, frage ich. »Sie spielt doch garantiert auch Golf.«

»Du meinst Cassandra? Keine Ahnung. Ich habe sie seit dem Essen bei uns nicht mehr gesehen.« Er sieht mich aus zusammengekniffenen Augen an. »Dafür hat sich Pfarrer Auerberg nach dir erkundigt und eine Broschüre über irgendwelche Klöster für dich abgegeben. Schreibst du auch darüber?«

»Nein«, antworte ich. »Ich soll mich dort melden, wenn mir mein Leben zu viel wird oder ich für ein paar Wochen nicht mehr reden möchte. Außerdem muss ich mich besinnen. Er glaubt, das sei meine einzige Rettung vor der ewigen Verdammnis.«

»Warum hast du nichts von dir hören lassen? Du hättest mir ein Zeichen geben können.«

»Was für ein Zeichen? Hätte ich mit Rauch kleine Kreise in den Himmel schreiben sollen? Du hast mir einen Gutschein und zwei Mails geschickt. Nicht unbedingt romantisch, finde ich.« Ich merke selbst, dass ich ein wenig zickig klinge. »Siehst du, wie überempfindlich ich reagiere? Ich sollte vielleicht wirklich über einen Klosteraufenthalt nachdenken.«

Theo lächelt. »Was machst du morgen?«

Ich deute auf das Landhaus. »Da bin ich noch hier. Man gönnt sich ja sonst nichts.«

»Ich komme morgen Mittag noch mal her. Wenn du Lust hast, zeige ich dir, was an Golf so reizvoll ist. Außerdem sollten wir demnächst mal zu zweit etwas Nettes unternehmen. Irgendwie war unser Timing bisher nicht gut. Und jetzt muss ich dich schon wieder allein lassen, mein Golfpartner ist nämlich gerade angekommen.«

Ich folge seinem Blick und erstarre. »Ist das nicht Graf von Strombach?«, frage ich überflüssigerweise, denn er ist es unverkennbar.

Gut sieht er aus. Ganz in Marineblau-Weiß gekleidet und mit der obligatorischen Schirmmütze auf dem Kopf, schlendert er lässig auf uns zu. Eigentlich sollte es mich nicht wundern, die Golfwelt scheint wirklich ein Dorf zu sein, und dass der Graf dem exklusiven Club angehört, ist vermutlich eine Selbstverständlichkeit.

»Genau. Kennst du Freddy auch?«

»Nur flüchtig«, antworte ich und hoffe, dass der Graf den Workshop nicht erwähnt. Das geht Theo nun wirklich nichts an.

Graf Friedrich schüttelt erst mir und dann Theo die Hand. Er lässt sich nicht anmerken, ob er mich wiedererkennt, sondern stellt sich mit »Friedrich Graf von Strombach« vor.

Artig und ziemlich erleichtert sage ich: »Helen Lindner.«

»Spielen Sie gleich mit uns?«, fragt er.

»Nein, ich kann gar nicht golfen. Eigentlich bin ich heute und morgen nur als Zuschauerin hier«, antworte ich und merke, dass ich aufgeregt bin. »Ich sehe mich ein wenig um und werde dann den Wellness-Bereich im Landhaus ausprobieren. Das erscheint mir verlockender, als im Regen herumzulaufen. Der Himmel wird schon wieder grau.«

Der Graf lächelt höflich.

Da klingelt Theos Handy. »Einen Moment noch, Freddy, das ist der Mehllieferant. Ich muss da eben drangehen.« Er entfernt sich rasch und lässt uns stehen.

»Wie geht es Ihrer kleinen Tochter?«, fragt der Graf, sobald sich Theo entfernt hat. »Konnten Sie das mit dem Weihnachtsgeschenk regeln?«

Er erinnert sich also doch an mich. »Sie wissen, wer ich bin?«

»Natürlich. Ich hatte schon überlegt, ob ich Sie irgendwie erreichen kann.«

»Wirklich? Aber Sie haben sich gerade ganz offiziell vorgestellt«, erwidere ich verwundert.

Friedrich von Strombach nickt. »Wie schon im Schloss gesagt, Diskretion ist oberstes Gebot. Ich würde niemals jemanden im Beisein anderer auf den Workshop ansprechen. Meine Schwester übrigens auch nicht, sonst könnten wir das Geschäft vergessen. Zu uns kommen nicht nur Leute wie Sie, die es eigentlich gar nicht nötig haben, sondern auch welche, deren Manieren erst geschliffen werden müssen. Es wäre mehr als unhöflich, sie bloßzustellen.«

»Erst einmal vielen Dank für das nette Kompliment. Ihre Einstellung gefällt mir«, sage ich anerkennend. »Wobei Sie darüber nachdenken sollten, öfter Seminare nur für Frauen anzubieten. Sie wären vermutlich immer ausgebucht.«

Er schmunzelt, und ich kann nicht beurteilen, ob er sich geschmeichelt fühlt oder es als selbstverständlich betrachtet. »Helen, ich darf Sie doch so nennen? Sie glauben es vielleicht nicht, aber weibliche Zuwendung kann sehr anstrengend sein.«

»Mir kommen die Tränen«, sage ich ironisch, und da muss er sogar laut lachen.

»Sie nehmen mich nicht ernst. Darf ich Sie gleich zu einem Kaffee einladen und Ihnen von meinem schweren Schicksal erzählen? Jetzt, da uns der Zufall wieder zusammengeführt hat, ohne dass ich nach Ihrer Telefonnummer fahnden muss.«

Er wollte mich also wirklich anrufen? Das geht mir runter wie Öl. Bernadette wäre jetzt sicher völlig aus dem Häuschen, aber ich beschließe, so cool zu bleiben, als würden mich täglich alle Adeligen dieser Welt kontaktieren. »Gleich? Sind Sie denn nicht zu einem Golfspiel verabredet? Theo wäre vermutlich sehr verwundert.«

Friedrich von Strombach verdreht gespielt die Augen. »Jetzt wollte ich mit Ihnen flüchten, und Sie lassen es nicht zu. Dann vielleicht heute Abend? Ich bleibe ebenfalls bis morgen. Verraten Sie mir Ihre Zimmernummer?«

Der geht aber ganz schön ran. »Zimmer einhundertzwei«, antworte ich dennoch und ärgere mich gleichzeitig darüber. Warum gebe ich ihm diese Auskunft freiwillig? »Aber kommen Sie ja nicht auf die Idee, bei mir anzuklopfen. Ich werde Ihnen nicht öffnen.«

»Weil Sie dann nicht allein sind?«, fragt er mit erhobenen Augenbrauen.

»Weil es Sie nichts angeht«, antworte ich.

»Keine Sorge, ich werde das Haustelefon benutzen. Übrigens, selbst wenn Sie mir die Zimmernummer nicht genannt hätten: Das Landhaus und der Golfclub gehören meiner Familie, es wäre für mich daher nur ein Blick in das Buchungssystem gewesen. Ein Kinderspiel.«

Ganz schön selbstbewusst, der Herr Graf. »Jetzt geben Sie mal nicht so an«, erwidere ich. »Fällt das nicht unter Datenschutz? Oder gelten die Gesetze etwa nicht für Adelige?«

»Ihre direkte Art gefällt mir. Ich fand Sie schon beim Workshop sehr erfrischend.« Friedrich von Strombach wirkt amüsiert.

Rede ich es mir nur ein, dass er mit mir flirtet? Wie weit würde so jemand wie Chiara jetzt gehen? Aufs Ganze? Und ich? Keine Ahnung …

Mir fällt auf, dass uns die Gäste an den anderen Tischen beobachten, und die Leute, die an uns vorbeigehen, grüßen freundlich und nicken auch mir wohlwollend zu.

»So einfach ist das also«, murmele ich mehr zu mir selbst. Kaum hat man den richtigen Begleiter an seiner Seite, schon könnte man mit Menschen ins Gespräch kommen, die einen sonst wie Luft behandeln. Demnach hätte Chiara-Anita also doch eine Chance?

»Wie bitte?«

»Schon gut«, sage ich und winke ab. »Ich glaube, Theo ist mit seinem Telefonat fertig.«

Der Graf folgt meinem Blick. »Woher kennen Sie beide sich eigentlich?«

»Ich mache für die Großbäckerei Fontane die Pressearbeit«, antworte ich. »Außerdem kennen Theo und ich uns schon, seit wir klein sind.«

»Oh, eine Sandkastenliebe?«

»Nein, von Liebe kann keine Rede sein«, widerspreche ich.

Theo, der soeben zu uns stößt, bekommt den letzten Satz mit. Er sieht erst mich und dann den Grafen an und nickt. »Da hat Helen recht. Wir sind nur gute Freunde.«

Ich wüsste zu gern, ob er das ernst meint oder ob ich ihn mit meiner Aussage verletzt habe, kann jedoch in seinem Gesicht nichts lesen.

Friedrich von Strombach dagegen zwinkert mir zu. »Freunde kann man nie genug haben. Ich wünsche Ihnen noch einen schönen Nachmittag.«

Sobald sich die beiden entfernt haben, sinke ich ermattet auf meinen Stuhl und versuche die Situation zu erfassen. Theo ist mir sehr sympathisch, aber ich kann nicht behaupten, dass mich sein Kuss total umgehauen und ich mich auf der Stelle in ihn verliebt hätte. Der Graf dagegen ist überaus charmant, allerdings ist nicht ganz klar, ob seine Absicht, mich zu kontaktieren, ernst gemeint war.

»Warum sollte es nicht ernst gemeint sein?«, fragt Bernadette, die ich zur Klärung dieser und anderer wichtiger Fragen angerufen habe, und schnauft dabei. »Ich finde es bemerkenswert, dass er sogar deine Telefonnummer herausfinden wollte.«

Ich sitze in der Sauna und habe ihr soeben ausführlich Bericht erstattet. Meine Cousine hat sich in ihrer typischen Art erst alles erzählen lassen und ist nun aufgeregter als ich. »So ein Mist. Hätte ich doch nur den Kurs auch gebucht. Wenn ich gewusst hätte, dass du gar nicht Golfen gehst und noch dazu deine beiden Verehrer dort auftauchen, wäre ich hautnah dabei. Ui, das Baby tritt mich gerade. Ich will zwar nicht wissen, was es ist, aber ich tippe auf einen Jungen. Der spielt ja jetzt schon Fußball.«

»Genau deshalb sollst du dich ausruhen«, erwidere ich. »Du legst schön zu Hause die Beine hoch, und ich berichte dir alles haarklein.«

»Aber zu dem Ball gehe ich hin. Ich schwöre es. Vorher lasse ich das Baby nicht raus. Stell dir vor, du bist bis dahin mit dem Grafen zusammen, dann wärst du die Gastgeberin.« Bernadette ist entzückt. »Die Frau an seiner Seite. Meine Cousine! Ob zu eurer Hochzeit jemand vom Hochadel anreisen würde? Also, die Maxima aus Holland finde ich ganz klasse.«

»Spinn nicht rum«, bremse ich sie. »Der Graf macht sich bloß einen Spaß mit mir. Niemals würde er mich als die Frau an seiner Seite wählen. Schon vergessen? Ich bin bürgerlich und geschieden. Selbst für den Bäcker bin ich deshalb nicht gut genug, jedenfalls laut seiner Mutter.«

Meine Cousine lässt sich von ihrer Meinung nicht abbringen. »So ein Quatsch! Der halbe europäische Adel ist geschieden, die sind längst nicht mehr so altmodisch.«

»Bernadette, du weißt hoffentlich noch, was ich mit meiner Story beweisen möchte? Glaub mir eins: Falls der schöne Graf an mir interessiert ist, dann nur als Mätresse. So heißt das doch in Adelskreisen, oder? Ich traue dem Typen keinen Meter über den Weg. Heute Nacht werde ich zur Sicherheit eine Kommode vor die Tür schieben. Der kennt meine Zimmernummer, außerdem gehört ihm der Kasten hier. Er kann sich jederzeit einen Schlüssel besorgen.« Erst jetzt wird mir bewusst, dass das durchaus möglich ist. »Was, wenn er im Schlaf über mich herfällt?«

»Jetzt spinn du nicht rum«, haut mir Bernadette meinen eigenen Spruch um die Ohren. »Dieser Mann hält Benimmseminare. Abgesehen davon, haben wir selbst gesehen, wie sich ihm die Frauen an den Hals werfen. Glaubst du wirklich, er hat es nötig, dich zu überfallen?«

Sie hat recht. »Entschuldige, meine Fantasie ist gerade mit mir durchgegangen.« Ich atme tief durch.

Meine Cousine lacht kurzatmig. »Oder du bist im Rausch der Gefühle. Du hast auf einen Schlag einen Grafen und einen Brotfabrikanten an der Angel. Nicht schlecht für eine Bürgerliche und Geschiedene. Das riecht nach einem Happy End.«

Erst will ich ihr widersprechen, dann sage ich: »Und eventuell einen Lehrer noch dazu.«

»Waaaas?«, schreit Bernadette. »Was denn für einen Lehrer? Wieso weiß ich nichts davon?«

Also erzähle ich ihr auch noch von Julian Sandbergs SMS und seinem Anruf. »Keine Ahnung, wie Räuber es finden würde, wenn ich mich mit einem ihrer Lehrer treffe«, beende ich den Bericht.

»Sie ist ein kluges Mädchen, trotz ihrer Pubertätsanfälle. Wenn du dich verliebst, wird sie damit klarkommen, da bin ich mir sicher. Könntest du dich überhaupt verlieben? Und wenn ja, in wen von den dreien? Also, ein Brotfabrikant wäre mir allemal lieber als ein armer Lehrer. Na ja, der Graf steht sowieso an erster Stelle. Meine Güte, ist das aufregend! Jahrelang geht gar nichts, und nun tauchen gleich drei Kandidaten auf einmal auf.«

»Von Verlieben kann bisher keine Rede sein«, antworte ich bestimmt. Ich wickele mich fester in mein Handtuch und bin froh, dass ich hier alleine sitze. »Aber es macht Spaß, wieder zu flirten, zu küssen und sich das eine oder andere auszumalen.«

»Das sind ja Neuigkeiten. Untersteh dich, heute Nacht die Kommode vor die Tür zu schieben.« Bernadettes Tonfall wird beinahe flehend. »Du bist in einem schicken Hotel, dein Kind schläft nicht nebenan, und du hast den ganzen Nachmittag Zeit, um dich zu pflegen. Wer weiß, wann so eine Gelegenheit wiederkommt? Du musst unbedingt auch die Erfahrung machen, wie ein echter Adeliger küsst. Und wenn's nur für den Artikel ist.«

Ich muss lachen. »Mal sehen. Ein paar Schmetterlinge im Bauch wären allerdings auch nicht schlecht, oder?«

»Hattest du denn bei Theo welche?«

Tja, eine gute Frage. Ich brauche einen Moment, um zu antworten. »Keine Ahnung. Es war nicht gerade wie bei Bruder und Schwester, aber dahingeschmolzen bin ich auch nicht. Du weißt schon, wie in den Liebesfilmen.«

»Dann ist er womöglich nicht der Richtige.«

»Du sagst es.«

Als ich zwei Stunden später zurück in meinem Zimmer bin, klingelt das Telefon. Mein Herz klopft unnötig schnell, und ich merke, wie ich sogar hoffe, dass es der Graf ist.

»Hallo?«

»Hier ist Anita. Wir sind vom Golfplatz zurück, und ich wollte fragen, ob du Lust hast, einen Tee mit mir zu trinken. Ich sitze im Wintergarten und würde mich freuen. Gut, dass ich jetzt deinen Nachnamen kenne.«

Augenblicklich kommt mir mein Artikel wieder in den Sinn. Wenn Anita tatsächlich Chiara ist, wird das Gespräch bestimmt interessant. »Sehr gern. Ich bin in fünf Minuten unten.«

Im Wintergarten stehen weiße Stühle und Tische, die mit weißem Porzellan und geschmackvollen Blumengestecken eingedeckt sind. »Erinnert dich die Einrichtung auch an Schloss Strombach?«, begrüßt mich Anita, die ihr Golf-Outfit gegen ein blassblaues Twinset, einen schwarzen Rock und Pumps getauscht hat. Sie trägt sogar Nylonstrümpfe und Perlenkette und sieht aus, als würde sie täglich eine Teestunde zelebrieren. Vor ihr steht eine Tasse schwarzen Tees, den sie sogar mit Milch zu trinken scheint. »Kein Wunder, der Laden … ich meine … das Landhaus hier gehört ihnen schließlich.«

»Woher weißt du das? Hast du den Grafen auf dem Platz getroffen?«, will ich wissen.

»Friedrich ist schon da? Ich wusste, dass er kommt, aber bisher habe ich ihn noch nicht gesehen.« Sie wirkt auf einmal hektisch.

Anita scheint ihre Hausaufgaben sehr gründlich gemacht zu haben, und ich registriere, dass sie »Friedrich« sagt. Hat das etwas zu bedeuten? Ich setze mich zu ihr und bestelle einen Cappuccino.

»Dann erzähl mal, wie war der erste Kurstag?«, beginne ich eine harmlose Unterhaltung, obwohl mir hundert Fragen auf der Zunge liegen.

Sie winkt ab. »Ganz gut, aber bei schönem Wetter macht es sicher mehr Spaß. Morgen lernen wir ein paar Annäherungsschläge, da freue ich mich schon drauf. Ich will unbedingt dranbleiben, aber eine Mitgliedschaft ist mir, ehrlich gesagt, zu teuer. Na ja, wenigstens habe ich dann die Platzreife.«

Ich bin überrascht. »Es hat dir also wirklich gefallen? Du machst das nicht nur so, um …« Ich breche ab. Wie drücke ich es am elegantesten aus? »Um etwas Neues auszuprobieren? Oder hast du damit was Bestimmtes vor?«

»Tiger Woods Konkurrenz machen«, sagt sie und lacht. »Nein, ich will keine Profigolferin werden, falls du das meinst. Aber der Sport ist … wichtig für mich. Er ist mittlerweile sehr beliebt.«

»Stimmt«, erwidere ich und nippe an meinem Kaffee. »Vor allem bei reichen Leuten.«

»Hm, ist mir auch schon aufgefallen.« Anita nimmt die Zuckerzange und befördert gleich drei Würfel in ihren Tee. »Nur mit Milch ist er ekel … etwas gewöhnungsbedürftig, aber wenn ich ordentlich Zucker hineingebe, dann geht es.«

Ich rutsche ein Stück näher und senke die Stimme, obwohl außer uns niemand im Wintergarten ist. »Wenn dir der Tee nicht schmeckt, warum trinkst du ihn dann? Willst du jemandem damit gefallen?«

Kurz streift sie meinen Blick und schaut dann weg. »Ich will mir einige Dinge aneignen, die ich bisher noch nie ausprobiert habe«, gesteht sie. »Fünfuhrtee klingt irgendwie … edel, auch wenn wir erst halb vier haben. Ich bin auf der Suche nach … etwas Neuem«, wiederholt sie noch einmal.

»Nach einer neuen Partnerschaft oder nur nach neuen Erfahrungen?«, helfe ich nach und bin gespannt, ob sie es mir verrät.

»Das klingt vermutlich blöd, aber ich möchte mehr erleben. Ich meine, ich arbeite jeden Tag in zwei verschiedenen Jobs in zwei langweiligen Speditionsbüros, damit ich mir ab und zu etwas gönnen kann. Ich will nicht zu Hause vor dem Fernseher versauern.« Sie rührt ihren Tee um. »In meinen Ehen bin ich fast immer zu Hause geblieben und habe am Ende die Quittung dafür bekommen. Meine ach so tollen Ehemänner haben mich belogen und betrogen und sich irgendwann von jetzt auf gleich verabschiedet. Zwar will ich ganz sicher nicht noch mal auf denselben Typ Mann hereinfallen, aber als verbitterte Alte will ich auch nicht enden. Das ist doch ein scheißlangweiliges Leben. Oh, sorry, das muss ich mir unbedingt noch abgewöhnen.«

Ich unterbreche sie nicht, sondern nicke nur.

»Jedenfalls habe ich mir vorgenommen, dass es mir zukünftig besser gehen soll«, fährt sie tatsächlich fort. »Weißt du, dass man sich heute sehr gut weiterbilden kann? Ich gehe regelmäßig in die Bibliothek und lese viel. Das kostet nichts. Außerdem gucke ich mir Dokumentationen im Fernsehen an. Und ich beobachte Leute und ihr Verhalten. Was kommt in der Gesellschaft an? Was wird verlangt, was bewundert?«

Daran ist nichts auszusetzen, denke ich. Ihre Argumentation kann ich absolut nachvollziehen. »Du willst also eine neue Bindung eingehen?«, bohre ich noch ein bisschen weiter.

Anita lässt den Löffel klirrend auf den Tisch fallen. »Na klar, wer will denn schon auf Dauer allein sein? Ich hab keine Kinder, kaum Familie. Allerdings will ich keinen Versager mehr, in den ich zwar total verliebt bin, der aber am Ende nur Schulden macht oder den ich durchfüttern muss. Es wird ja wohl auch Männer geben, die das nicht nötig haben. So einen suche ich. Einen, der mich auf Händen trägt und mir Gutes tut. Nicht nur im Bett.«

Bei so viel Offenheit bleiben mir glatt sämtliche schlauen Doktor-Gabriel-Sprüche im Hals stecken. Mir wird klar, dass ich sie falsch eingeschätzt habe. Sie ist keine Hochstaplerin, sie hat bloß ein Ziel, das sie erreichen möchte. »Hast du deshalb das Tischkulturseminar und den Golfkurs gebucht?«, frage ich vorsichtig nach, obwohl ich die Antwort bereits kenne. »Um noch mehr von den Dingen zu lernen, die in gewissen Kreisen wichtig sind?«

»Klar. Ich wünsche mir einen gebildeten Partner, der auch das nötige Kleingeld hat. Sein Aussehen ist mir eigentlich egal.« Anita trinkt einen Schluck von ihrem Tee und verzieht das Gesicht. »Vielleicht lasse ich das mit der Milch doch sein, das ist ja zum Ko … äh, nicht wirklich mein Geschmack.« Sie lacht. »Das macht mir, ehrlich gesagt, am meisten Schwierigkeiten. Erst zu überlegen, bevor ich frei Schnauze spreche. Schon wieder so ein Wort, das auf meiner schwarzen Liste steht. Und du? Was ist mit dir? Was machst du hier? Golf scheint ja eher nicht dein Ding zu sein.«

Mir ist klar, dass ich ihr nichts von dem Artikel verraten darf, immerhin stehen Doktor Gabriels Glaubwürdigkeit und die Diskretion unserer Zeitung auf dem Spiel. Da sie jedoch eine Antwort von mir erwartet, entscheide ich mich für eine Halbwahrheit. »Ich wollte auch mal wieder was erleben, deshalb hat meine Cousine die beiden Kurse für mich gebucht. Ich bin seit längerem geschieden, und es wird Zeit, wieder unter Leute zu gehen. Ich habe mir vorhin eine herrliche Massage gegönnt und war danach im Schwimmbad und in der Sauna. Wellness scheint mir mehr zu liegen …«

»Was ist mit den Männern? Bist du auch auf der Suche?«

Ich lasse mir mit der Antwort Zeit. »Nicht aktiv. Seit meine Tochter mir allerdings offiziell die Erlaubnis erteilt hat, genehmige ich mir zumindest mal einen Blick.«

Anita erwidert mein Lächeln. »Und? Schon jemanden im Auge?«

»Und du?«, frage ich zurück. »Geht dein Plan auf?«

Sie zuckt mit den Schultern. »Ich habe gerade erst mit meiner Verwandlung angefangen. Sieh mich an. Solche Sachen wie das hier hätte ich früher nie angezogen. Ich hätte sie spießig hoch zehn gefunden. Nur leider tragen die Frauen, denen ich ähneln möchte, genau solche Klamotten. Langweilig und dafür teuer. Die Männer hier erwarten das.«

»Hast du denn schon jemanden kennengelernt?«

Anita stellt die Teetasse beiseite. »Noch nicht so richtig. Aber heute Abend werden hoffentlich ein paar Prachtexemplare beim Essen sein. Mal sehen, wer außer dem Grafen noch keinen Ring trägt und ohne weibliche Begleitung kommt.«

»Dann kann ich dich also nachher hautnah bei der Jagd beobachten?«

Sie greift nach meiner Hand und beugt sich näher zu mir. »Herzchen, meinetwegen kannst du auch mitjagen, nur komm mir bitte nicht in die Quere.«

»Ich werde mich hüten, dir vor die geladene Flinte zu laufen.«

Wir müssen beide lachen, und ich bin selbst erstaunt, dass ich das mittlerweile so locker sehe. Unmoralisch ist ihr Ansinnen nun wahrlich nicht. Irgendwie freue ich mich mit einem Mal auf den Abend.

Anita zupft an ihrer Perlenkette. »Auch so ein Ding. Willst du edel und konservativ wirken, ist eine Perlenkette Pflicht. Du ahnst ja nicht, wie höflich plötzlich alle zu dir sind, nur weil sie glauben, das Ding wäre echt.«

»Kleider machen eben Leute«, sage ich. »Und heute Abend …«

»… lasse ich mich überraschen, was geht«, ergänzt sie. »Friedrich zum Beispiel ist eine unglaublich gute Partie.

Ihm gehört das alles hier, wusstest du das? Er hat mir neulich nach dem Workshop von den Golfkursen erzählt, da habe ich gleich einen Teil meiner Ersparnisse investiert. Jetzt muss es sich nur noch lohnen.«

Das klingt, als ob sie sich vorgenommen hätte, sich den Grafen zu angeln. »Ihr duzt euch?«

»Na und?« Anita zuckt mit den Schultern. »Hat sich so ergeben. Meinst du, ich als Bürgerliche hätte eine Chance bei ihm?«

Was soll ich bloß darauf antworten? Ich weiß es beim besten Willen nicht. Mein Verstand sagt ganz klar Nein, aber vielleicht irre ich mich ja? Meine feste Überzeugung bröckelt langsam. Außerdem bin ich mir nicht sicher, wie ich selbst zu dem Grafen stehe, aber das verrate ich ihr natürlich nicht.

Ein Kellner tritt an den Tisch und bewahrt mich vor einer Antwort. »Möchten Sie noch einen Tee?«

Anita verzieht ihren Mund. »Nein, bloß nicht. Bringen Sie mir bitte einen schwarzen Kaffee. Die Brühe hier können Sie abräumen. Ups!« Sie lacht mich schon wieder an. »Ich weiß, dass ich mich nicht so ausdrücken soll, aber unter uns: Auf dieses eklige Gesöff werde ich zukünftig doch lieber verzichten. Ich wette, dass auch viele Engländer um fünf Uhr nachmittags heimlich Kaffee saufen.«

# II

Lieber Dr. Gabriel,
wir möchten uns bei Ihnen für die guten Ratschläge bedanken. Wir haben uns mit unserer Tochter ausgesprochen, und es tut ihr leid, dass sie uns nicht öfter besucht hat. Sie will das künftig ändern.
Vielen, vielen Dank!
Irene und Manfred Ackermann

Bevor ich mich für das Abendessen umziehe, telefoniere ich kurz mit meiner Tochter, checke dann meine Mails und freue mich ganz besonders, dass ich den Ackermanns helfen konnte. Dabei könnte ich der Tochter der beiden die Ohren lang ziehen. Sich bei den Eltern nicht zu melden ist ein No-Go. Sollte Ronja sich das jemals erlauben, würde ich ihr gehörig den Marsch blasen.

Für einen Moment überlege ich, ob ich auch mit Anita-Chiara mal ein ernstes Wort reden sollte. Ich finde sie wirklich sympathisch, und es ist blöd, dass ich ihr nichts von dem Artikel erzählen darf, den ich über ihr Ansinnen schreiben soll. Es kommt mir vor, als würde ich ihr Vertrauen missbrauchen, und das will ich nicht. Ich versuche

Bernadette anzurufen, erreiche sie aber nicht. Anderen Bekannten habe ich von meinem Auftrag nichts erzählt, daher bleibe ich mit meinen Gedanken allein.

Ich ziehe einen schwarzen Rock und eine cremefarbene Bluse an und drehe mir ein paar Wellen ins Haar. Als das Telefon klingelt, fahre ich erschrocken zusammen und lasse fast den Lockenstab fallen.

»Hallo?«

»Hier spricht Friedrich von Strombach. Haben Sie eigentlich schon einen Tischherrn für das Abendessen?«, fragt er und gibt die Antwortet gleich selbst. »Da Sie an keinem Kurs teilgenommen haben, sitzen Sie vermutlich auch nicht mit Ihrer Gruppe zusammen, oder?«

Darüber habe ich noch gar nicht nachgedacht. Ich hätte mich vermutlich zu Anita und den anderen Frauen gesetzt, aber ob die das gut gefunden hätten, weiß ich nicht. Über den Tag sind sie sicher zu einer Gemeinschaft zusammengewachsen, der ich nicht angehöre.

»Keine Ahnung«, sage ich wahrheitsgemäß und weiß schon, was er gleich sagen wird.

»Dann erweisen Sie mir doch die Ehre als meine Begleitung. Ich hole Sie gerne in einer halben Stunde zum Aperitif ab.«

»Aber nur, wenn Sie nicht kontrollieren, ob ich mir alles in Sachen Tischkultur gemerkt habe«, gebe ich zurück, und der Graf lacht.

Mein nächster Gedanke gilt Anita, und sofort habe ich ihr gegenüber wieder ein schlechtes Gewissen. Eigentlich will sie ja Friedrich erobern. Andererseits kann ich nichts dafür, dass er mich eingeladen hat. Sind wir jetzt auf einmal Rivalinnen? Ich habe ihr vorhin nicht erzählt, dass der Graf und ich uns im Clubhaus begegnet sind. Vielleicht sollte ich sie zumindest einbeziehen?

»Wenn es große Tische sind, dann würde ich gerne noch eine Bekannte mitnehmen«, sage ich. Dann fällt mir ein, dass ich nicht einmal ihren Nachnamen kenne.

»Wen denn?«, fragt Friedrich von Strombach wie befürchtet.

»Chiara. Ich meine ... sie heißt Anita und war auch bei dem Tischkultur-Workshop in Ihrem Schloss. Wir haben uns hier zufällig wiedergetroffen.«

Am anderen Ende des Hörers entsteht eine kurze Pause. Dann räuspert sich der Graf. »Ich erinnere mich. Anita Karer. Ich weiß nicht, wie die Aufteilung im Restaurant vorgenommen wurde, aber ich will mal sehen, was ich tun kann.«

Anita Karer. Karer – Chiara. Alles klar. Ich grinse in mich hinein.

»Bis gleich dann?«

»›Mal sehen‹ lasse ich als Antwort nicht gelten, Ihnen gehört doch der Laden hier«, sage ich salopp. »Da können Sie sicher jede Menge tun. Sie wissen ja, nur das Beste ist gut genug. Der Spruch stammt immerhin von Ihnen.«

»Na gut. Aber nur, wenn ich einen Wunsch frei habe«, erklärt Friedrich von Strombach.

Sofort stellen sich mir die Nackenhaare auf. »Kommt auf den Wunsch an«, gebe ich zurück. »Ich bin ja nicht die gute Fee, auch wenn Sie fast ein Prinz sind.«

Er lacht. »Ich bin sicher, dass Sie mir den Wunsch erfüllen können. Mehr dazu später.«

Ich hoffe nicht, dass er gleich aufs Ganze gehen möchte. Wer weiß, wie diese Adeligen so ticken. Vielleicht glauben sie, dass man nach ihrer Pfeife tanzen muss, weil sie blaues Blut haben? Nicht mit mir! Ich weiß zwar nicht, warum er ausgerechnet mit mir flirtet, aber leicht zu haben bin ich auf keinen Fall. Bernadettes Ratschläge hin oder her.

Ich schreibe meiner Cousine schnell eine Nachricht über die neuesten Entwicklungen und hoffe, dass sie sich nicht allzu sehr aufregt, wenn sie das liest. Schwangere brauchen eigentlich gar keine Aufregung, aber ich weiß, dass sie es mir nie verzeihen würde, wenn ich sie nicht auf dem Laufenden hielte.

Um kurz vor sieben klopft es. Ich schlüpfe in die hohen Pumps, die ich schon ewig nicht getragen habe, und stöckele zur Tür.

»Guten Abend, Sie sehen wundervoll aus.« Friedrich von Strombach begrüßt mich nonchalant wie immer, mustert mich von oben bis unten und reicht mir dann seinen Arm. »Wollen wir?«

Er trägt einen dunkelbraunen Anzug, ein zartgelbes Hemd und eine gold gemusterte Krawatte mit einem passenden zartgelben Einstecktuch.

Gut gelaunt, hake ich mich bei ihm unter. »Haben Sie eine Kamera in meinem Zimmer installiert, oder woher wussten Sie, dass meine Bluse farblich zu Ihren Sachen passen wird?«, scherze ich.

»Vielleicht«, antwortet er gedehnt. »Schon meine Vorfahren wussten sich zu amüsieren.«

»Sie legen auf Spaß wohl großen Wert?«

»Sie nicht?«, fragt er zurück. »Ich arbeite, um zu leben, und nicht umgekehrt.«

Für einen Moment stelle ich mir vor, wie mein Leben an seiner Seite aussehen würde. »Was machen Sie sonst noch außer Golf spielen und anderen Leuten gutes Benehmen beibringen?«, frage ich.

Friedrich von Strombach lächelt. »Ich reise viel, gehe jagen und fischen. Und Sie?«

»Ich habe eine Tochter, da ist nicht viel mit Jagen und Fischen, unabhängig davon, dass beides nichts für mich wäre.«

»Ach ja, die Kleine mit den Geschenken.«

Wir betreten das geschmackvolle Hotelrestaurant und laufen direkt auf eine Gruppe Menschen in Abendkleidung zu, die mit Champagnergläsern in der Hand miteinander plaudern. Ich registriere, dass mich alle mustern, und es ist mir ein wenig unangenehm. Bestimmt fragen sie sich, wie es diese Außenseiterin geschafft hat, an die Seite des Hausherrn zu gelangen. Bernadette hätte ihre wahre Freude daran gehabt.

Unter den Gästen entdecke ich auch die arabisch wirkende Frau, der ich am Vormittag im Foyer begegnet bin. Sie flüstert gerade mit einem dunkelhäutigen Mann im Smoking, der bedeutend älter ist als sie.

»Darf ich vorstellen? Helen Lindner«, sagt der Graf gerade und rattert dann eine Reihe von Namen herunter, die ich alle sofort wieder vergesse. Ich schüttele eine Menge Hände und lächele höflich.

»Freddy, mein Lieber! Du kommst jedes Mal mit einer neuen schönen Eroberung. Du Schlingel«, sagt eine Blondine, die ihre besten Jahre schon hinter sich und eindeutig Botox im Gesicht hat. »Sind Sie neu im Club?« Das ist an mich gerichtet, und sie kann ihre Neugierde nicht verhehlen. »Ich habe Sie hier noch nie gesehen.«

»Ich habe eigentlich …«, beginne ich, aber der Graf unterbricht mich.

»Helen macht im Landhaus ein Wellness-Wochenende«, antwortet er. »Den Bereich solltet ihr auch mal öfter betreten. Den wisst ihr gar nicht zu würdigen.«

Eine Frau mit Hochsteckfrisur nickt freundlich. »Das kann ich nur bestätigen, die Schlammpackung ist wunderbar. Haben Sie sich zufällig auch eine gegönnt, meine Liebe?«

»Nein, ich hatte eine Rückenmassage und war danach noch im Schwimmbad und in der Sauna«, antworte ich.

Gekonnt wirft die Botox-Blondine ihre Mähne nach hinten. »Das Schwimmbad … Da waren wir auch mal, nicht wahr, Freddy?«

Der Graf kommentiert die Anspielung nicht weiter, sondern wechselt das Thema. »Und? Wer von euch macht bei dem Turnier nächste Woche mit?«

Es beginnt eine Unterhaltung, die sich nur noch ums Golfen dreht, daher nutze ich die Zeit, um mich ein wenig umzusehen. Die Tische des Restaurants sind rechteckig, und man hat sie zu Achter-Sitzgruppen zusammengeschoben. Vor jedem Gedeck steht ein Tischkärtchen, und ich hoffe, dass Anita bei uns sitzt. Ich habe vom Golfen nicht die leiseste Ahnung und noch weniger Lust, mir den ganzen Abend irgendwelche Fachbegriffe um die Ohren schlagen zu lassen.

Mein Handy piept ein paarmal hintereinander in meiner Handtasche. Mist! Ich habe schon wieder vergessen, es auf Vibration zu stellen.

»Was war das?«, fragt prompt eine ältere Dame. »Dieses Geräusch?«

»Wann gibt es endlich etwas zu essen?«, frage ich, in der Hoffnung, von dem Piepton abzulenken. »Sind Sie denn alle gar nicht hungrig? Sie haben sich doch viel an der frischen Luft bewegt, da bekommt man sicher Appetit.«

Die Frauen sehen mich befremdet an, die Männer dagegen nicken.

»Hoffentlich hat dein Koch gezaubert, Freddy«, sagt einer von ihnen. »Ich brauche Fleisch.«

Zu gern würde ich jetzt auf das Display meines Handys schauen, traue mich jedoch nicht. Es ist erstaunlich, aber hier scheint sich jeder an die Benimmregeln zu halten und hält nichts außer dem Champagnerglas in der Hand.

»Frau Lindner, wie schön, Sie hier zu treffen«, spricht mich soeben eine Frau an. »Sind Sie auch Clubmitglied? Das wusste ich ja gar nicht.«

Die Frau kommt mir irgendwie bekannt vor, allerdings weiß ich im Moment nicht, woher. Daher lächele ich bloß. »Ja, äh … nein. Ich weiß noch nicht genau, ob ich die Zeit dafür haben werde.« Mittlerweile bin ich zu dem Schluss gelangt, dass es besser ist, so zu tun, als würde ich mich für den Sport interessieren.

Sie nickt. »Die muss man sich zwischendurch nehmen, wir brauchen alle einen Freizeitausgleich. Das sage ich unserer Tochter auch immer. Nur Schule und Lernen sind nicht alles. Deshalb durfte sie auch mit meiner Mutter übers Wochenende nach München fliegen.«

Jetzt bin ich noch verwirrter. Woher kenne ich sie bloß?

»Aber das hat Ihnen Ronja sicher erzählt. Sie wäre, glaub ich, am liebsten mitgeflogen«, fügt sie hinzu.

München? Ronja? Ich weiß von gar nichts. Dann geht mir ein Licht auf. Die Frau ist Vanessas Mutter. Natürlich!

»Ja, für die Mädchen ist jede Großstadt super interessant«, sage ich. »Sie wollen allmählich über den Tellerrand unserer Kleinstadt hinausschauen.«

Vanessas Mutter seufzt gespielt. »Oh ja. Und mit der ersten großen Liebe geht es auch schon los. Ich frage mich manchmal, ob das heutzutage nicht alles viel zu früh ist.«

»Also, Ronja hat mit Jungs noch nicht so viel am Hut«, gebe ich zurück.

»Na, da habe ich aber ganz andere Sachen gehört«, antwortet sie vielsagend.

Augenblicklich bin ich in Panik versetzt. »Was meinen Sie damit? Wissen Sie vielleicht etwas, das ich nicht weiß? Mir gegenüber behauptet meine Tochter immer, sie hätte keinen Freund.«

Vor allem dachte ich immer, dass Ronja keine großen Geheimnisse vor mir hätte und ich es mitbekommen würde, wenn sie sich für einen Jungen interessiert.

»Nein, nein«, winkt sie ab, »ich weiß nichts Konkretes. Ob sie einen Freund hat, kann ich nicht sagen, aber ich habe neulich mitbekommen, wie sich unsere Töchter darüber unterhalten haben, wie süß ein gewisser Sunny ist. Jedenfalls hat sich Ronja sehr für ihn interessiert und möchte sich mit ihm treffen.«

Sunny? Nie gehört. »Wer soll das sein?«

»Jemand aus der Schule, denke ich. Wie der Junge wirklich heißt, weiß ich allerdings nicht.«

Ein Glöckchen läutet und unterbricht unser Gespräch.

Friedrich von Strombach kommt auf mich zu und bietet mir seinen Arm an. »Darf ich Sie jetzt entführen? Das Essen wird gleich serviert.«

»Dann noch einen schönen Abend, man sieht sich«, sagt Vanessas Mutter, lächelt erst mich und dann den Grafen an und entfernt sich.

Gedankenverloren lasse ich mich von meinem Begleiter zu unserem Tisch bringen und registriere nur nebenbei, dass er mir selbstverständlich galant den Stuhl zurechtrückt und dass die anderen Herren es bei ihren Tischdamen genauso machen. Mit uns zusammen nehmen noch zwei andere Paare Platz. Die einen erinnern mich an ein Volksmusik-Duo, weil sie beide beim Sprechen ein Dauerlächeln im Gesicht haben und ständig die Sätze ihres Partners beenden.

»Wir sind die Gottschalks«, stellt die Frau ihren Mann und sich vor.

»… und leider nicht mit dem Thommy verwandt«, ergänzt der Gatte, woraufhin beide kichern.

»Meine Firma hat auch nichts mit dem Fernsehen zu tun«, sagt Herr Gottschalk.

»… leider, aber mein Mann überlegt tatsächlich, sich bei einem Sender einzukaufen. Ich bin ja für einen Shopping-Kanal, während er eher Sport bevorzugt. Vielleicht …«

»… nehmen wir auch beides, Liebes«, beendet wieder Herr Gottschalk den Satz seiner Frau.

Das andere Ehepaar heißt Berensky und scheint sich gerade gestritten zu haben. Jedenfalls würdigen sich die beiden keines Blickes, auch wenn er ihr soeben ein Glas Wasser einschenkt. Hätten sie gerade nicht den gleichen Nachnamen genannt, ich würde annehmen, dass sie sich überhaupt nicht kennen.

Mich beschäftigen sowieso noch immer die Worte von Vanessas Mutter. Wer zum Teufel ist dieser Sunny? Und wieso weiß ich nichts von ihm? Da es in der Schule von Summer-Rose bis Sydney die seltsamsten Namen gibt, gehe ich davon aus, dass es sogar ein echter Jungenname ist. Hat Ronja ihn jemals erwähnt? Ich kann mich nicht erinnern. Warum nicht? Hat sie etwas zu verheimlichen?

Ist sie nur ein bisschen verknallt, oder läuft da schon etwas zwischen den beiden? Da mir Ronja auch nicht erzählt hat, dass Vanessa nach München fährt, kann ich wohl davon ausgehen, dass ich nicht mehr alles erfahre, was mich schlagartig traurig macht. Früher hatte ich das Gefühl, immer zu wissen, was in ihrem Leben gerade los ist. Ich nehme mir vor, sie gleich morgen darauf anzusprechen und sie zu bitten, mir nichts Wichtiges zu verschweigen.

»Schönen guten Abend. Ich bin vorhin auf meinem Zimmer kurz eingenickt und daher etwas zu spät dran, aber das Dinner hat noch nicht angefangen, oder?« Anita taucht neben meinem Stuhl auf und strahlt alle Anwesenden an. »Ich bin Anita Karer, hallo zusammen. Bitte verzeihen Sie meine Verspätung.«

Sie trägt ein knielanges graues Etuikleid, das vorne zwar tief ausgeschnitten, aber insgesamt sehr elegant ist. Als Kontrast dazu hat sie rote Pumps an, genau in der Farbe ihrer Haare.

»Ach, das ist ja super, dass ich neben dir sitze, Helen. Ich weiß gar nicht, wo die Frauen aus meinem Kurs geblieben sind. Außerdem lerne ich gerne neue, interessante Leute kennen.« Sie zwinkert mir zu und schüttelt danach allen der Reihe nach die Hand. »Sehr angenehm.«

Bei dem zerstrittenen Ehepaar nickt sie wissend. »Berensky? Haben Sie etwas mit den Betonmischern zu tun, die man überall auf den Baustellen sieht?«, fragt sie.

Herr Berensky, ein hagerer Mann mit lichtem Haar, ist direkt interessiert. »Hervorragend kombiniert, genauso ist es. Berensky-Betonmischer. Qualitätsklasse eins a.«

»Was man nicht von allen deinen Eigenschaften behaupten kann«, murmelt seine Frau gerade so laut, dass wir sie alle verstehen können. »Aber schön, dass sich jemand für deine Betonmischer begeistert.«

Anita tut so, als hätte sie es nicht mitbekommen, und strahlt meinen Tischherrn an. »Friedrich, wie schön. Du sitzt auch bei uns. Freut mich.« Sie scheint es für einen Zufall zu halten.

Graf von Strombach lächelt zurück. »Mich freut es ebenfalls. Wie geht es dir?«

»Bomb … äh, ganz hervorragend.« Anita scheint sich darauf zu konzentrieren, sich gewählt auszudrücken. »Vielen Dank für die Inspiration, das Wochenende hier zu buchen. *Alii sementem faciunt, alii metent.*«

»Was für ein Ali?«, entfährt es mir.

»Das ist lateinisch. Was die einen säen, werden die anderen ernten. Genauso wie *carpe diem.* Nutze den Tag.«

Oh mein Gott. Jetzt gibt sie aber richtig Gas. Wenn sie gleich anfängt, auch noch griechische Philosophen zu zitieren, werde ich mich zu den Frauen aus ihrem Golfkurs setzen.

Herr Berensky und Herr Gottschalk steigen sofort darauf ein.

»Unter uns Lateinern: Die alten Knaben hatten schon einige sehr gute Lebensprinzipien«, sagt Gottschalk.

Berensky sieht seine Frau an. »Du hast wohl auf deinem Mädcheninternat kein Latein gelernt, sonst wäre Französisch nicht deine Spezialität, nicht wahr?«

Alle außer Anita kapieren, was er eigentlich damit meint. Prompt tappt sie in die Falle. »Also, Französisch mag ich auch sehr gern. Obwohl ich bedauere, dass ich es nicht so gut beherrsche. Aber ich kann es ja noch lernen. Zumindest bin ich da sehr willig.«

Die beiden Männer grinsen. Frau Gottschalk hüstelt, und Frau Berensky sieht Anita an.

»Ich kann Ihnen nur so viel verraten: Hier lohnt es sich nicht besonders, aber jeder soll seine eigene Erfahrung machen«, sagt sie blasiert.

Friedrich von Strombach rettet die Situation, indem er sein Glas erhebt. »Freunde«, sagt er, »genießen wir den schönen Abend. Ich kann euch versichern, dass der Koch sich wie immer besondere Mühe gemacht hat und ich extra für heute einen edlen Tropfen aus dem Weinkeller habe holen lassen. Deshalb trinkt euren Champagner aus und schafft Platz für weitere Genüsse. Auf alte und neue Freunde!«

Alle prosten sich zu, selbst Frau Berensky, dann sieht der Graf mich an.

»Ich schlage vor, dass Sie mich endlich Friedrich nennen. Immerhin kennen wir uns schon etwas länger.«

»Sehr lange und gute Freunde dürfen ihn sogar Freddy nennen«, erklärt Frau Berensky und lächelt zum ersten Mal an diesem Abend. Sie betont das Wort »Freunde« ganz merkwürdig, und ich ahne, dass damit nicht nur Kumpel gemeint sind.

»Friedrich gefällt mir ganz gut«, antworte ich.

Ich stoße mit ihm an und hoffe, dass es keine weiteren Peinlichkeiten bei Tisch geben wird. So viel zum Thema bessere oder gehobene Kreise. Nur weil jemand Geld auf dem Konto hat, heißt es keinesfalls, dass er ein besserer Mensch ist.

Während die Männer nun darüber diskutieren, welche edlen Weine sie selbst im Keller stehen haben, beugt sich Anita zu mir herüber und flüstert: »Habe ich etwas Falsches gesagt? Die Zitate stimmen, die habe ich vorhin extra noch gegoogelt.«

»Nein«, flüstere ich zurück. »Alles gut, aber du solltest es nicht übertreiben. Die beiden Betonmischer haben Stress miteinander, da ist jede Vorgabe für einen Seitenhieb willkommen.«

»Okay. Weißt du zufällig, wie weit der Stress geht? Er wäre doch eine ganz interessante Bekanntschaft, findest du nicht?«

Nein, finde ich nicht. Aber das sage ich natürlich nicht laut. »Es ist wie bei allem Geschmacksache«, antworte ich ausweichend. »Mein Fall wäre er nicht.«

»Der Graf aber schon? Den finde ich nach wie vor hinreißend. Du hast doch nichts dagegen, wenn ich weiter mit ihm flirte? Oder hast du ihn für dich reserviert? Hat er etwa ein Auge auf dich geworfen?«

Also, kindischer geht es ja wohl kaum. »Ich habe gar nichts reserviert«, erkläre ich. »Ich möchte einfach nur einen netten Abend verbringen.« Dass er mir ganz gut gefällt, verschweige ich.

Anita nickt fröhlich. »Ich sehe es sportlich. Schauen wir einfach, wer seine Chancen besser nutzen kann. Schließlich muss es auf Gegenseitigkeit beruhen. Wenn du gewinnst, dann ist es für mich auch okay.«

Das klingt ja wie bei einem Wettbewerb, aber ich lasse es einfach so stehen.

Die Gottschalks studieren die Speisekarte und lesen sich gegenseitig die Menüfolge vor. »Muscheln nach kreolischer Art mögen wir doch«, sagt sie, woraufhin er ergänzt: »Und als Hauptspeise gibt es das Nebraska-Steak mit einem Gemüserisotto. Oder möchtest du lieber Salat, Liebes? Um diese Uhrzeit …«

»… will ich keine Kohlenhydrate mehr essen, du sagst es.«

»Möchte noch jemand lieber Salat? Dann gebe ich in der Küche Bescheid«, meint Friedrich. »Ist alles kein Problem.«

Frau Berensky nickt. »Keine Muscheln, kein Weißbrot, kein Gemüserisotto. Ein kleines Steak mit Salat genügt vollkommen.«

»Helen? Anita?« Der Graf sieht uns fragend an.

»Also, ich möchte alles probieren«, sage ich. »Muscheln habe ich schon ewig nicht mehr gegessen, und Gemüserisotto klingt sehr gut. Für mich bitte nichts streichen, auch nicht das Weißbrot.«

Frau Berensky und Frau Gottschalk sitzen da, als hätte ich ihnen gerade vorgeschlagen, mich auf eine Marsmission zu begleiten.

»Sie essen abends unbedenklich Kohlenhydrate?«, fragt Frau Gottschalk entgeistert.

Ich fühle mich provoziert. »Ja. Warum denn nicht? Es geht doch nichts über einen schönen Abend beim Italiener mit einer Pizza und danach ein Tiramisu«, antworte ich und freue mich diebisch über ihr entsetztes Gesicht.

»Pizza steht seit mehr als zwanzig Jahren nicht mehr auf meinem Speiseplan«, sagt Frau Berensky.

»Geht mir genauso«, stimmt Frau Gottschalk zu, aber ich könnte schwören, dass sie lügt.

Ihrer Figur nach zu urteilen verzichtet sie nicht allzu häufig auf Kalorien, auch wenn sie gerade so tut, als ob eine Dauerdiät das Selbstverständlichste auf der Welt wäre.

»Ach, ich liebe italienisches Essen«, sage ich. »Auf Pizza und Pasta könnte ich niemals verzichten. Und erst recht nicht auf mein geliebtes Tiramisu. Welchen Nachtisch gibt es eigentlich heute?« Ich greife nach der Karte.

»Früchtemousse mit Vanilleeis? Perfekt. Ich hätte gern noch Sahne dazu, wenn es geht.«

Frau Berensky fuchtelt mit der Hand. »Also, Freddy, wenn du sowieso mit der Küche sprichst: für uns keinen Nachtisch, bitte.« Sie deutet auf sich und Frau Gottschalk.

Anita schaltet sich ein. »Ich nehme ebenfalls nur Steak und Salat. Auf die Vorspeise und den Nachtisch verzichte ich auch. Sie haben übrigens eine sehr schöne Kette um, Frau Gottschalk.«

Ich kapiere, dass sie vollständig in ihrer neuen Ich-gehöre-dazu-Rolle aufgeht und sich den Gepflogenheiten der feinen Kreise anpassen möchte. Die Gottschalk lächelt geschmeichelt und bedankt sich, was wiederum Anita zum Strahlen bringt. Ich dagegen könnte mir die Leute an unserem Tisch nicht in meinem Freundeskreis vorstellen. Mir fehlen eine gewisse Herzlichkeit und vor allem Humor. Ein dickes Bankkonto ist eben nicht alles.

Friedrich von Strombach winkt einen Kellner heran und erteilt ihm ein paar Anweisungen. Dann wendet er sich wieder mir zu. »Wie gefällt dir das Landhaus Birkenhain? Fühlst du dich hier wohl?«

»Es ist sehr edel eingerichtet und gleichzeitig gemütlich«, antworte ich. »Aber auf Dauer nichts für mich. Ich kann mir nicht vorstellen, mich jemals fürs Golfen zu begeistern, daher werde ich hier vermutlich nicht mehr nächtigen.«

»Was sehr schade wäre.«

»Für mich nicht. Es gibt eben Sportarten, die nicht jedem liegen.«

»Also, das verstehe ich immer noch nicht«, erklärt der Graf. »Vielleicht sollte ich einmal als dein Pro einspringen und dir das eine oder andere zeigen.«

Nach Theo ist er nun schon der Zweite, der sich mir freiwillig als Lehrer anbietet. »Auf keinen Fall bei Regen«, sage ich nur.

»Mir würde das schlechte Wetter nichts ausmachen«, mischt sich Anita ein. »Tiffany ist zwar sehr kompetent, aber ich würde mir gerne auch mal deine Technik anschauen, Friedrich. Natürlich nur, wenn es deine Zeit erlaubt.«

Meine Güte, denke ich, die hat aber ganz schön an ihrer Ausdrucksweise gefeilt.

»Es kommt nicht nur auf die Technik an, sondern vor allem auf das Gefühl«, belehrt uns Herr Betonmischer-Berensky.

»Vorausgesetzt, man weiß, was Gefühle sind«, wirft seine Frau mit säuerlicher Miene ein. »Entschuldigt mich bitte kurz, ich muss mir mal die Nase pudern.«

Sobald sie den Tisch verlässt, lächelt Herr Berensky entschuldigend. »Ihr müsst verzeihen, aber meine Nochehefrau und ich werden voraussichtlich nicht mehr zusammen Golf spielen. Das funktioniert inzwischen auch nicht mehr.«

»Nochehefrau?« Herr und Frau Gottschalk bekommen beide Schnappatmung. »Was ist denn bei euch los?«

»Wir teilen gerade die Vermögenswerte auf. Sie zickt derzeit noch herum, aber sobald alles unter Dach und Fach ist, sind wir geschiedene Leute. Ich werde ihr Unterhalt zahlen müssen, da wir leider keinen Ehevertrag haben.«

Herr Gottschalk hebt die Augenbrauen. »Dann stimmen die Gerüchte also? Ich habe da nämlich was läuten gehört.«

»Es geht wirklich nicht mehr. Sie will es zwar noch nicht öffentlich machen, aber ich wüsste nicht, warum ich das verheimlichen soll«, so der Betonmischer-Mann. »Mein Anwalt sorgt für eine Eins-a-Scheidung. Ich lasse mich nicht gnadenlos rupfen.«

»Andererseits bist du sicher fair?« Frau Gottschalk sieht ihren Mann von der Seite an. »Einiges steht einem ja zu.«

Ich finde es mehr als peinlich, dass hier solche intimen Dinge als Konversation bei Tisch herhalten müssen, noch dazu vor Fremden. »Ich kann mich nicht erinnern, dass wir beim Workshop solche Smalltalk-Themen als Vorgaben hatten«, sage ich leise zu Friedrich. »Herr Berensky war wohl noch nicht bei euch.«

»Ach, alles halb so schlimm«, antwortet der Graf. »Er hat vielleicht schon etwas zu viel getrunken.«

Eine Entschuldigung, die ich ziemlich fad finde. »Du solltest nicht nur dem gemeinen Volk Benimmregeln beibringen, sondern auch deinen feinen Freunden«, sage ich streng.

Anita dagegen scheint ihre Chance zu wittern. Sie dreht sich zu Herrn Berensky um und klimpert mit den Wimpern. »Sie spielen also auch Golf? Ich gestehe, ich habe erst heute meine Leidenschaft für diesen Sport entdeckt. Er ist ganz wunderbar. Ich bin richtig vom Golffieber angesteckt. Sie meinen wirklich, mit dem richtigen Gefühl lernt man es schneller?«

Berensky dreht sich zu ihr und starrt ihr als Erstes in den Ausschnitt. »Auf jeden Fall«, sagt er, ohne den Blick zu heben. »Wenn Sie Hilfe beim Putten benötigen, stehe ich Ihnen gerne zur Verfügung. Oder falls Sie einen Betonmischer brauchen. Immer Qualität eins a.«

Ich unterdrücke einen Lachimpuls, weil das alles so absurd klingt, aber Anita ist ganz angetan.

»Darauf komme ich bestimmt zurück.«

»Ja, zum Beispiel, wenn Sie ein Haus bauen, meine Liebe.« Frau Gottschalk ist offenbar froh, dass niemand mehr über die Ehe der Berenskys spricht. »Als wir damals gebaut haben …«

»… da hat uns der liebe Gotthard ebenfalls unterstützt«, ergänzt Herr Gottschalk. »Bauen Sie auch?«

Amüsiert beobachte ich, wie Anita auch diese Situation meistert. »Derzeit nicht«, antwortet sie. »Ich bin geschieden und brauche momentan nicht so viel Platz für mich alleine. Außerdem würde ich mich in einem großen Haus nur noch einsamer fühlen. Sie ahnen ja nicht, wie lang die Abende sein können, wenn man niemanden hat, den man liebevoll umsorgen kann. Ich bin ja eher ein häuslicher Typ, der auf seinen Partner eingeht und alles für ihn tut. Für ein einsames Leben bin ich nicht geschaffen. Aber irgendwann werde ich bestimmt wieder eine Partnerschaft eingehen und dann … Wer weiß?« Sie lässt den Satz offen.

»Genau. Dann kannst du in Ruhe über Häuser nachdenken. Du musst dich zuerst darauf konzentrieren, wieder glücklich zu werden«, sage ich. »Wenn Golf dich so glücklich macht, dann solltest du dem Club hier beitreten.«

»Das wäre tatsächlich mein Wunsch, ich muss nur zuerst einige Dinge regeln«, antwortet Anita, und mir fällt ein, dass sie vorhin meinte, sie könne es sich nicht leisten.

Berensky sieht sie mit neu erwachtem Interesse an. »Also, wenn Sie einen Mentor brauchen, auf mich können Sie jederzeit zählen«, erklärt er. »Ich würde meine Kenntnisse sehr gerne mit Ihnen teilen. Golf ist meine große Stärke. Meine Nochehefrau wird hier vermutlich nicht mehr allzu oft verkehren. Sie ist viel lieber in unserem Pferdestall, den sie auf Dauer für sich haben kann. Mit Pferden kann ich nämlich nicht so viel anfangen.«

»Ganz genau«, ertönt die Stimme seiner Gattin, die sich wieder hinsetzt. »Zu schade aber auch, wo doch Reiten ebenfalls zu deinen Stärken gehört«, bemerkt sie, und alle verstehen die Doppeldeutigkeit in ihren Worten.

Da kommt endlich die Vorspeise, und ich bin erleichtert. Jeder konzentriert sich auf seinen Teller, und die Gespräche kreisen nur in einer dezenten Lautstärke. Dennoch höre ich, wie sich die Gottschalks über einige Leute echauffieren, die sie auf dem Golfplatz getroffen haben.

»Die lästern echt übelst ab«, würde Ronja sagen, und es nervt mich, dass sie es vollkommen ungeniert tun und sogar ständig irgendwelche Namen nennen. Als irgendwann auch noch der Satz »Der Fontane macht immer einen auf dicke Hose, aber außer Brötchen kann er nichts« fällt, bin ich ehrlich entsetzt.

Ob Anita die Lästereien mitbekommt, weiß ich nicht, denn im Moment sagt sie nicht viel, sondern konzentriert sich offensichtlich ganz auf ihr Essen. Die Serviette liegt perfekt auf ihrem Schoß, das Weinglas steht im richtigen Winkel zum Teller, und mir fällt auf, wie grazil sie das Besteck hält. Entweder ist sie ein Naturtalent, oder sie hat stundenlang geübt. Ich selbst spritze ein paar Tropfen der Muschelsoße auf die weiße Leinentischdecke und schiebe unauffällig den Teller darauf. Die feinen Kreise können mich mal.

»Hattest du eigentlich schon Gelegenheit, dir unser Schloss genauer anzusehen?«, fragt mich der Graf.

»Nein, ich kenne bisher nur einen ziemlich nüchternen Seminarraum und den Restaurantbereich.«

»Oh, da hast du aber einiges verpasst. Ich sollte dich demnächst unbedingt herumführen.« Friedrich von Strombach erzählt mir nun vom Ballsaal, dem Gewölbekeller, von der Bewirtschaftung des Schlosses und welche Pläne er damit und mit dem Golfplatz noch hat. Es ist ein relativ langer Monolog, der mir die Gelegenheit gibt, in Ruhe aufzuessen. Mir fällt allerdings auf, dass er sich fast gar nicht nach mir und meinem Leben erkundigt. Stattdessen macht er mir Komplimente und deutet hier und da einen Flirt an. Sein Hauptinteresse gilt meinen Ansichten über das von ihm geleitete Seminar im Schloss, der Einrichtung meines Hotelzimmers im Landhaus und der Freundlichkeit des Personals in beiden Häusern.

»Ich schätze deine Meinung sehr«, sagt er mehrfach und sieht mir dabei tief in die Augen. Außerdem fallen Sätze wie: »Ich muss dir unbedingt noch den Schlossbrunnen zeigen«, oder: »Wenn wir auf der Ahnengalerie stehen, dann musst du dir unbedingt Onkel Fritz ansehen.«

Es hört sich also ganz danach an, als wollte er mich wiedersehen. Dass er mich um Rat fragt, schmeichelt mir, und ich sage freimütig, was ich von den einzelnen Sachen halte. Trotzdem kommt es mir komisch vor, dass Friedrich nicht ein einziges Mal danach fragt, wofür ich mich so interessiere, oder sich nach meiner Tochter erkundigt. Dann wieder denke ich, dass er sich strikt an seine eigenen Konversationsregeln hält, die er perfekt beherrscht: niemandem zu nahe treten, keine intimen Details entlocken.

Genauso galant ist der Graf auch zu den anderen Gästen und zu Anita, die, sobald sie aufgegessen hat, abwechselnd ihn und Herrn Betonmischer-Berensky anspricht.

Zwischendurch versucht sie zwar auch, uns andere einzubeziehen, aber ihr Interesse gilt eindeutig den beiden Männern.

Als uns zwei Kellner gleichzeitig Wein nachschenken, flüstert Anita mir zu: »Sei mir bitte nicht böse, Helen, dass ich vor allem mit den Single-Kerlen quatsche, aber so eine Chance kommt vielleicht nie wieder. Du hast selbst gehört, dass der Baufritze kurz vor der Scheidung steht, und der Graf ist sowieso noch auf dem Markt. In meinem früheren Leben hätte ich mich an den Kellner rangemacht, weil er einen echt süßen Knackarsch hat, aber die Zeiten sind vorbei. Niveau ist für mich keine Handcreme mehr.«

Sie lacht, und mit ihrer Offenherzigkeit hat sie mich mal wieder total auf ihrer Seite. Ich denke, dass ich den Artikel komplett verfremden werde, damit sich Anita nicht darin wiedererkennt. Inzwischen will ich sie gar nicht mehr als Hochstaplerin darstellen. Sie ist clever, sie ist witzig, und sie ist willensstark. Bisher habe ich sie bei keiner einzigen Lüge ertappt – sie hat höchstens ein paar Dinge verschwiegen. Aber tun wir das nicht alle?

Gleichzeitig frage ich mich, wie der Abend wohl enden wird. So tief, wie mir Friedrich von Strombach in die Augen schaut, geht das definitiv über eine normale Bekanntschaft hinaus. Gleichzeitig kann ich sein Interesse an mir nicht richtig einordnen. Ich bin keine zwanzig mehr, komme nicht aus seinen Kreisen und wie ich schon selbst erleben durfte, könnte er sowieso jede Frau haben.

»Du wirkst so nachdenklich, Helen«, sagt der Graf und reißt mich aus meinen Gedanken.

Ich fühle mich ertappt, obwohl er gar nicht wissen kann, was ich überlegt habe. »Ich denke … über die Leute hier nach«, schwindele ich rasch.

»Ja, in unserem Golfclub tummeln sich schon ein paar spezielle Typen. Aber die Lokalprominenz ist auch hier, daher werden auf dem Golfplatz wirklich viele Geschäfte abgewickelt«, antwortet er. »Wenn du dich jetzt im Saal oder auch tagsüber auf dem Grün umsiehst, dann merkst du, dass die Freizeit auch zum Arbeiten genutzt wird. Es ist immer gut, wichtige Freunde zu haben.«

»Dann kennst du sicher auch ein paar Leute aus der Stadtverwaltung, oder?«, frage ich, denn mir kommt gerade eine Idee.

Friedrich nickt. »Natürlich. Unser Bürgermeister spielt ebenfalls Golf, genauso wie diverse Ratsherren.«

Ich beuge mich zu ihm. »Ist heute Abend jemand von Ihnen hier? Irgendwer, der zufällig für die Schulpolitik zuständig ist?«

»Schulpolitik?« Graf von Strombach sieht mich überrascht an. »Warum? Wird der kleine Räuber bald eingeschult?«

Tja, denke ich. Da du nicht gefragt hast, werde ich dir auch nicht erzählen, dass der kleine Räuber schon fünfzehn und ein Mädchen ist. Laut sage ich: »Nein, ich habe da etwas gehört, dass die Schultoiletten von der Stadt nicht richtig instand gesetzt werden. Sie sind renovierungsbedürftig, außerdem bemüht der Direktor sich um eine Toilettenaufsicht, aber die Anträge werden von der Verwaltung weder beantwortet noch bearbeitet.«

»Oh«, nickt Friedrich. »Warte … Nein, leider sehe ich niemanden, der dafür zuständig wäre. Aber für morgen Nachmittag hat sich der Bürgermeister angesagt. Vielleicht ergibt sich für dich ja eine Gesprächsgelegenheit. Ich stelle dich ihm gerne vor.«

Sehr gut. »Ja bitte. Ich finde es nicht nur als Mutter unmöglich, dass alles, was mit unseren Kindern und deren Bildung zu tun hat, nicht die nötige Priorität hat. Toiletten sind nun mal wichtig. Ich werde den Bürgermeister fragen, ob er auch schon einmal auf einer kaputten Klobrille ohne Toilettenpapier gesessen hat.«

Anita, die mir zugehört hat, mischt sich ein. »Ganz bestimmt nicht. Die hohen Herren haben doch keine Ahnung, was auf der Straße passiert.«

Graf von Strombach lächelt. »Helen, du bist ja offensichtlich wild entschlossen. Wie ich von Theo erfahren habe, bist du in anderen Dingen genauso emotional.«

Ich höre wohl nicht richtig. Die Herren haben sich über mich unterhalten? Weiß Friedrich etwa auch von dem Kuss? »Das hätte er nicht erzählen sollen«, sage ich erbost.

»Warum denn nicht? Ich finde es wichtig, dass jemand in seiner Arbeit aufgeht. Diese Leidenschaft suche ich ebenfalls.«

Er sieht mir wieder tief in die Augen, und ich atme beruhigt aus. Offenbar hat Theo junior nur von meiner Pressetätigkeit berichtet.

# 12

Lieber Doktor Gabriel,
würden Sie bitte die Aufmerksamkeit der Kommunalpolitik auf den desolaten Zustand der Schultoiletten in unserer Stadt lenken, auch wenn das normalerweise nicht Ihr Fachgebiet ist? Da Ihren Kummerkasten sehr viele Menschen lesen, hoffe ich, dass nun jeder mitbekommt, dass sich die Stadt darum überhaupt nicht kümmert.
Hochachtungsvoll
Die Eltern

Während ich mein Steak genieße, formuliere ich in Gedanken einen Brief an mich selbst. Wenn mein Gespräch mit dem Bürgermeister nichts bewirkt, werde ich auch von dieser Seite Druck ausüben. Zusammen mit dem Artikel, den Zeidler hoffentlich bald bringt, dürfte das für einigen Gesprächsstoff in unserer Kleinstadt sorgen. Ich bin sicher, dass nicht nur die Schule meiner Tochter mit solchen Problemen zu kämpfen hat, daher betrifft es auch die Allgemeinheit. Ja, in dem Punkt hat der Graf recht. Ich bin sehr leidenschaftlich und kann mich in eine Sache richtig verbeißen.

Plötzlich höre ich es in meiner Handtasche wieder piepen, und mir fällt auf, dass ich weder mein Handy leise gestellt habe noch die vorherigen Nachrichten lesen konnte.

»Bin sofort wieder da«, sage ich entschuldigend und weiß, dass es ein Fauxpas ist, das Essen kalt werden zu lassen.

Ich eile in den langen Korridor hinaus und hole das Telefon aus der Tasche. Dreizehn Nachrichten. Die erste ist von Bernadette, die »Ich sterbe vor Neugierde, melde dich unbedingt morgen« geschrieben hat, drei weitere sind von meinem Exmann, die restlichen von Ronja. Ich lese mich durch die Mitteilungen und kapiere, dass sie meine Erlaubnis haben will, mit Vanessa abends ins Kino zu gehen. »Wir wollen dich nicht anrufen und stören, aber Papa weiß nicht, ob das okay ist. Bitte schreib ihm und sag, dass das klargeht.«

Ich sehe auf die Uhr und denke, dass die beiden das sicher irgendwie selbst geregelt haben, denn wir haben mittlerweile halb neun. Ich nutze die Zeit, um auf die Toilette zu gehen, und während ich mir die Hände wasche, fällt mir siedend heiß etwas ein, das mich erstarren lässt.

»Vanessa ist in München, hat ihre Mutter erzählt«, sage ich laut. »Mit wem will Ronja sich denn dann treffen?«

Ich hole mein Handy heraus und versuche hektisch, Stefans Nummer aufzurufen. Nach dem fünften Klingeln hebt er ab.

»Lindner.«

»Hier auch, das siehst du doch auf dem Display. Wo ist meine Tochter?«

»Sie ist auch meine Tochter.« Seine Stimme klingt merkwürdig. »Wie bist du denn drauf?«

»Also? Ist sie bei dir?«

Stefan räuspert sich. »Entschuldige, ich muss mich kurz sammeln. Wie spät ist es?«

»Halb neun. Was ist nun mit Räuber? Hol sie bitte ans Telefon.«

»Geht nicht, sie ist mit ihrer Freundin im Kino. Sie meldet sich, wenn sie fertig ist, vielleicht geht sie hinterher noch mit zu Vanessa. Haben wir dir alles geschrieben, aber du hast dich ja nicht gemeldet. Ronja meinte, das ginge klar. Außerdem kann ich so was auch mal allein entscheiden, oder?«

Ich bekomme Schweißausbrüche. »Stefan, Vanessa ist in München. Ich habe vorhin zufällig ihre Mutter getroffen. Ronja kann also gar nicht mit ihrer Freundin ins Kino gegangen sein. Sie hat uns angelogen. Du musst sie sofort abholen!« Meine Stimme klingt schrill. »Wer weiß, wo sie ist und was sie gerade macht. Sie ist doch erst fünfzehn.«

Er räuspert sich wieder, und ich höre Gläserklirren. »Beruhige dich. Ich habe sie persönlich zum Kino gefahren und dort abgesetzt. Bist du sicher, dass diese Vanessa nicht dabei ist? Oder heißt sie vielleicht anders? Larissa? Melissa? Die Namen sind doch heutzutage alle gleich.«

Dieser Zug an meinem Exmann treibt mich schier zur Weißglut. »Sie heißen nicht alle gleich. Und Ronja hat in ihrer Nachricht eindeutig von Vanessa geschrieben. Die ist aber in München.«

»Ganz bestimmt?«

»Ganz sicher. Du musst sofort losfahren und unsere Tochter suchen! Es könnte sein, dass sie mit einem Jungen unterwegs ist. Heimlich, verstehst du? Wer weiß, was das für ein Typ ist.«

Endlich scheint Stefan bei der Sache zu sein. »Ein Junge? Wer denn?«

»Keine Ahnung, die Mutter von Vanessa hat es mir erst vorhin erzählt. Dass es da einen gewissen Sunny gibt.«

»Sani? Wie Sanitäter?«

Ich verdrehe die Augen und werde gleichzeitig noch panischer. »Nein. Sunny wie Sonne.«

»Was für ein blöder Name für einen Jungen.«

Ich werde noch wahnsinnig. »Das ist doch jetzt egal! Fakt ist, dass sie uns angelogen hat. Hat sie dir gegenüber diesen Namen schon mal erwähnt?«

»Nein. Nicht dass ich wüsste, aber sicher bin ich mir auch nicht …«

»Kannst du bitte versuchen, sie vom Festnetz aus zu erreichen?«, sage ich. »Ich bleibe solange dran.«

Mein Exmann brummt etwas Unverständliches, dann höre ich ein Rascheln, ein paar leise Töne und danach nichts mehr.

»Hallo?«, rufe ich in den Hörer.

»Ja, ich bin noch dran«, antwortet er. »Ronja geht nicht ans Handy. Ist doch klar, im Kino muss man das auch ausschalten.«

»Falls sie überhaupt dort ist. Vielleicht ist sie ja zu beschäftigt, um zu telefonieren.«

Ich fasse einen Entschluss. Ich werde hier nicht mehr ruhig sitzen und essen können, während meine Tochter ein heimliches Rendezvous hat und dabei sonst was tut. Tatsache ist sowieso, dass sie uns angelogen hat, und das müssen wir zeitnah klären.

Vor meinem geistigen Auge laufen ganze Filme ab, die mir überhaupt nicht gefallen und alle den Titel *Schulmädchenreport* tragen. »Hör zu, Stefan, du fährst am besten gleich zum Kino. Ich packe meine Sachen und komme auch dorthin. Wir treffen uns vor dem Eingang, ja? Bitte geh rein und suche sie. Wir müssen jetzt an einem Strang ziehen. Lügen und betrügen, das geht gar nicht!«

»Aber ich weiß nicht mal, welchen Film sie sich ansehen wollte«, protestiert Stefan lahm.

»Das ist mal wieder typisch«, motze ich. »Du kennst die Namen ihrer Freundinnen nicht und hörst ihr auch sonst nicht zu. Du musst dich mehr um sie kümmern. Ich wette, dass du Fußball geschaut hast und froh warst, dass du deine Ruhe hattest.«

Es ist deutlich zu hören, wie er schluckt. »Unterstell mir nichts. Ich wollte dich ja fragen, ob das okay ist mit der Abendvorstellung, aber du warst nicht erreichbar.«

Ich werde leicht hysterisch, und wenn das passiert, kann ich nicht mehr klar denken. »Dann bin ich also schuld daran, oder was? Du hattest heute die Aufsicht! Und die Verantwortung!«

Eine Frau geht an mir vorbei und sieht mich streng an. Ich senke die Stimme.

»Wir reden nachher weiter, jetzt hole ich erst mal meine Sachen und mache mich auf den Weg. Das Stadtkino hat nur drei Filmsäle. Wenn du Ronja gefunden hast, schnapp sie dir, und dann wartet ihr auf mich. Das Fräulein soll sich warm anziehen!«

Insgeheim hoffe und bete ich, dass meine Tochter wirklich im Kino ist und nicht auf dem Rücksitz irgendeines Autos. Wer auch immer dieser Sunny ist, dem wird bald nicht mehr sonnig zumute sein. Er wird mich kennenlernen! Ronja dazu anzustiften, ihre Eltern anzulügen. Mein kleines Mädchen.

»Dem werde ich die Meinung geigen. Und sie bekommt ein Jahr lang Hausarrest«, sage ich halblaut, während ich in mein Zimmer eile, hastig meine Klamotten zusammenpacke und dann zur Rezeption laufe.

»Ich möchte auschecken. Ein unerwartetes Familienproblem«, sage ich, während ich meine Kreditkarte über die Theke schiebe.

Dann fällt mir ein, dass sich meine Tischnachbarn vielleicht wundern, warum ich nicht zurückkomme, also kritzele ich eine kurze Nachricht an den Grafen. »Tut mir leid, aber ich musste aus familiären Gründen sofort abreisen. Viele Grüße, Helen Lindner.« Für ausführlichere Erklärungen ist keine Zeit.

»Würden Sie diesen Zettel bitte ins Restaurant bringen lassen? Der Empfänger ist Graf von Strombach.«

Der Rezeptionist verspricht es, und ein paar Minuten später sitze ich am Steuer und bin auf dem Weg nach Hause. Stefan hat sich bisher nicht gemeldet, was nur bedeuten kann, dass er Ronja im Kino nicht gefunden hat. Im Geiste male ich mir die schrecklichsten Szenarien aus und werde immer hysterischer.

»Die sperre ich ein bis zu ihrem achtzehnten Geburtstag.« Ich schwanke zwischen Drohungen und Gebeten. »Aber bitte, lieber Gott, lass ihr bloß nichts passiert sein.«

Ich bin den Tränen nahe und würde am liebsten jemanden anrufen, aber ich möchte Bernadette in ihrem Zustand nicht aufregen. Katrin ist im Urlaub, und meine Eltern würden mir bloß Vorwürfe machen. Damit bleiben nicht mehr viele Leute übrig. Vor meinen anderen Bekannten will ich mir nicht die Blöße geben, dass mich meine Tochter anlügt und mit Jungs rummacht.

Als ich vor dem Kino ankomme, sehe ich meinen Exmann auf und ab laufen.

»Hast du gründlich nachgeschaut? War Ronja wirklich nicht im Kino?«, frage ich, als ich atemlos auf ihn zustürze.

»Ich hab noch nicht nachgeschaut, das war mir unangenehm. Ich wollte erst auf dich warten«, antwortet er. »Barbara meinte auch, dass wir nicht überreagieren sollen. Ronja ist schließlich schon fünfzehn.«

»Barbara?«, schreie ich ihn an. »Was hat deine Freundin mit dem Verschwinden meiner Tochter zu tun? War sie etwa bei dir?«

Er zuckt mit den Schultern. »Nachdem Ronja weg war, ist Barbara kurz vorbeigekommen. Sie wollte so lange bleiben, bis ich die Kleine wieder abhole.«

Ich atme tief durch. Okay, es ist sein Privatleben. Jetzt geht es nur um unsere Tochter. »Und warum warst du noch nicht im Kino drin?«

Er streicht sich das Haar aus dem Gesicht. »Ich wollte der Frau an der Kasse nicht erklären müssen, warum ich die Säle stürme. Das ist doch blöd. Ich mag keine Konfrontationen. Können wir nicht warten, bis die Vorstellung vorbei ist?«

»Nein, können wir nicht.« Ich bin fest entschlossen. »Ich will auf der Stelle wissen, ob sie überhaupt da drin ist, und wenn ja, mit wem. Lügen werden nicht geduldet.«

»Dann geh alleine rein, ich warte hier.«

Das ist mal wieder typisch. Kaum wird es schwierig, zieht Stefan den Schwanz ein. Das war schon immer so. Den einzigen mutigen Schritt in seinem Leben hat er getan, als wir damals geheiratet haben, weil ich schwanger war. Aber damals waren wir auch verliebt.

»Okay, warte hier.«

Ich zwinge mich, normal zu gehen, denn am liebsten würde ich das Kino stürmen. Die Kasse ist nicht besetzt, nur an der verlassenen Popcorntheke steht ein einsamer Ordner.

»Möchten Sie Karten für die Spätvorstellung kaufen?«, fragt er.

»Nein, ich suche meine Tochter. Es ist ein Notfall, und ich muss sie leider aus der Vorstellung holen.«

»In welchem Film ist sie denn?«

»Das weiß ich leider nicht«, erkläre ich. »Kann ich mal eben in die Säle reinschauen?«

»Wir sind fast ausverkauft«, meint er. »Wie stellen Sie sich das vor? Sie wissen weder, was sie schaut, noch, wo sie sitzt. Wollen Sie jedem mit einer Taschenlampe ins Gesicht leuchten?«

Ich balle die Fäuste. »Wenn's sein muss, ja. Oder Sie machen eine Durchsage.«

Der Ordner hebt die Augenbrauen. »Ausgeschlossen. Ich kann die Leute doch nicht stören. Schon gar nicht in allen drei Kinos. Das geht nicht, tut mir leid. Sie müssen warten, bis die Vorstellungen vorbei sind.« Er schaut auf die Uhr. »In ungefähr einer Stunde dürften alle raus sein.«

Jetzt werde ich wütend. »Hören Sie! Ich habe Ihnen gerade erklärt, dass es sich um einen Notfall handelt«, sage ich, und meine Stimme überschlägt sich. »Wenn's sein muss, hole ich die Polizei und sorge hier richtig für Theater. Ich bin Journalistin. Wollen Sie, dass ich auch noch die *Bild*-Zeitung informiere? Sie behindern hier gerade die Suche einer Mutter nach ihrer minderjährigen Tochter. Das gibt eine schöne große Schlagzeile, denn so etwas hat niemand gern. Wir sind hier in einer Kleinstadt, und ich sorge dafür, dass alle Eltern erfahren, wie unflexibel und wenig hilfsbereit Sie sich in einem Notfall gezeigt haben.« Ich rede mich richtig in Rage. Dieser kleine Wichtigtuer wird mich nicht davon abhalten, nach Ronja zu suchen. Lege dich nie mit einer Mutter an! »Kontakte zur Stadtverwaltung habe ich auch. Mal sehen, was hier sonst noch alles nicht richtig rundläuft. Wann war denn der Brandschutz das letzte Mal hier? Wie sieht Ihr Notfallplan aus? Und wo ist überhaupt Ihr Boss?«

Der Ordner sieht mich mit kugelrunden Augen an. »Ähm, der ist nicht hier. Aber ich kann ihn anrufen, wenn Sie möchten.«

Mann, Junge! Das geht alles von meiner Zeit ab. Laut sage ich: »Das müssen Sie selbst entscheiden. Entweder Sie rufen ihn an, während ich die Zeitung und die Polizei hole, oder Sie lassen mich einfach leise in die Säle hineinschauen, und wir machen kein großes Trara um die Sache.«

Er nickt. »Okay, es gehen ja auch Leute auf die Toilette und so. Da fällt es sicher nicht auf, wenn Sie leise hineingehen. Aber Sie müssen mir versprechen, sich nicht auffällig zu verhalten.«

Du kannst mir gar nichts vorschreiben, denke ich, nicke aber beschwichtigend. »Jaja, nun lassen Sie mich endlich vorbei.«

Wenn ich dem Ordner gesagt hätte, dass meine Tochter nur vielleicht im Kino ist, wäre ich bestimmt nicht so überzeugend gewesen. Daher hoffe ich, dass er mir nicht folgt.

»Hören Sie, es ist unauffälliger und weniger störend, wenn ich allein hineingehe«, erkläre ich. »Sie können doch hier auf mich warten, oder? Ich habe nicht vor, für Unruhe zu sorgen, sondern muss sie bloß finden.«

Er nickt. »Okay, gehen Sie. Aber ich will keinen Ärger mit den Gästen.«

Saal 1 ist ganz hinten, daher fange ich mit Kino 3 an. Dort läuft ein Fantasyfilm, was Ronja gerne mag, also hoffe ich, sie schnell zu entdecken. Ich schlüpfe hinein und sehe erst mal gar nichts. Meine Augen brauchen einen Moment, um sich an die Dunkelheit zu gewöhnen. Ich bleibe an der Tür stehen und versuche die Reihen abzuchecken. Mich erwartet das gleiche Problem wie auf dem Schulhof: lauter Mädchen mit langen dunklen Haaren. Ich sehe meinte Tochter nicht, aber vielleicht erkenne ich sie ja auch nur schlecht. Schade, dass ich kein Nachtsichtgerät besitze. Ich nehme mir vor, mir umgehend eines zu besorgen.

»Ronja?«, rufe ich leise. Und dann erneut, diesmal etwas lauter: »Ronja?«

»Nein, nur Gwendolyn«, ruft jemand zurück.

»Und Gideon.«

Ein paar Jugendliche lachen.

»Pst!«, macht jemand.

Okay, hier ist sie offenbar nicht. Ich schleiche mich leise hinaus und atme durch. In Saal 1 läuft ein Actionstreifen und im Kino 2 eine romantische Liebeskomödie. Mit Freundinnen würde Ronja sicher in die Komödie reingehen, aber mit einem Jungen vermutlich eher in den Actionfilm, oder? Dann fällt mir ein, dass ich früher mit meinem Freund auch lieber in die Liebesfilme gehen wollte, weil man dort so schön Händchen halten und sich küssen konnte …

Mir läuft es eiskalt den Rücken herunter. Da war ich aber schon achtzehn! Die Vorstellung, meine Tochter knutschend im Kinosessel vorzufinden, lässt meinen

Puls sofort wieder rasen. Ich marschiere schnurstracks ins Kino 2 und stelle fest, dass sich die Tür diesmal im hinteren Bereich des Saals befindet. Sehr praktisch. Ich sehe die Zuschauer zwar nur von hinten, aber so kann ich in Ruhe die Köpfe studieren. Ich checke die Reihen ab und bleibe in der drittletzten am rechten Rand hängen. Da! Dunkles, glattes Haar, und die Kopfform stimmt auch. Das muss sie sein. Ich bin erleichtert, versuche sie aber erst noch von der Seite zu betrachten. Eindeutig, es ist Ronja.

Gott sei Dank. Sie liegt nicht auf dem Rücksitz eines Autos mit beschlagenen Scheiben, sondern ist tatsächlich im Kino.

Aber eindeutig nicht mit Vanessa. So, mein Fräulein, denke ich, jetzt sehe ich mir erst mal diesen Gangster Sunny an, und dann hole ich dich hier raus. Dass du deine Eltern anlügst, wird Folgen haben.

Sunny sitzt direkt neben ihr und ist blond, allerdings hat er lange Haare. Ein langhaariges Monster als erster Freund? Das entspricht nicht gerade meiner Wunschvorstellung. Wahrscheinlich ist er auch noch tätowiert oder gepierct, spielt in einer Heavy-Metal-Band und kifft.

In diesem Moment küsst sich das Pärchen auf der Leinwand innig. »Schleimig und eklig« hat Ronja das noch vor einem Jahr genannt, und heute sitzt sie selbst mit einem Jungen im Kino, und wer weiß, was sie mit ihm macht. Gerade eben beugt sie sich zu ihm rüber.

Ich schleiche mich ein paar Stufen hinunter und gehe neben dem Außenplatz in der drittletzten Reihe in die Hocke. »So, mein Fräulein, erwischt. Du kommst auf der Stelle mit«, zische ich.

»Mama?« Ronja fährt erschrocken zusammen. »Boah, hast du mich übelst erschreckt. Was machst du denn hier? Ist was passiert?«

»Noch nicht, aber gleich«, sage ich. »Los, wir gehen!«

»Ruhe bitte!«, kommt eine Stimme aus der Reihe vor uns.

»Wohin sollen wir denn gehen? Der Film ist noch nicht zu Ende«, flüstert Ronja. »Wieso bist du überhaupt hier? Krass!«

»Weil du lügst! Vanessa ist in München, und du treibst dich hier mit irgendwelchen Leuten herum.«

»Was? Chill mal!«

»Ruhe! Wenn Sie sich unterhalten wollen, dann gehen Sie raus!«, ruft schon wieder jemand.

Ich ziehe meine Tochter am Ärmel. »Auf geht's. Wir reden draußen weiter.«

Sie reißt sich los. »Du spinnst echt total, Mama. Lucy und ich können dir das erklären …«

*Lucy?*

Ich komme aus der Hocke hoch und sehe Lucys erschrockenes Gesicht neben meiner Tochter.

»Ist er dahintergekommen?«, fragt sie.

Jetzt verstehe ich gar nichts mehr. Das langhaarige Monster ist nicht Sunny oder ein anderer Junge, sondern Lucy, Ronjas zweitbeste Freundin. Was geht hier vor? Und wer soll hinter was gekommen sein?

»Ruhe, aber sofort!«

»Kommt.« Ronja hält den Zeigefinger an die Lippen und bedeutet mir und Lucy, ihr nach draußen zu folgen.

Vor dem Saal bleibe ich stehen. »Was geht hier ab?«, will ich wissen. »Wo ist Sunny?«

»Sunny? Was hat der denn damit zu tun?« Das ist Lucy.

»Woher weißt du von Sunny?« Der Satz kommt von meiner Tochter.

»Haben Sie sie gefunden?« Das ist der Ordner.

Ich nicke.

»Dann seien Sie bitte etwas leiser oder gehen am besten raus.«

Ich packe Ronja am Arm und schiebe sie nach draußen. Lucy folgt uns zögernd.

»Lass mich los! Was hast du denn für Probleme? Chill mal, ey!«, protestiert meine Tochter.

Sofort verstärke ich den Griff. »Wir unterhalten uns draußen.«

»Räuber! Hat die Mama dich gefunden? Du hast uns ja einen schönen Schrecken eingejagt! Wo ist denn der Sani? Ach, die Vanessa ist doch nicht in München?« Das ist mein Exmann, der mal wieder den Good Cop mimt, wodurch für mich natürlich wieder nur der Bad Cop übrig bleibt.

Ronja wirft sich in seine Arme. »Papa! Wieso ist die Mama hier? Und warum holt sie mich aus dem Kino raus?«

»Ja, wieso eigentlich?«

Stefan sieht mich erstaunt an, und ich hätte große Lust, ihn zu treten. Seine alte Angewohnheit, mich sofort zum Buhmann abzustempeln, wenn es um seine geliebte Tochter geht, war schon früher häufiger mal Grund für einen Streit.

Ich atme tief durch. »Jetzt mal der Reihe nach. Für dich, Stefan, zum Mitschreiben. Das hier ist Lucy, nicht Vanessa, denn die ist in München, nicht wahr, Räuber?«

Unsere Tochter nickt stumm.

»Da ich nicht annehme, dass du, mein Fräulein, deine eigenen Freundinnen verwechselst, hast du uns bewusst angelogen, oder?«

Sie nickt noch einmal, diesmal zögerlicher. »Aber …«

»Moment. Du bist gleich dran, erst zähle ich die Fakten für Papa auf. Ronjas Freund heißt Sunny, nicht Sani, klar, Stefan? Den habe ich im Kino allerdings nicht gefunden. Vielleicht ist er untergetaucht, als er mich gesehen hat. Jedenfalls hat Lucy nach ihm gefragt. Ob er dahintergekommen ist, oder so.«

Meine Tochter und ihre Freundin wechseln einen Blick. »Frau Lindner, ich hab das ganz anders gemeint«, sagt Lucy. »Und es ging gar nicht um Sunny.«

»Ja, Mama. Jetzt chill mal. Ich kann alles erklären. Lucy, ich muss es rauslassen, geht das für dich klar?«

Als Lucy nickt, fährt Ronja fort. »Ich habe keinen Freund. Und Sunny ist … Ach, total unwichtig. Jedenfalls hat er damit nichts zu tun, und ich hab mich auch noch nie mit ihm getroffen. Wir waren hier, weil wir jemanden beschattet haben.«

»Beschattet? Bist du jetzt vollkommen übergeschnappt?« Stefan spricht aus, was ich gerade denke.

»Im Kino? Lügst du etwa schon wieder?«

»Nein«, Ronjas Stimme bricht, und ich merke, dass sie den Tränen nahe ist.

Ein paar Passanten gehen an uns vorbei und mustern uns neugierig. Ich erkenne die Leiterin der örtlichen Bücherei und nicke ihr kurz zu.

Dann seufze ich. »Warte bitte. Hier an der Ecke ist doch ein Café. Lasst uns uns kurz reinsetzen, bevor wir noch zum Stadtgespräch werden. Dann können wir weiterreden.«

Wir setzen uns an einen Tisch, und ich ignoriere das Klingeln meines Handys. Wer immer es ist, er muss warten. Ronja ist das Wichtigste für mich, das ist mir vorhin wieder einmal klar geworden.

»Also?«, sage ich sanft. »Nicht heulen bitte. Erzähl einfach alles der Reihe nach. Papa und ich werden versuchen, dich nicht zu unterbrechen.«

Meine Tochter sieht wieder Lucy an. »Darf ich?«

»Auf jeden Fall.«

Ronja holt tief Luft. »Du weißt doch, dass Lucys Mutter auch geschieden ist.«

Ich nicke. »Was hat das damit zu tun?«

»Boah, eh! Du wolltest mich doch nicht unterbrechen.«

»Entschuldige. Ich halt ja schon den Mund.« Auch wenn es mir schwerfällt.

»Jedenfalls hat sie seit einiger Zeit einen Freund. Den Lucy nett ganz findet, stimmt's?«

Lucy schaltet sich ein. »Ja, Emil ist echt in Ordnung. Er hat meine Mutter gern, kümmert sich um sie, ist zuverlässig, hilfsbereit und echt freundlich. Früher hatte meine Mama nur so komische Lover, aber diesmal scheint es was Ernstes zu sein. Was echt gut für sie wäre.«

Mir fällt auf, dass Stefan bei dem Wort »Lover« zusammenzuckt, vermutlich vergleicht er sich gerade mit Lucys Mutter.

»Ja«, fährt Ronja fort. »Vorhin hat mich Lucy angerufen, weil sie den Verdacht hatte, dass Emil ihre Mama betrügt.«

Ich ziehe die Stirn in Falten. »Ich denke, er ist zuverlässig und es sei was Ernstes?«

Lucy nickt. »Ich hab durch Zufall mitbekommen, dass er auf seinem Handy das Kinoprogramm gecheckt und dann telefoniert hat. Da meine Mama heute Spätdienst im Pflegeheim hat, wusste ich, dass er nicht mit ihr gehen würde. Also wollte ich herausfinden, mit wem er im Kino ist.«

Ronja schaltet sich wieder ein. »Da hat Lucy mich eben gefragt, ob ich mit ihr zusammen Detektiv spielen will. Weil ich nicht wusste, wie das Ganze ausgeht und wie lange wir brauchen, hab ich gesagt, ich gehe mit Vanessa ins Kino und dann noch mit zu ihr. Ich wusste ja, dass dort heute niemand zu Hause ist, also hättet ihr es nicht rausgefunden. Vanessa hat mir geschrieben, dass sie als Alibi perfekt ist, weil ihre Eltern bis morgen verreist sind.«

Jetzt muss ich doch grinsen. »Tja, sie hat nur nicht erwähnt, dass ihre Eltern zum Golfen gefahren sind, und zwar genau in das Landhaus, in dem auch ich war. Lügen haben eben kurze Beine.«

»Ach ja, du golfst ja jetzt auch, hab ich ganz vergessen.« Stefan starrt mich an.

»Ich golfe nicht, aber das ist nebensächlich. Und bevor wir über weitere Maßnahmen sprechen: Wie ist die Geschichte denn ausgegangen? War dieser Emil mit wem anders da? Mit Sunny vielleicht?« Den Seitenhieb kann ich mir nicht verkneifen, aber zu meiner Überraschung reagieren die Mädchen nicht entrüstet, sondern brechen in Gelächter aus.

»Das wär voll die Sensation«, sagt Ronja kichernd.

Und Lucy meint: »Ja, echt krass. Nein, Frau Lindner. Emil war alleine im Kino und hat sich nen total kitschigen Liebesfilm reingezogen. Wir saßen zehn Reihen hinter ihm und haben's echt nicht geglaubt. Die ganze Zeit hab ich gedacht, dass noch jemand kommen wird, aber die Plätze neben ihm waren alle besetzt. Wie krass ist das denn? Jetzt weiß ich gar nicht, ob ich das meiner Mama sagen soll.«

Ich seufze und höre förmlich, wie schwer der Stein war, der mir soeben vom Herzen fällt. Die ganze Geschichte hat sich als total harmlos entpuppt.

»Weißt du, Lucy, wenn ich dir einen Rat geben darf. Ich an deiner Stelle würde erst abwarten, denn ich könnte mir vorstellen, dass Emil deiner Mama von seinem Kinobesuch erzählt. Ich finde, es ist nichts dabei, sich einen kitschigen Film im Kino anzuschauen. Auch nicht als Mann. Danach würde ich deiner Mutter auf jeden Fall noch von eurer Beschattung erzählen. Sie sollte wissen, welche Sorgen du dir machst, und du könntest auch offen mit ihr darüber reden, was du sonst nur mit Ronja besprichst.«

»Sie meinen, über die Freunde, die meine Mutter vor Emil hatte? Ich hab immer so getan, als würd ich's nicht mitbekommen.«

Ich sehe sie fest an. »Das sollte deine Mama auf jeden Fall erfahren. Es ist wichtig, dass sie weiß, was dich bewegt. Du bist ihr Kind, und ich bin sicher, dass sie vor allem will, dass du glücklich bist.«

# 13

Lieber Dr. Gabriel,
meine Mama hat mir eine Woche Hausarrest verpasst, weil ich zu einer Notlüge gegriffen habe. Ich habe voll verstanden, dass es blöd war, und mich auch entschuldigt. Außerdem war ich stolz darauf, wie sie mit meiner Freundin gesprochen hat und welche Ratschläge sie ihr gegeben hat. Aber könnten Sie ihr bitte sagen, dass eine Woche krass übertrieben ist? Ich würde Sie voll dafür feiern!
Es umarmt Sie aus der Ferne
R.

*Liebe R.,*
*du hast etwas Dummes getan. Die Lüge war eine Sache, aber jemanden anderen zu beschatten war keine Heldentat, ganz egal aus welchen Gründen ihr das gemacht habt. Für die Zukunft solltest du dir merken, dass man offen miteinander reden sollte. Auch was einen gewissen Sunny anbelangt. Und solange du darüber nicht reden willst, bleibt es beim Hausarrest.*
*Komm sofort in meine Arme*
*M.*

»Boah, Mama, chill mal! Ich hab schon eingesehen, dass die Aktion nicht so klasse war. Aber du bist echt übelst nachtragend.« Meine Tochter steht an meinem Schreibtisch und schüttelt den Kopf. »Und was Sunny angeht. Wer hat da nicht dichtgehalten? Ich will erst wissen, was du weißt.«

Drei Tage sind seit dem Samstag vergangen, und Ronja hat mir erzählt, dass Lucy total happy sei, weil Emil ihrer Mutter direkt am nächsten Tag von seinem Kinoabend erzählt hat und mit ihr zusammen am Nachmittag noch mal in denselben Film gegangen ist, weil er ihn so toll fand. Danach hat Lucy meinen Rat beherzigt und ihrer Mama alles anvertraut, was sie bewegt. Wie das Ganze detailliert ablief, wusste Ronja nicht, aber am Ende hätten »alle übelst geweint und sich voll in den Armen gelegen. So stand's in Lucys WhatsApp«, berichtete sie. »Mama, ich denk, du bist ein guter Psycho-Doc. Eine echte Konif … Ach, du weißt schon, was ich meine.«

Insgeheim war ich erleichtert, dass die ganze Sache so harmlos abgelaufen war und die Mädchen nicht entdecken mussten, dass jemand einen anderen betrügt, trotzdem war ich noch immer sauer. Vor allem weil Ronja sich standhaft weigert, etwas über den ominösen Sunny preiszugeben. Sie schiebt ein paar Unterlagen zur Seite und hockt sich auf den Tisch. Als sie noch ein kleines Mädchen war, habe ich sie ganz oft genau an diesen Platz gesetzt. Dann hat sie immer so süß mit ihren Beinchen gebaumelt, denke ich plötzlich wehmütig. »Okay, wir machen einen Deal«, sagt sie langsam.

»Aha.« Ich klappe mein Notebook zu. Sie ist kein kleines Mädchen mehr, so viel steht fest. »Ich bin ganz Ohr.«

»Du sagst mir, woher du das mit Sunny weißt, und wenn du versprichst, uns nicht auszulachen und es niemandem zu erzählen, dann verrate ich dir, wer Sunny ist.«

Jetzt wird es interessant. »Okay«, sage auch ich. »Wir haben einen Deal. Ich verspreche es. Also, bei mir ist es ganz simpel: Vanessas Mutter hat mir im Golfhotel erzählt, dass du einen gewissen Sunny süß findest. Und dass du dich mit ihm treffen möchtest oder so. Sie hat euch beide zufällig reden gehört.«

Erwartungsvoll steht Ronja da. »Und dann?«

»Nichts und dann. Das war's schon.«

»Das ist alles?« Sie seufzt. »Wie doof ist das denn? Können wir den Deal noch platzen lassen?«

»Nein!« Ich bin entrüstet. »Du redest endlich Klartext. Es war schließlich dein Vorschlag. Sonst werde ich richtig sauer und muss leider dein Handy einkassieren.«

»Du … du kannst mich nicht von … meinem Handy trennen«, stammelt sie entsetzt. »Ohne das Telefon kann ich nicht existieren. Du würdest alle meine sozialen Kontakte zerstören.«

»Ihr seid eine komische Generation«, sage ich und verdrehe die Augen. »Wenn das so ist, solltest du dir erst recht überlegen, ob du den Deal platzen lässt.«

Ronja beugt sich zu mir. »Gut, aber du darfst nicht lachen«, sagt sie. »Schwör's mir!«

»Ich schwöre.«

»Auf mich, mein Leben und alles, was danach kommt?«

Ich sehe sie an und habe Mühe, ernst zu bleiben. »Auf dich, dein Leben, dein Handy und alles, was danach kommt. Bis dass der Akku alle ist.«

»Boah, Mama! Du nimmst mich nicht ernst. Mobb mich doch nicht so.« Sie zieht ein beleidigtes Gesicht.

»Na gut«, ich räuspere mich. »Schieß los. Wer ist nun der geheimnisvolle Sunny und vor allem: Hast du was mit dem?«

»Nein! Igitt!« Meine Tochter hält sich die Hand vor den Mund und tut so, als müsste sie würgen.

Ich warte den kleinen theatralischen Anfall ab und bin erleichtert. Es hat nicht den Anschein, als ob sie schon heimlich Sex hätte, und irgendwie wirkt die Sache inzwischen völlig harmlos auf mich.

»Gut, ich sag's dir. ›Sunny‹ nennen wir den Sandberg. Du musst zugeben, dass er ganz süß aussieht.«

Ich brauche einen Moment, um zu kapieren. »Julian Sandberg? Du meinst deinen Mathematiklehrer?«, frage ich überflüssigerweise, denn natürlich meint sie ihn.

»Genau. Alle Mädchen finden ihn *cute*, und er ist auch gar nicht so wie die anderen Lehrer, obwohl er das Hassfach unterrichtet. Aber wir denken, dass er zwei Persönlichkeiten hat. Eine ist der Mathelehrer, die andere der gut aussehende Typ, der immer voll chillig und *funny* ist. So etwas gibt's doch, ne?«

Im ersten Moment weiß ich nicht, wie ich reagieren soll, und muss daher erst mehr herausfinden. »Vielleicht, keine Ahnung. Was viel wichtiger ist: Macht er eine von euch an? Fühlt ihr euch belästigt?«

»Boah, Mama! Dir kann man nix erzählen, du musst alles immer schlechtreden. Nein, er gräbt keine von uns an und belästigt auch niemanden. Hallo? Er ist unser Lehrer. Außerdem hat er eine Freundin. Frau Super, die Kunstlehrerin. Die zwei hocken immer zusammen, und sie kommt auch auf jede Klassenfahrt mit, die Sunny begleitet. Stell dir vor, wenn die beiden heiraten, dann heißt sie Super-Sandberg, ist das nicht total crazy?«

Oha, in dem Wortschwall waren ein paar Informationen versteckt, die auch mich interessieren, allerdings muss ich sie erst der Reihe nach ordnen. »Also«, beginne ich, »nur damit ich alles kapiere. Ihr nennt euren Mathelehrer ›Sunny‹. Wieso eigentlich?«

Prompt kassiere ich einen von Ronjas Du-kapierst-echt-nie-was-Blicken. »Weil wir uns über ihn unterhalten und die anderen nicht mitkriegen sollen, wer gemeint ist. Ist doch logo, oder?«

Ja, okay, sehe ich ein. »Und ihr findet ihn alle süß?«

»Genau. Obwohl er schon so alt ist.«

Aha. Wenn man fünfzehn ist, darf man das sagen, auch wenn Julian Sandberg vermutlich viel jünger als ich ist. »Flirtet ihr mit ihm?«, bohre ich weiter.

Meine Tochter schlägt sich die Hände vors Gesicht. »Was du schon wieder denkst! Wir finden ihn *cute*, *sweet*, *funny*. Wenn mehr Lehrer so wie er wären, dann würden wir die Schule nicht so hassen, verstehst du? Außerdem müssen wir ihn die ganze Zeit ansehen, weil er ja vorne steht. Da guckt man doch lieber einen hübschen Lehrer an als einen, der hässlich ist, fett, schwitzend, mit Mundgeruch und Glatze.«

Jetzt hat sie es geschafft, dass auch ich mich ekle. »Habt ihr denn auch solche Lehrer?«, frage ich entsetzt.

»Ja, mehrere, sogar Frauen, übelst eklig. Richtig *sweet* sind nur ganz wenige. Verstehst du jetzt, warum wir ihn ›Sunny‹ nennen?«

Das verstehe ich nur zu gut, schließlich finde ich ihn selbst auch ziemlich *sweet*.

»Zugegeben, Herr Sandberg ist attraktiv, trotzdem solltest du aufpassen, dass niemand mitbekommt, wie ihr ihn nennt«, ermahne ich sie. »Ihr könnt in Teufels Küche kommen, und er auch. Wenn er in Ordnung ist, dann wollt ihr ihm doch sicher nicht schaden. Und was hat es mit dem ominösen Treffen auf sich? Vanessas Mutter meinte, du willst dich mit ihm treffen.«

»Was hat sie? Boah, du bist immer so übelst altklug. Denk doch mal nach! Ich bin gecastet worden für den Mathe-Wettbewerb, und Sunny, ich meine Herr Sandberg, wollte mir vorher noch ein paar Tipps geben. Ich will ihm ganz bestimmt nicht schaden, wir wollen ihn doch als Mathelehrer behalten. Und bevor du fragst: Bei dem Treffen sind auch meine Groupies dabei.« Auf meinen fragenden Blick hin schüttelt Ronja den Kopf. »Du kriegst echt gar nix mehr mit, was? Ich hab dir doch erzählt, dass mich welche aus der Klasse zur Olympiade begleiten dürfen. Meine Fans, meine Groupies. Geil, oder? Ich hab eigene Fans!« Sie strahlt. »Jedenfalls wollen sie mitkommen, weil sie Herr Sandberg fragen wollen, ob auf dem Bettlaken, das sie für mich bemalen, besser ›*Ronja the genius*‹ oder ›*Ronja for president*‹ stehen soll.«

»Herrn«, korrigiere ich automatisch und kann gar nicht sagen, wie froh ich bin. Ronja hat keinen heimlichen Freund, und die Schwärmerei für den attraktiven Lehrer entpuppt sich als völlig harmlos. Bleibt nur noch eine Sache zu klären. »Sag mal, Räuber, bist du dir sicher, dass die Kunstlehrerin die Freundin von Herrn Sandberg ist? Ich meine, so eine richtige? Also nicht nur eine gute Freundin?«

»Keine Ahnung, die knutschen ja nicht auf dem Schulhof. Oder die beiden sind BFF, weil sie immer zusammen abhängen. Nee, ich denke, dass die richtig zusammen sind. Wieso fragst du?«

»Ach, nur so.« Ich verrate ihr nicht, dass Julian Sandberg mir gestern schon wieder eine SMS geschickt hat.

»Operation ›Mathe ist cool‹ läuft. Wie sieht es mit unserem Kaffee aus?«, stand da. Dazu ein Herz und ein Smiley mit Sonnenbrille.

Was soll ich davon halten?

»Und? Ist mein Hausarrest aufgehoben?« Ronja steht auf und checkt ihr Handy. »Vanessa, Lucy und ich wollen uns treffen, um Cupcakes zu backen. Ich bringe dir auch einen mit, wenn du mich gehen lässt. Biiiitteeee!«

Eigentlich müsste ich konsequent bleiben und die Strafe durchziehen, aber ich habe eigene Pläne. Ich will zuerst Bernadette besuchen und danach noch kurz in der Redaktion vorbeischauen. »Einverstanden«, sage ich daher. »Aber nur weil du die Wahrheit gesagt hast. Du sollst mir nichts verheimlichen.«

»Läuft«, antwortet meine Tochter, die offensichtlich fest damit gerechnet hat, dass ich einknicke.

»Ein bisschen mehr Freude und Dankbarkeit hätte ich schon erwartet«, brumme ich.

Ronja grinst. »Manchmal bist du ganz cool und in deiner Altersklasse ganz vorn. Dafür gibt's auch zwei Cupcakes für dich.«

»Sehr großzügig.«

»*Yolo*.« Sie umarmt mich kurz, und ich weiß wieder, dass in diesem vorlauten Teenagerkörper noch immer meine Tochter steckt. »Ich hätte da noch eine Bitte.«

»Falls du die Waschmaschine meinst, das musst du selbst erledigen oder warten, bis ich heute Abend zurückkomme. Ich habe zu tun.«

Ronja setzt ihren allerliebsten Gesichtsausdruck auf. »Kannst du mich vielleicht zur Vanessa fahren und mich später dort wieder abholen? Und hast du fünf Euro für mich? Ich muss mich an den Zutaten beteiligen, und mein Taschengeld ist irgendwie schon wieder weg.«

Ich seufze gespielt. »Chauffeur, Privatbank, Haushälterin. Was darf ich sonst noch für Mademoiselle tun?«

Sobald wir im Auto sitzen, spielt Ronja an meinem Radio herum. »Doof, langweilig, mein absolutes Hasslied, doofes Gequatsche«, kommentiert sie die Sender.

»Wir fahren fünf Minuten, da kannst du doch mal einfach einen Sender drin lassen«, antworte ich, aber meine Tochter greift schon in meine Handtasche.

»Wir können über Bluetooth dein Handy anschließen. Hast du eine gute Playlist?«

Ich schmunzele. »Meine Playlist besteht aus dem Weihnachtsalbum, das du mir letztes Jahr heruntergeladen hast.«

»Typisch für dich«, sagt Ronja und lacht. »Ich muss dir echt mal ein paar Songs aufspielen, die zur Jahreszeit passen.« Sie hält inne und stößt dann einen überraschten Laut aus. »Hä? Wie jetzt? Wieso hast du die Handynummer von Herr Sandberg?«

»Herrn«, korrigiere ich automatisch und beiße mir auf die Zunge. So ein Mist! »Die hat er mir für Notfälle gegeben«, erkläre ich ausweichend, aber es ist zu spät.

Ronja hat längst die letzte eingegangene SMS aufgemacht und liest laut vor: »Operation ›Mathe ist cool‹ läuft. Wie sieht es mit unserem Kaffee aus?«

Spätestens jetzt fällt mir ein, dass ich vergessen habe, sie zu löschen.

»Mama! Warum schreibt dir mein Lehrer Nachrichten mit Herzchen und will mit dir Kaffee trinken?« Meine Tochter klingt ziemlich aufgebracht.

»Ähm, das ist ganz harmlos«, fange ich an.

Aber Ronja ist auf einmal ganz Detektivin. »Hast du etwa privat Kontakt zu ihm? Wieso weiß ich da nix von?«

Ich umklammere das Lenkrad, bis die Fingerknöchel weiß werden. Eigentlich habe ich überhaupt nichts zu verbergen, aber ich ahne, dass sie mir das nicht glauben wird. »Räuber, ich habe keinen privaten Kontakt zu ihm.«

»Das stimmt doch gar nicht! Guck dir mal die Protokollliste an. Da steht seine Nummer in den letzten Tagen öfter drin. Bei Nachrichten und als *Anruf.* Wieso ruft dich mein Lehrer an? Was geht da ab?«

Wir kommen soeben vor dem Haus von Vanessa an, aber ich muss das unbedingt noch klären. »Räuber ...«

»Nenn mich nicht Räuber! Das ist blöd. Ich bin keine fünf mehr. Wie peinlich ist das denn? Und wie bescheuert. Du unterstellst mir, ich hätte was mit meinem Lehrer, dabei machst du selbst heimlich irgendwas mit dem. Genau mit dem. Wie verlogen ist das denn? Was soll ich bloß den anderen sagen? Übrigens, Mädels, Sunny ist der Lover von meiner Mutter? Das ist megakrass.«

Meine Tochter ist total sauer, und ich weiß gar nicht, wie ich sie wieder beruhigen soll.

»Er ist nicht mein Lover. Bitte lass es mich erklären. Ich mache gar nichts mit Herrn Sandberg. Er wollte nur, dass du an der Olympiade teilnimmst und hat gehofft, dass ich ihm helfen kann, dich zu überre ...«

»Das könnt ihr total vergessen«, fällt mir Ronja noch wütender ins Wort und schnallt sich ab. »Bei eurem Pakt mach ich nicht mit. Ich will nicht, dass sich meine Mutter mit meinem Lehrer abgibt. Außerdem bist du total naiv, weil er nämlich 'ne Freundin hat. Die arme Frau Super.« Sie springt aus dem Auto und knallt die Tür zu.

Hilflos muss ich mit ansehen, wie sie schnellen Schrittes und ohne sich umzudrehen in Vanessas Haus verschwindet. Einen Moment lang denke ich darüber nach, ihr zu folgen, aber aus Erfahrung weiß ich, dass sie sich erst einmal beruhigen muss. Momentan würden alle Erklärungen an ihr abprallen. Ich werde heute Abend in Ruhe noch mal mit ihr reden. Momentan kann ich nur hoffen, dass Ronja in ihrer Wut nichts Dummes anstellt.

»Dieses Kind hätte ich direkt übers Knie gelegt«, sagt Bernadette, als ich mit meinem Bericht fertig bin. »So etwas Undankbares und Ungezogenes! Einfach aus dem Auto auszusteigen und abzuhauen, ohne sich deine Version anzuhören.« Sie legt sich eine Hand auf den Bauch. »Mach so was ja nie, Baby, hörst du?«

»Wir sprechen uns, wenn dein Kind fünfzehn ist«, brumme ich. »Da verwandeln sie sich in kleine Monster, die von dir nur noch gefüttert, finanziert und mit frischer Wäsche versorgt werden wollen. Aber sie ist zu Recht sauer auf mich, ich habe wirklich Mist gebaut. Ich hätte die SMS löschen oder Ronja gleich alles erzählen sollen.«

Wir sitzen in ihrer gemütlichen Küche, die ganz in Weiß gehalten ist, und ich versuche mich wieder zu beruhigen. Bernadette schenkt sich einen Tee ein. »Das sehe ich ganz anders. Du musst nicht dein komplettes Privatleben einer pubertierenden Fünfzehnjährigen anvertrauen. Es sei denn, es ist etwas Entscheidendes. In eurem Fall agiert dieser Sunny-Surf-Mathelehrer allerdings ein bisschen zu übereifrig. Einerseits gibt er den coolen Max in der Schule, was den Mädchen natürlich gefällt. Andererseits geht er sehr locker mit der Mutter einer Schülerin um, was meiner Meinung nach auch nicht angebracht ist.

Es sei denn, er hätte sich unsterblich in sie verliebt. Aber dafür gibt er sich wiederum zu wenig Mühe, finde ich.«

So wie sie es analysiert, stimme ich ihr zu. »Außerdem hat er eine Freundin. Du hast recht«, sage ich. »So habe ich es bisher noch gar nicht gesehen.«

»Natürlich nicht«, sagt sie sanft. »Dein Privatleben fährt nämlich gerade Karussell. Ich sage nur Theo, Friedrich und Julian. Drei Männer innerhalb von wenigen Wochen, die abwechselnd in deinem Privatleben auftauchen. Drei Jahre lang hast du das schlafende Dornröschen gegeben, und davor warst du in einem Kokon, den man Ehe nennt. Kenn ich auch. Da schaut man nicht hinaus und weiß gar nicht, was draußen so los ist. Wenn man dann rauskommt, kann man sich schnell mal verlaufen.«

Ich lache. »Treffender könnte ich es nicht ausdrücken. Du wärst der ideale Doktor Gabriel. Soll ich dich als meine Nachfolgerin vorschlagen?«

»Gott bewahre«, sagt meine Cousine und hält sich den Bauch. »Du bist perfekt dafür. Nur was dich selbst betrifft, hast du nicht den Durchblick, aber das geht den meisten so. Übrigens: Hüte dich davor, deine Tochter alles bestimmen zu lassen. Ich mag Ronja sehr, das weißt du, aber sie hat nicht das Recht, dir zu diktieren, mit wem du dich treffen darfst.«

Ich bin mir da nicht so sicher. »Aber wenn es ihr Lehrer ist? Ich kann verstehen, dass ihr das sehr unangenehm oder gar peinlich wäre. Nur gut, dass ich mich bisher nicht mit ihm getroffen habe. Das hätte noch schlimmere Folgen gehabt.«

Bernadette trinkt ihren Tee und sieht mich über den Rand der Tasse hinweg an. »Ja, aber nur weil er nicht der Richtige ist. Grundsätzlich gilt: Glückliche Mutter punktet auf jeden Fall mehr als peinliche Mutter. Merk dir das. Ich tippe sowieso eher auf ein Happy End mit dem Grafen. Willst du ihn nicht mal anrufen? Immerhin hast du dich selbst um eine leidenschaftliche Nacht gebracht.«

Ich zucke mit den Schultern. »Na ja, ich bin zwar ziemlich überstürzt abgereist, habe aber eine Nachricht hinterlassen. Reicht das denn nicht? Ich bin vielleicht etwas altmodisch, aber ich dachte eher, er würde mich zu erreichen versuchen.«

»Du hast dich benommen wie Aschenputtel, das um Mitternacht verschwindet, und nun wartest du, bis er mit dem goldenen Schuh vor deiner Tür steht?«

»So etwas in der Art, schätze ich.«

»Hat er denn überhaupt deine Nummer?«

Ich überlege kurz. »Ja, bei der Anmeldung musste ich eine angeben. Wenn er sich ein bisschen anstrengen würde, könnte er mich finden.«

»Du bist eine hoffnungslose Romantikerin.« Bernadette lacht. »Hilf deinem Glück ruhig ein wenig nach. Vielleicht hat Friedrich deinen Zettel gar nicht bekommen, oder was weiß ich. Also, wenn ich einen Grafen am Haken hätte, dann würde ich ihn nicht mehr loslassen.«

Ich nicke. »Ehrlich gesagt habe ich mir das auch schon überlegt. Also nicht das mit dem Haken, sondern das mit dem Anrufen.«

»Auf jeden Fall! Du fragst, ob er die Nachricht bekommen hat, und entschuldigst dich noch einmal für dein Verschwinden. Das ist, als würdest du eine seiner Benimmregeln befolgen. Dann merkst du ja, wie er reagiert. Erledige es am besten sofort, dann bin ich dabei.«

»Erst macht er mich an, dann höre ich nichts mehr von ihm. Heutzutage hat man so viele Möglichkeiten, um sich zu melden. Aber nein, die Kerle kriegen es nicht gebacken …«

Apropos gebacken. Ich schlage mir mit der Hand vor den Mund. »Oh nein! Ich habe Theo völlig vergessen.«

»Den Großbäcker? Wo hast du ihn vergessen?«

»Er wollte mich am Sonntag im Clubhaus treffen, und ihm habe ich in der Hektik keine Nachricht hinterlassen.«

»Dein Leben ist besser als jede Seifenoper im Fernsehen«, sagt meine Cousine amüsiert.

»Da ich ihn komplett vergessen habe, wird mir gerade klar, dass der Kuss wohl doch nicht so beeindruckend war, oder?«

Sie schüttelt den Kopf. »Hab ich dir doch gleich gesagt.« Praktisch veranlagt, wie sie ist, holt sie mein Handy aus der Tasche. »Hier! Du wählst jetzt die Nummer vom Schloss. Irgendein Lakai oder eine Büromaus wird dich ja wohl durchstellen können. Los!«

Zwar bin ich mir immer noch nicht sicher, tue aber, was sie von mir verlangt.

»Friedrich von Strombach.«

Ich bin so perplex, dass ich zu stottern anfange. »Ja, hallo, hier … Ich bin's … Helen. Diesmal will ich mich aber nicht für einen Kurs anmelden.«

»Helen!« Seine Stimme klingt hocherfreut. »Das ist ja mal eine schöne Überraschung! Ich wollte dich auch schon anrufen, wusste allerdings nicht, in welches Familiendrama ich hineinplatze. Ist mittlerweile alles in Ordnung bei dir? Deine Nachricht hat ziemlich dramatisch geklungen.«

Ich merke, wie sich Erleichterung in mir breitmacht. »Ja, danke, alles wieder gut.«

»Das freut mich! Wann sehen wir uns?«

Bernadette, die neben mir steht und trotz ihres gewaltigen Bauches zu lauschen versucht, hebt den Daumen.

Ich dagegen weiß nicht, was ich antworten soll. »Keine Ahnung. Auf dem Golfplatz wohl nicht mehr.«

Super, Helen. Sehr schlagfertig. Haha.

»Da ist das letzte Wort noch nicht gesprochen. Ich bin noch immer fest entschlossen, dir die Vorzüge des Sports zu zeigen, nur bin ich derzeit mit den Vorbereitungen für unseren Wohltätigkeitsball vollauf beschäftigt«, sagt Friedrich. »Und eine Schlossführung habe ich dir auch versprochen, das alles müssen wir unbedingt bald nachholen.«

Müssen wir? Es klingt zumindest so, als ob er Pläne mit mir hätte. »Der Ball ist ja schon bald.«

»Richtig. Ich bin entzückt, dass du zum Ball kommen wirst. Da sehen wir uns auf jeden Fall. Bist du dort allein oder in Begleitung? Ich hoffe, die ist nicht männlich?«

»Ich komme zusammen mit meiner Cousine und ihrem Mann.«

»Das freut mich sehr«, sagt Friedrich und klingt dabei überzeugend. »Darf ich euch an meinem Tisch platzieren, oder habt ihr andere Pläne?«

Bernadette hält nun beide Daumen hoch, und ich muss grinsen. »Ich glaube, das würde allen gut gefallen.«

»Dir auch?«

Nun werde ich leicht rot und bin froh, dass er mich nicht sehen kann. »Mir auch.«

»Dann ist es hiermit abgemacht. Und nach dem Ball holen wir die Führung nach, ja? Du musst mir nur versprechen, nicht wieder heimlich zu verschwinden. Ich habe dir doch gesagt, dass du mir sehr wichtig bist.«

Zwar kann ich mich an diesen Wortlaut nicht erinnern, aber seine Bemerkung versetzt mich augenblicklich in

Hochstimmung. Ich bin ihm wichtig! Bernadette dreht sich ein paarmal im Kreis und sieht dabei aus wie ein riesiges Fass.

Lachend nicke ich, obwohl er es nicht sehen kann. »Versprochen.«

»Warte, ich notiere mir noch schnell deine Handynummer. Ich rufe dich auf jeden Fall vor dem Ball noch mal an.«

»Das wäre nett.«

Ich diktiere ihm die Nummer, dann verabschieden wir uns.

Ich merke, dass meine Wangen noch immer glühen. »Was soll ich davon halten?«, frage ich.

Bernadette bleibt schwankend stehen. »Mich darfst du nicht fragen. Ich bin voreingenommen, weil ich auf diesen Adelskram stehe. Außerdem gefällt mir der Gedanke, dass du endlich zu flirten anfängst. Was würde Doktor Gabriel dir antworten?«

Ich stutze. »Dass Friedrich Interesse an mir hat und ich abwarten soll, wie weit sein Interesse geht.«

»Du sagst es, Frau Doktor. Yes! Du musst mir unbedingt die Maxima vorstellen.«

Ich sehe auf die Porzellanuhr, die auf der Anrichte steht. »Schon so spät. Wenn ich noch in die Redaktion will, muss ich mich beeilen. Ich will mit Zeidler noch einiges klären. Und heute Abend rede ich mit Ronja.«

»Sehr gut. Wenn du alles geklärt hast, gehen wir gemeinsam die Hofetikette durch. Du musst dich an die Adelsgepflogenheiten gewöhnen und anpassen.« Bernadette steht ächzend auf.

Sie bringt mich zur Tür, und ich umarme sie zum Abschied. »Du klingst schon wie Chiara-Anita. Anpassen, mithalten, das hört sich total unromantisch an. Was ist mit den berühmten Schmetterlingen im Bauch? Dem bunten Regenbogen? Dem siebten Himmel?«

»Ach, man kann sich auch ohne die Viecher und den ganzen Kram verlieben«, beteuert sie.

»Auf einmal? Bei Theo hast du noch eine andere Theorie vertreten«, gebe ich zurück.

»Das sind die Hormone, die aus ihr sprechen. Heute so und morgen so. Aber ich liebe die dicke Nervensäge trotzdem, obwohl sie Unsinn redet, schnarcht und derzeit furchtbar anstrengend ist«, ruft Bernadettes Mann aus dem Wohnzimmer.

Meine Cousine verzieht das Gesicht. »Ich trage das Wunder des Lebens in mir. Mach mir das erst mal nach, du gemeiner Monsterehemann! Und hüte dich vor meinem Zorn, du weißt, dass ich unzurechnungsfähig bin.« Sie küsst mich auf die Wange. »Ich kann nicht leugnen, dass es mir gefallen würde, im Schloss ein und aus zu gehen, aber natürlich musst du auf dein Bauchgefühl hören, Helen. Du darfst dich weder von Ronja noch von mir zu etwas verleiten lassen, das du nicht selbst willst.«

In der Redaktion angekommen, muss ich zuallererst zur Toilette. Sofort fällt mir das Versprechen wieder ein, das ich dem netten Konrektor in Ronjas Schule gegeben habe. Dummerweise konnte ich mich am Sonntag nicht mehr mit dem Bürgermeister unterhalten, daher muss ich Zeidler unbedingt darauf ansprechen, welcher Redakteur in dieser Sache zuständig ist.

Ich betrete sein Büro und bekomme gerade noch mit, wie er eine junge Frau zur Schnecke macht. »Diese

Scheiß-App funktioniert nicht. Wo ist der App-Depp, den Sie mir empfohlen haben?«

Die Frau ist ganz blass. »Ich erreiche ihn nicht.«

»Das lasse ich nicht gelten. Jeder Mensch hat heutzutage ein Handy. Schicken Sie ihm ein Telegramm, hämmern Sie an seine Tür, was weiß ich! Aber holen Sie ihn her.«

»Hallo«, grüße ich freundlich. »Komme ich unpassend?«

Zeidler winkt mich ungeduldig herein. »Höchstens zu spät. Wir hatten vor zehn Minuten einen Termin.«

»Akademische Viertelstunde, also pünktlich«, antworte ich trocken und ernte einen bewundernden Blick von der jungen Frau. Ich gebe ihr die Hand. »Wir kennen uns noch nicht, oder? Helen Lindner.« Ich verrate Ihr nicht, dass ich Doktor Gabriel bin.

»Jeannette Naumann. Ich bin die neue Leiterin des Kulturressorts.«

Prompt bin ich ein wenig neidisch. Sie ist höchstens Ende zwanzig und schon Ressortleiterin. Ich dagegen kämpfe noch immer um einen normalen Redakteursposten.

»Warum schreien Sie so laut, dass man Sie bis auf die Straße hören kann?«, wende ich mich an Zeidler.

Der Chefredakteur zeigt auf ein Tablet, das vor ihm liegt. »Wir haben eine Kultur-Finder-App entwickelt, aber die funktioniert nicht richtig. Die einzigen Vorschläge, die ich von dem Ding bekomme, sind eine Kirchenführung und ein Frauenkabarett. Das sind doch ganz unterschiedliche Sachen, die mich beide nicht mal interessieren. Ich habe die App groß im Blatt angekündigt. Und jetzt kann keiner seine eigene Scheißkultur finden!«

»Wir haben doch die Kulturtipps jeden Donnerstag im Blatt«, sage ich. »Da kann man alles in Ruhe nachlesen und sich das Passende raussuchen.«

Zeidler winkt ab, als wäre ich eine lästige Fliege. »Wir wollen modern sein und müssen deshalb jedem seine individuell zugeschnittene Zeitung liefern. Wer hat denn heute noch Zeit, um alles zu lesen? Ich will, dass es so läuft: Ich gebe mein Alter, meine Laune und mein Zeitfenster ein, und dann spuckt die App das Passende für mich aus.«

»Das klingt eher wie ein Menstruationskalender«, entfährt es mir. »Meine Tochter hat genau so eine App auf ihrem Handy, nur dass die ihr den Zyklus anzeigt.«

Aus dem Augenwinkel sehe ich, dass die junge Frau grinst, während der Chefredakteur kurz vor einem Anfall steht. »Jetzt kommen Sie mir hier nicht mit Frauenkram an. Das braucht kein Mann zu wissen. Daran sehen Sie auch, wie scheiße die App noch ist.«

Kampfeslustig steige ich darauf ein. »Frauenkram? Das klingt irgendwie altmodisch. Wenn wir schon darüber berichten, wie man sich einen Millionär angelt, dann ist der Frauenzyklus ja wohl das Normalste der Welt.«

»Sie schreiben darüber, wie man sich einen Millionär angelt?«, wiederholt die junge Ressortleiterin. »Cool! Das muss ich lesen. Geht das auch online?«

»Frau Naumann, bleiben Sie bei der Sache. Finden Sie den App-Depp, und sagen Sie ihm, dass er das anpassen muss. Und zwar schleunigst.«

»Wie denn?« Die Kulturredakteurin wirkt überfordert.

»Wie wäre es, wenn man mehr spezielle Angaben macht?«, schalte ich mich wieder ein. »Zum Beispiel seine Vorlieben für die Art der kulturellen Veranstaltung eingrenzt. Da wir in einer Kleinstadt wohnen und die Tipps sicher auch aus dem gesamten Kreis kommen, würde ich auch noch abfragen, wie viele Kilometer jemand zu fahren bereit ist.«

»Das ist eine gute Idee. Hier können Sie noch was lernen«, sagt Zeidler. »Frau Lindner ist eine Journalistin alter Schule.«

Ich weiß nicht, ob mir dieses Kompliment gefällt, aber Jeannette Naumann nickt.

»Okay, ich gebe es weiter. Aber meinen Sie wirklich, man kann heutzutage noch Telegramme verschicken?«

»Ist mir scheißegal, wie Sie das anstellen!«, brüllt Zeidler. »Bis spätestens morgen muss das Ding vernünftig laufen.«

Die Ressortleiterin nickt und verlässt das Büro, als wäre sie auf der Flucht. Mir wird klar, dass mir zumindest bisher solche Szenen erspart geblieben sind. Ehrlich gesagt, würde ich mir so etwas in meinem Alter nicht mehr bieten lassen und glaube auch nicht, dass Zeidler es wagen würde, so mit mir zu sprechen.

»Diese jungen Dinger haben nix drauf«, sagt er in völlig normalem Ton zu mir. »Kommen frisch von der Uni, haben einen Abschluss in Journalistik, Kulturwissenschaften und noch einem anderen Trallafitti, können aber an der Front selbstständig kaum etwas recherchieren.«

Ich seufze. »Dafür bekommen sie offenbar mühelos die Posten, um die sich andere jahrelang bemühen. Ich zum Beispiel.«

Der Chefredakteur schiebt das Tablet zur Seite. »Politik des Hauses. Alles schreit nach jungem, frischem Wind, weil man Angst hat, dass niemand mehr Zeitung liest. Ständig sollen wir neue Ideen entwickeln, Leserbefragungen machen, innovativer werden. Außerdem kosten die

Jungen nicht halb so viel wie die Redakteure mit x Berufsjahren.«

Ich sehe ihn an. »Aber Sie haben mir eine feste Stelle versprochen, das wissen Sie schon noch? Mein Anwalt sagt, auch eine mündliche Vereinbarung gilt als Vertrag.« Der letzte Satz rutscht mir einfach so heraus.

Zeidler ist deutlich anzumerken, dass es ihm nicht gefällt, die Pistole auf die Brust gesetzt zu bekommen. »Sie haben mit Ihrem Anwalt gesprochen? Nicht nötig, ich stehe zu meinem Wort, aber zuerst liefern Sie ab. Wie weit sind Sie denn mit der Millionärsstory?«

»Läuft«, antworte ich. »Ich habe schon viele interessante Erkenntnisse gesammelt und gehe demnächst noch auf einen Wohltätigkeitsball. Dann haben Sie die Story.«

»Perfekt. Und? Haben Sie sich inzwischen einen Millionär geangelt? Vermutlich nicht, sonst wären Sie nicht so heiß auf den Redakteursposten.«

Seine zynische Art gefällt mir gar nicht. »Selbst wenn ich jemanden kennengelernt hätte, was Sie absolut nichts angeht, würde ich weiter arbeiten wollen. Der Job macht mir Spaß.«

»Da sind Sie eine von wenigen. Die meisten Frauen wollen doch nur gut versorgt sein und Golf spielen lernen.«

Vermutlich hat er recht. Ich muss an Frau Berensky und Frau Gottschalk denken. Die beiden entsprechen dem Klischee durchaus.

»Jetzt erzählen Sie mal! Was haben Sie denn bisher so erlebt? Sind Sie an ein paar richtig Reiche rangekommen? Haben Sie gebaggert? Wie haben die reagiert?«

Ich beschließe, ihm weder von Friedrich noch von Chiara-Anita zu erzählen, denn ich will die beiden auf keinen

Fall bloßstellen. »Herr Zeidler«, sage ich daher lächelnd, »Sie haben mir leider nicht erlaubt, nach Sylt oder Saint-Tropez zu reisen, also musste ich mich mit der Lokalprominenz zufriedengeben. Gebaggert habe ich nicht, das wussten Sie vorher, aber dafür wichtige Erkenntnisse gewonnen. Was dabei herausgekommen ist, verrate ich Ihnen dann in meinem Artikel. Sorgen Sie bitte dafür, dass ich die Redakteursstelle bekomme.«

»Dann habe ich aber niemanden mehr, dem ich den Kummerkasten anvertrauen kann. Man braucht sehr viel Fingerspitzengefühl dafür, und ich weiß nicht, wer das machen könnte.« Mein Boss hört sich ziemlich wehleidig an.

Ich zucke mit den Schultern. »Vielleicht sollten Sie einen echten Psychologen dafür engagieren.«

»Einen echten Seelenklempner?« Er sieht mich an, als hätte ich sie nicht mehr alle. »Blödsinn! Die Medizinseite macht doch auch kein Arzt, und für das Horoskop beschäftige ich keinen Astrologen. Was glauben Sie eigentlich, was das alles kostet?«

»Wie wäre es dann mit einer Psycho-App?«, scherze ich

Wider Erwarten fangen Zeidlers Augen an zu leuchten. »Gar keine schlechte Idee. Man gibt sein Alter und sein Geschlecht an, kreuzt seine Probleme an – und die App spuckt eine passende Antwort mit Lebenshilfetipps aus. Frau Lindner, das ist genial! Sobald der App-Depp hier auftaucht, werde ich die Idee mit ihm besprechen. Und Sie …«

»… ich bekomme endlich meinen Vertrag. Gerne in der Lokalredaktion«, falle ich ihm ins Wort. Ganz sicher werde ich ihm nicht sagen, wie schwachsinnig die App-

Idee ist, bis ich unterschrieben habe. »Ich will spannende Artikel schreiben über das, was die Menschen beschäftigt. Was ist eigentlich mit den Toiletten?«

»Den Gang runter, dann rechts«, erwidert er irritiert.

Sehr witzig. »Danke. Ich arbeite hier seit mehr als zehn Jahren und weiß tatsächlich schon genauso lange, wo die WCs sind. Ich meinte die Geschichte von den heruntergekommenen Schultoiletten, das stand alles in meiner Mail. Die Stadt kümmert sich nicht darum, und niemand fühlt sich zuständig.«

»Ach das.« Zeidler scheint sich zu erinnern. »Da habe ich den Praktikanten darauf angesetzt.«

»Den Praktikanten? Sind Sie denn von allen guten Geistern verlassen? Warum nicht mich?«

Er hebt beide Hände. »Sie sollen sich auf die Millionäre konzentrieren, das wird unser großer Samstagsaufmacher. Sagen wir, in drei Wochen?«

»Geht klar. Und was ist nun mit den Toiletten?«

Mein Boss streicht sich das Haar aus der Stirn. »Frau Lindner, das ist doch nichts Ungewöhnliches. Wenn Sie einen richtigen handfesten Skandal in unserem Städtchen aufdecken, dann kommen Sie damit zu mir. Aber dass die Stadtverwaltung nicht sofort springt, wenn einer schreit, das weiß doch jeder. Unser Praktikant hat bei der Pressestelle angerufen, und die haben ihm gesagt, dass die Angelegenheit derzeit geprüft wird. Alles braucht eben seine Zeit.«

»Haben Sie den Praktikanten wenigstens auch zu der Schule geschickt, um ein paar Fotos zu machen?«

»Nicht nötig. Derzeit gibt es noch keine Geschichte, also brauchen wir auch keine Fotos. Wenn die Stadt sich offiziell äußert, können wir das immer noch nachholen.«

Ich werde wütend. »Es kann doch nicht sein, dass das alles ist. In diese Schule gehen nicht wenige Kinder, meine Tochter eingeschlossen. Wissen Sie, wie viele Abonnenten das sind? Die interessieren sich dafür. Lassen Sie mich einen Artikel darüber schreiben.«

»Ihr Eifer in allen Ehren, aber Sie sind befangen.« Der Chefredakteur lächelt milde.

»Befangen?«

»Da Ihre Tochter dort zur Schule geht, fallen Sie aus der neutralen Berichterstattungsebene heraus. Es bleibt dabei. Wir machen es so, wie ich es gerade gesagt habe.«

»Wir sind hier nicht bei Gericht«, erinnere ich ihn. »Ich kann neutral schreiben, auch wenn mein Kind dort zur Schule geht. Die Fakten bleiben dieselben.«

»Einigen wir uns darauf, dass wir erst die Stellungnahme der Stadt abwarten«, antwortet er. »Sobald die vorliegt, können Sie dem Praktikanten gern beibringen, was er als Nächstes tun muss.«

Damit sollte ich mich wohl zufriedengeben, denn ich merke, dass er kein weiteres Veto mehr gelten lässt. Am liebsten würde ich ihm vorschlagen, dass er auch noch eine Chefredakteur-App entwickeln lassen soll, um sich selbst zu ersetzen.

# 14

Lieber Doktor Gabriel,
ich bin aus beruflichen Gründen in diese Gegend gezogen und lebe allein. Ich fühle mich sehr einsam und weiß nicht, wie ich neue Kontakte knüpfen soll, weil ich ziemlich schüchtern bin. Im Job scheinen alle kein Interesse an mir zu haben. Hätten Sie vielleicht einen Rat für mich?
Mit freundlichen Grüßen
I. A.

*Liebe(r) I. A.,*
*Sie schreiben selbst, dass Sie schüchtern sind, daher trauen Sie sich bestimmt auch im Job nicht, auf fremde Leute zuzugehen. Da Sie neu in der Firma sind, könnten Sie eine Einweihungsparty geben und einige Arbeitskollegen einladen. Ich bin sicher, dass viele der Einladung folgen werden. Außerdem sollten Sie sich informieren, welche Freizeitaktivitäten in Ihrer Umgebung angeboten werden. Schließen Sie sich einem Verein an, treiben Sie Sport in einem Kurs, belegen Sie ein Kochseminar, oder treten Sie einem Chor bei. Möglichkeiten gibt es viele, und dort ergeben sich oft weitere Kontakte.*

*Warten Sie nicht darauf, bis jemand anders Ihrer Einsamkeit ein Ende bereitet, sondern werden Sie selbst aktiv.*
*Es umarmt Sie aus der Ferne*
*Ihr Dr. Gabriel*

Die nächsten Tage redet Ronja nur das Notwendigste mit mir. Wenn sie von der Schule nach Hause kommt, geht sie in ihr Zimmer und schließt sich ein. Sie setzt sich an den Esstisch, wenn ich sie rufe, und steht wortlos nach der Mahlzeit wieder auf. Jedes Mal, wenn ich zu einer Erklärung ansetze, verlässt meine Tochter den Raum und gibt mir keine Gelegenheit dazu. Anfangs lasse ich sie noch in Ruhe, nehme mir aber dann vor, die Sache aus der Welt zu räumen. Nächste Woche steht der Mathe-Wettbewerb an, und ich hoffe, dass ich Ronja dazu bringen kann, doch daran teilzunehmen.

Wenn mich etwas beschäftigt, lenke ich mich meist mit Hausarbeit ab. Also wische ich Staub, sauge den Fußboden und schrubbe das Bad, bis die grauen Fliesen wieder glänzen, und bin froh, dass unsere Wohnung nicht allzu groß ist. Dann verkrieche ich mich in mein kleines Büro, arbeite die Stapel auf dem Schreibtisch ab und schiebe jeden Gedanken an Friedrich beiseite, von dem ich allerdings auch nichts höre. Lediglich Theo schreibe ich eine kurze E-Mail, in der ich meine Abwesenheit am Sonntag mit »familiären Gründen« erkläre. Ich beende die Mail mit den Worten, dass ich ihm demnächst gerne alles genauer erkläre.

An diesem Morgen ruft Ronja mich von der Schule aus an. »Hi, Mama, ich hab mein Bio-Arbeitsheft vergessen. Wenn ich es nicht dabeihabe, bekomme ich einen Strich. Könntest du es mir bitte in der ersten großen Pause vorbeibringen? Es liegt auf meinem Schreibtisch und hat einen grünen Umschlag.«

»Das sind die ersten vollständigen Sätze, die du seit Tagen mit mir gesprochen hast«, antworte ich. »Das freut mich. Nur leider bin ich nicht dein Diener.«

»Boah, aber du bist meine Mama. Und ich hab sogar bitte gesagt.«

Ich grinse innerlich. So läuft es jedoch nicht. »Okay, ich mach's. Aber nur unter der Bedingung, dass du dir heute Abend endlich anhörst, was ich dir zu sagen habe.«

»Das ist voll die Erpressung«, schimpft sie los. Dann wird ihre Stimme ganz weich. »Meinetwegen. Ich warte dann hinter dem Fahrradständer auf dich. Du musst nicht auf den Schulhof kommen. Das wär peinlich.«

Natürlich. Ich bin schon daran gewöhnt, peinlich zu sein. »Geht klar, aber denk daran, dass wir eine Abmachung haben.«

Um kurz vor halb zehn mache ich mich auf den Weg und ziehe aus Spaß meinen hellgrauen Trenchcoat an, dessen Kragen ich aufstelle. Sobald ich neben den Fahrradständern stehe, setze ich meine schwarze Sonnenbrille auf. Als Ronja auftaucht, pfeife ich leise.

»Pst, hier bin ich. Fertig zur Übergabe, Agentin null null sieben.«

Ronja verzieht das Gesicht. »Mein Gott, hör auf mit dem Scheiß. Trotzdem danke. Hoffentlich sieht dich niemand.«

Sie entfernt sich so schnell, als hätte ich eine ansteckende Krankheit. Ich seufze laut.

»Also, ich fand die Aktion witzig«, ertönt eine Stimme hinter mir. Ich drehe mich um und erkenne den Konrektor, der gerade sein Fahrrad abschließt. »Hallo, Frau Lindner.«

Schnell nehme ich die Sonnenbrille ab. »Hallo, Herr Winter. Ja, ich fand mich auch witzig, aber wenn Sie alles mitgehört haben, dann wissen Sie ja jetzt, dass ich peinlich bin und von niemandem gesehen werden darf.«

Er lächelt. »Ich habe einen Sohn, der meine Existenz am liebsten leugnen würde. Ich bin nicht nur ein peinlicher Vater, sondern auch noch Lehrer.«

»Und stellvertretender Schulleiter«, ergänze ich. »Okay, Sie sind noch peinlicher als ich, das beruhigt mich. Geht Ihr Sohn denn hier zur Schule?«

»Nein.« Der Konrektor lacht. »Er lebt bei meiner Exfrau und ist der Überzeugung, dass er an einer Schule, an der ich unterrichte, niemals überleben würde. Also habe ich meine Stellen immer danach ausgesucht, dass sein Überleben gesichert ist.«

Ich schmunzele. »Meine Tochter vergöttert ihren Vater, aber er ist kein Lehrer und mag dadurch gewisse Vorteile haben. Da wir geschieden sind, spielt das schlechte Gewissen sicherlich auch eine Rolle. Jedenfalls wird Ronja ganz schön verwöhnt. Von mir übrigens auch.«

»Ja, das schlechte Gewissen kennen wir Geschiedenen alle«, bestätigt Herr Winter. »Am schlimmsten ist es, wenn sich die Expartner nicht mehr verstehen und die Kinder als Spielbälle benutzen. Meine Exfrau und ich bekommen es, denke ich, ganz gut hin.«

»Wir auch. Allerdings ist es nicht immer leicht.« Ich weiß auch nicht, warum ich so offen mit ihm rede, aber da ich schon mal dabei bin, möchte ich gern noch die Wahrheit über meine »investigative Recherche« loswerden. »Übrigens, wo ich Sie gerade zufällig treffe«, fange ich an. »Ich müsste Ihnen da noch etwas über meine Tätigkeit für die Zeitung erklären. Ich bin nämlich keine fest angestellte

Redakteurin, also zumindest derzeit nicht. Und ich weiß nicht, ob ich das mit den Schultoiletten so hinbekomme, wie ich mir das vorgestellt habe …«

Sebastian Winter fällt mir ins Wort. »Wieso denn? Sie haben doch schon mehr bewirkt als wir. Kürzlich hat sich das Schulamt bei uns gemeldet, weil jemand von der Zeitung bei der Stadtverwaltung angerufen hat, und gestern haben wir die Information bekommen, dass uns der Bürgermeister besuchen möchte. Bei dem Treffen werden wir ihn herumführen und ihm dabei auch die Toilettenanlage zeigen, davon können Sie ausgehen.« Er lächelt schon wieder. »Sie haben also zumindest an den richtigen Türen gerüttelt. Vielen Dank noch mal.«

Ich bin mir nicht sicher, ob es wirklich mein Verdienst ist, doch dann kommt mir der Gedanke, dass Friedrich den Bürgermeister am Sonntag darauf angesprochen haben muss, und mir wird ganz warm ums Herz. »Das freut mich sehr, auch wenn ich bisher nicht viel dazu beigetragen habe. Warten wir mal ab, ob bald etwas passiert. Wenn nicht, werde ich mich richtig dahinterklemmen, versprochen.«

Sebastian Winter rückt seine Brille zurecht. »Das glaube ich Ihnen aufs Wort. Sollten wir nicht weiterkommen, melde ich mich bei Ihnen.«

Bis zum Abend scheint Ronja unsere Abmachung vergessen zu haben. Wieder gibt sie mir nur einsilbige Antworten, und als ich sie frage, ob wir nun reden können, schüttelt sie den Kopf.

»Ich muss lernen, also nicht heute, ja?«

Doch das lasse ich nicht gelten. »Nein«, sage ich streng. »Wir beide reden jetzt, das heißt, diesmal spreche ich, und du hörst mir zu. Und zwar bis zum Ende, verstanden?

Wenn du dich weigerst oder aus dem Zimmer rennst, so wie die letzten Tage, dann werde ich dir das Handy wegnehmen. Das scheint mehr zu wirken als alle Deals, die wir treffen.«

Um zu bekräftigen, wie ernst es mir ist, schnappe ich mir das Smartphone, das neben Ronjas Teller liegt, und halte es hoch.

»Gib her!«, ruft sie aufgebracht.

»Nein, zuerst wirst du mir zuhören. Wenn es die einzige Art ist, wie ich dich dazu zwingen kann, dann ist das eben so.«

»Dazu hast du kein Recht!« Typisch, dass sie plötzlich wieder in ganzen Sätzen sprechen kann, sobald es um ihr Handy geht.

»Oh doch. Ich habe außerdem das Recht, dass du mir Respekt entgegenbringst, und ich habe das Recht, dass du mir zuhörst. Ich habe sogar das Recht, selbst zu entscheiden, was ich dir wann erzähle, aber du weißt genau, dass ich dich über wichtige Dinge niemals im Unklaren lassen würde. Wo wir schon mal dabei sind: Ich habe auch das Recht, mich wieder zu verlieben.«

Ronja sieht mich mit großen Augen an. »Du bist also doch in Sunny verliebt?«

»Nein, das bin ich nicht. Aber wenn es der Fall wäre, dann würde ich mir wünschen, dass dir mein Glück wichtiger ist als die Meinung deiner Schulfreunde. Und als dein eigener Dickkopf. Oder soll ich für immer allein bleiben? Ich habe es mir nicht ausgesucht, dass ich geschieden bin, aber so ist es nun einmal, und du bist alt genug, um dir meine Ansichten anzuhören.«

Sie schweigt, und ich trinke einen Schluck von meinem Weißwein.

»Gut, das wäre also geklärt. Dann erzähle ich dir jetzt alles der Reihe nach, und danach kannst du beurteilen, wie schlimm du es wirklich findest. Und ob du deswegen den Mathe-Wettbewerb sausen lassen und uns alle bestrafen möchtest. Es ist deine Entscheidung, ob du hingehst. Dieses Recht gestehe ich dir nämlich zu.«

Meine Tochter sagt immer noch nichts, also fange ich mit Julian Sandbergs erstem Anruf an, berichte von unserem amüsanten Gespräch in der Schule und seinem Vorhaben, Ronja dazu zu bewegen, ihr Mathematiktalent unter Beweis zu stellen, sowie seiner anschließenden SMS. Sie scheint gar nicht zu kapieren, dass ihr Lehrer sich viel Mühe gegeben hat, sie und die ganze Klasse so weit auszutricksen, dass Ronja als Siegerin des Castings hervorging.

Ohne eine Miene zu verziehen, sitzt sie da. Als ich allerdings bei dem Punkt ankomme, wo er mich während der Massage angerufen hat, huscht ein erstes Lächeln über Ronjas bockiges Gesicht.

»Du hast mit ihm telefoniert und dabei gestöhnt? Wie in einem Porno?«, fragt sie.

»Ronja Lindner!« Ich bin entrüstet. »Du bist fünfzehn. Was weißt du über Pornos?«

»Hallo? Wir hatten vielleicht Aufklärungsunterricht in Bio, außerdem bin ich kein kleines Kind mehr. Und nein, ich hab mir noch keinen Porno reingezogen, aber dass die dort Sex haben und voll stöhnen, ist ja wohl bekannt. Also *keep cool*, und erzähl weiter.«

Ich nicke. »Mehr gibt es eigentlich gar nicht zu erzählen. Danach kam dann noch die SMS, die du neulich im Auto gelesen hast.«

Sie sieht mich an. »Wie? Mehr nicht?«

»Nein, mehr nicht. Es war sogar gut, dass du mir von eurer Kunstlehrerin erzählt hast, denn ich war mir nicht sicher, ob Julian Sandberg einfach nur ein sehr lockerer Lehrer ist oder tatsächlich Interesse an mir hat. Mittlerweile denke ich, dass er entweder ein Typ ist, der gern Frauen anbaggert, ohne es ernst zu meinen, oder einfach ein großer Junge, der von allen Anerkennung haben möchte.«

Meine Tochter wirkt nachdenklich. »Ich glaub, er ist total kindisch«, sagt sie und klingt plötzlich sehr erwachsen. »Ich hab neulich gehört, wie er meinte, dass er der beliebteste Lehrer der Schule sein will.«

Das passt zu ihm. So verhält er sich auch. »Das habe ich mir gedacht, und es ist ja okay. Du sagst ja selbst, dass ihr alle Mathe hasst und dass durch ihn das Fach erträglicher wird.«

»Ich hasse es nicht, aber ich kann's auch«, antwortet sie ziemlich selbstbewusst.

»Dann solltest du unbedingt an der Mathe-Olympiade teilnehmen«, beschwöre ich sie. »Du machst das nicht für deinen Lehrer oder für mich, sondern letztendlich für dich selbst. Herr Sandberg hat nur ein wenig nachgeholfen, damit dir das vor deinen Schulfreunden nicht peinlich ist.«

»Alle feiern mich dafür.« Sie klingt, als wäre sie stolz.

»Siehst du. Dann lass dich feiern, und bestraf dich nicht selbst. Wie willst du den anderen erklären, dass du deine Teilnahme so kurzfristig absagst?«

Ronja wird unsicher, und ich merke, dass ich einen wunden Punkt getroffen habe. »Aber Sunny, ich meine Herrn … Herr Sandberg hat sich dir gegenüber krass blöd verhalten. Ich meine, wenn einer sich mit dir treffen will, dann musst du doch denken, dass er dich mag, oder? Dabei hängt er immer mit Frau Super herum. Das ist doch voll gemein.«

Ich greife nach ihrer Hand. »Räuber, ich bin schon etwas älter und damit erfahrener als du. Es hat mir geschmeichelt, ich gebe es zu, weil er ein gut aussehender Mann ist. Aber dann habe ich schnell gemerkt, dass es kein wirkliches Interesse an mir als Frau ist.«

»Woran merkt man das?« Meine Tochter runzelt die Stirn.

»Sieh mal, wenn sich jemand für dich interessiert, dann sollte er sich mehr bemühen und es deutlich zeigen. Ich möchte spüren, dass er mich mag, dass er mich sehen möchte und dass er sich für mich und mein Leben interessiert.«

»Das alles hast du nicht gespürt?«

»Nein, das habe ich nicht. Aber weißt du, es hat gutgetan, etwas Aufmerksamkeit zu bekommen. Vor allem von einem jüngeren Mann. Das ist mir davor noch nie passiert. Das war sehr schmeichelhaft.«

»Also, wenn mich irgendwelche Fünftklässler feiern, dann soll ich mich auch geschmeichelt fühlen?«, will meine Tochter wissen.

Ich lache. »Ich fürchte, das ist nicht dasselbe.«

»Nee, echt nicht.« Sie grinst. »Es dauert halt ewig lange, bis ich endlich älter bin.«

»Für meine Begriffe vergeht die Zeit viel zu schnell. Aber ich bin froh, dass du nicht mehr sauer auf mich bist. Ehrlich! Du bist das Wichtigste für mich.«

Ronja sieht kurz zu Boden und dann wieder mich an. »Vanessa und Lucy haben gleich gesagt, dass ich mich blöd verhalten hab, weil Mütter auch Menschen sind, genau wie Lehrer, und sich genauso verlieben dürfen.«

»Du hast ihnen davon erzählt?«

»Tut mir leid, aber ich musste das jemandem sagen. Ich war so wütend auf dich!«, sagt sie und macht ein ganz zerknirschtes Gesicht. »Darf ich ihnen erzählen, was wirklich zwischen Sunny und dir gelaufen ist? Die denken nämlich noch, dass eine heiße Affäre hinter unserem Rücken abläuft. Und im Gegensatz zu mir fanden sie's von Anfang an cool.«

Um Himmels willen. »Ja bitte. Du solltest ihnen unbedingt alles erzählen, bevor irgendwelche Gerüchte über Herrn Sandberg und mich in der Schule die Runde machen.«

Ronja legt den Kopf schief. »Papa gegenüber hab ich auch was angedeutet, also wundere dich nicht, wenn er dich drauf anspricht. Allerdings hat er gemeint, dass ich total unfair bin und dir eine Beziehung gönnen soll, egal mit wem. Er hätte schließlich auch die Barbara, und da würde ich kein solches Theater machen.«

Manchmal weiß ich noch, warum ich mich damals in Stefan verliebt habe. Trotz des Bedürfnisses, seine Jugend nach der Scheidung nachzuholen, war er bisher immer fair.

»Okay. Hast du vielleicht noch eine Anzeige in der Zeitung aufgegeben, oder wer weiß es noch?« Ich bin nicht richtig sauer, sondern male mir aus, welcher Stoff sich hier für gewisse Klatschmäuler bietet.

»Also, Oma und Opa habe ich nichts gesagt, obwohl ich gestern kurz bei ihnen war. Aber da hatte ich mich schon wieder abgeregt.«

Na, so ein Glück aber auch. »Nachdem Oma schon gedacht hat, ich stünde kurz vor der Hochzeit mit Theo Fontane, und ich echte Mühe hatte, ihr das wieder auszureden, bin ich sehr froh darüber. Du weißt, dass sie aus jeder Mücke einen Elefanten macht.«

»Dann ist Theo Fontane also total out? Vanessa sagt, ihre Mutter kennt ihn vom Golfen. Sie hat ihr erzählt, dass er dich neulich bei uns abgeholt hat.«

Ich verdrehe die Augen. »Die Leute wissen viel zu viel voneinander, und die Golfwelt ist offenbar sehr klein. Nur für dich zum Mitschreiben: Er ist nicht total out, aber wir sind nur gute Freunde, und ich arbeite für ihn.«

»Du bist also auch nicht in ihn?«

»Was?«

»Verliebt.«

Ich seufze. »Irgendwie seid ihr alle viel zu frühreif. Nein, ich bin nicht in ihn verliebt. Ich bin gerade in niemanden verliebt.«

Ein schelmisches Grinsen stiehlt sich auf ihr Gesicht. »Du hast mir noch nichts von deinem Golfkurs und den Millionären erzählt. Ich hab die ganze Zeit gedacht, dass sich da etwas tut, deshalb war ich auch so geschockt wegen Sunny.«

Ihr jetzt von dem Grafen zu erzählen ist völlig verfrüht, deshalb zucke ich nur mit den Schultern. »Bei meinen Recherchen stellt sich gerade heraus, dass die Reichen auch nur normale Menschen sind, die Macken und Probleme haben. Geld ist eben nicht alles.«

»Mensch, Mama, ey! Jetzt muss ich doch noch Babysitterin werden, um mehr Kohle zu haben und mir das neueste iPhone selbst zu kaufen.«

»Sieht ganz so aus.« Ich bin froh, dass alle Model-YouToube-Spielerfrau-Pläne erst einmal vom Tisch zu sein scheinen, frage aber lieber nicht danach. Bloß keine schlafenden Hunde wecken. »Bernadette bekommt bald ihr Baby, dann kannst du schauen, ob dir das mit dem Babysitting liegt.«

Ronja sitzt einen Moment schweigend da, und ich merke, wie es in ihrem Kopf arbeitet.

»Mami?«

Diesen Kosenamen habe ich schon lange nicht mehr von ihr gehört, und mein Herz geht auf.

»Ja, mein Schatz?«

»Ich hab dir doch schon mal gesagt, dass ich nicht will, dass du allein bleibst. Und meinetwegen schon mal auf keinen Fall. Also, wenn du dich doch mit einem meiner Lehrer verabreden willst, dann tu's ruhig, nur bitte sag mir vorher Bescheid. Ich hasse nämlich Heimlichkeiten. Und lass die dicken, hässlichen, stinkenden und unsympathischen weg, okay?«

Ich lache. »Ich verspreche es. Darf ich im Gegenzug fragen, was nun mit der Mathe-Olympiade nächste Woche ist?«

»Was denkst du denn? Das Laken mit ›*Ronja the genius*‹ ist fertig, da darf ich meine Klasse auf keinen Fall enttäuschen.«

»Richtige Entscheidung.«

»Jetzt darf ich aber mein Smartphone wiederhaben, ne?« Sie greift danach, als ob es etwas Kostbares wäre, umarmt mich kurz und geht in ihr Zimmer.

Ich kann nur ahnen, wie heiß die Drähte zwischen ihr und ihren Freundinnen glühen, und bin heilfroh, mit ihr Klartext geredet zu haben.

# 15

Lieber Dr. Gabriel,
eigentlich wollte ich Ihnen gar nicht mehr schreiben, aber Sie sollen wissen, dass Sie zum Teil recht hatten, genauso wie ich. Es war gut, über den Tellerrand hinauszuschauen und mir Sachen anzueignen, die ich vorher nicht beherrscht habe. Dadurch habe ich mehr Selbstbewusstsein bekommen und fühle mich klüger als vorher. Und nun das Wichtigste: Ich habe jemanden kennengelernt, den ich mag und wo sich mehr daraus entwickeln kann. Er mag mich auch und ist nicht auf meinen Verdienst angewiesen, weil er vermögend ist. Ich wäre ihm vielleicht auch woanders begegnet, aber meinen Weg dahin möchte ich trotzdem nicht missen. Ich habe ihm alles von mir erzählt und sogar gestanden, welche Pläne ich hatte, weil ich direkt reinen Tisch machen wollte. Er hat nur gelacht und gemeint, es sei super, wie ich mein Leben anpacke. Es stimmt: Auf Dauer hätte es ohne echte Gefühle nicht funktioniert, deshalb ist es umso schöner, dass jetzt alles passt. :-) :-) :-)
Viele Grüße
Chiara

Ich lese Anitas Mail mehrfach hintereinander mit gemischten Gefühlen. Einerseits habe ich damit ein reelles Ende für meinen Zeitungsartikel, andererseits bin ich total neugierig, wen sie sich letztendlich geangelt hat. Ich habe in den letzten Tagen viel an sie gedacht und freue mich schon, sie beim Wohltätigkeitsball zu treffen. Spätestens da werde ich hoffentlich erfahren, wer der vermögende Mann an ihrer Seite ist.

Ich tippe auf Betonmischer-eins-a-Berensky, aber es könnte auch jemand ganz anderes sein. Schließlich war ich am Sonntag nicht mehr in dem Golfhotel und habe nicht mitbekommen, was Anita noch so getrieben hatte. Ich bin froh, dass sie zumindest jemanden gefunden hat, den sie mag, und gleichzeitig einsehen konnte, dass es ohne echte Gefühle nicht geht, denn damit ist auch meine These bewiesen. Dass sie dennoch ihr Ziel verwirklicht hat, einen gut betuchten Partner zu ergattern, finde ich fast schon kurios.

»Wieso denn?«, wundert sich Bernadette, als ich ihr am nächsten Tag davon erzähle.

Wir stehen im zukünftigen Kinderzimmer, und ich bewundere die schönen weißen Möbel, die Gregor in den letzten Tagen zusammengeschraubt hat.

»Die Frau ist tough vorgegangen und hatte dann das nötige Quäntchen Glück. Kennst du nicht den Spruch ›Hilf dir selbst, dann hilft dir Gott‹?«

»Du klingst schon wie Pfarrer Auerberg«, sage ich.

»Amen. Außerdem«, ergänzt Bernadette, »ergeht es dir ähnlich. Du bist sogar dabei, dir einen reichen Adeligen zu angeln.«

»Das weiß man doch noch gar nicht«, bremse ich ihren

Optimismus, während ich ihr in die Küche folge. »Wir sind erst in der zarten Kennenlernphase.«

»Zarte Kennenlernphase? Komm gefälligst von deinem Doktor-Gabriel-Ross herunter. Ich würde sagen, es läuft.«

Wenn man zwei Telefonate als ein gutes Omen betrachten kann, dann läuft es tatsächlich. Einmal hat mir Friedrich auf den Anrufbeantworter gesprochen, weil er wissen wollte, ob wir nach dem Ball im Schlosshotel übernachten wollen, und beim zweiten Mal habe ich zurückgerufen, um seine Frage zu beantworten.

»Ich finde immer noch, dass du im Schloss bleiben solltest«, sagt meine Cousine, als könnte sie meine Gedanken lesen. »Auf Gregor und mich musst du keine Rücksicht nehmen. Du hättest dem Grafen direkt anbieten sollen, bei ihm zu nächtigen.«

»Also wirklich!« Ich tue ganz entrüstet. »Denk bitte daran, dass ich keine Mätresse bin. Falls sich etwas zwischen ihm und mir entwickeln sollte, dann *step by step*. Ich will nichts überstürzen. Der Graf wird den ganzen Abend als Gastgeber gefragt sein und hat sicher nur wenig Zeit für private Gespräche. Ich finde es schön, dass wir an seinem Tisch sitzen, aber ich fahre auf jeden Fall mit euch zurück.«

Genau das habe ich ihm auch am Telefon erklärt, und wir hatten ein nettes Gespräch, das mit allerhand Flirtsignalen gespickt war. Er hat mir erzählt, dass der Wohltätigkeitsball mittlerweile ausgebucht sei und seine Schwester und er sich sehr darüber freuten.

»Wenn es ein schöner und erfolgreicher Abend wird, dann werden wir den Ball in Zukunft regelmäßig veranstalten. Wir wollen den Event noch bekannter machen und im nächsten Jahr vielleicht auch einige Prominente dazu einladen.«

»Was ziehst du überhaupt an? Hast du dich mittlerweile entschieden?«, will Bernadette wissen. »Ich hab's leicht, denn für mich kommt nur das dunkelblaue Zelt infrage. Es ist das einzige, das mir noch passt.«

»Ich ziehe das weinrote Kleid an, das ich auf der Silberhochzeit meiner Eltern getragen habe.«

»Ja, das ist sehr schick. Trag dazu unbedingt echten Schmuck oder eine Perlenkette. Als zukünftige Gräfin musst du entsprechend wirken.«

»Erstens besitze ich kaum echten Schmuck, und zweitens bist du mit deinen Gedanken schon wieder viel zu weit«, hole ich sie auf den Boden der Tatsachen zurück. »Außerdem erinnerst du mich immer mehr an Anita.«

»Die es geschafft hat«, erinnert sie mich und grinst.

Mein Handy klingelt, und auf dem Display leuchtet die Nummer der Fontane-Bäckerei auf.

»Warte mal eben, es ist Theo«, sage ich zu Bernadette. »Hallo, lange nichts gehört«, melde ich mich.

»Genau, genau. Ich wollte schon die ganze Zeit mal gefragt haben, ob du deine privaten Probleme inzwischen hinbekommen hast, aber bei uns ist derzeit jede Menge los«, antwortet der Junior und klingt gestresst. »Deshalb rufe ich auch an. Wäre es möglich, dass wir uns nächste Woche treffen? Wir kreieren gerade ein ganz neues Brot. Halb Stuten, halb Roggen, im Zebrastreifen-Look. Sieht richtig interessant aus, und wir brauchen dringend einen innovativen Namen. So was wie ›Black And White Dynamite‹. Außerdem ist unser privates Treffen längst überfällig, nicht wahr? Wir kommen ja nie dazu, mal in Ruhe miteinander zu reden. Wie wäre es mit nächstem Dienstag? Am späten Nachmittag?«

Ich habe noch an »Black And White Dynamite« zu kauen und kann daher nur kraftlos nicken. »Okay, ich trage es mir ein. Aber, Theo, können wir bitte noch mal über den Namen reden? Oder ist der bereits beschlossene Sache?«

Am anderen Ende der Leitung ertönt ein Lachen. »Ich wusste, dass du das sagst. Helen, du weißt, wie wichtig mir deine Meinung ist. Wir klären alles am Dienstag, ja?«

Ich lasse das Handy in die Tasche fallen und sehe Bernadette an. »Theo will sich mit mir am Dienstag treffen. Beruflich und privat. Und sie entwickeln ein Dynamit-Brot.«

Meine Cousine lacht. »Ich finde noch immer, dass er durchaus eine zweite Option für dich wäre, falls das mit dem Grafen nicht hinhaut. Mit ihm wird es offenbar nie langweilig.«

Ich stimme ein. »Ja, die Familie Fontane bietet stets eine explosive Mischung.«

Wir hören einen Schlüssel in der Tür, und Gregor kommt herein. Er umarmt Bernadette, streichelt ihr über den Bauch und begrüßt dann auch mich.

»Ich habe schlechte Nachrichten«, sagt er zerknirscht. »Raste jetzt bitte nicht aus, aber Frank ist krank geworden, und sie haben mir am Samstag Rufbereitschaft aufgebrummt. Daher kann ich nicht aus der Stadt weg.«

»Was? Was heißt das?«

»Dass wir nicht zu dem Ball fahren können, tut mir echt leid. Aber das ist zu weit draußen.«

»So weit ist es doch gar nicht von der Stadt weg. Ach nein!« In Bernadettes Stimme sind Enttäuschung und Wut zu hören. »Warum kann denn kein anderer den Dienst übernehmen? Wir haben doch etwas vor.«

»Tut mir leid, Schatz, aber ich habe mir schon die darauffolgenden Wochenenden frei gehalten, weil dann ja das Baby kommen soll. Ich kann den Jungs unmöglich sagen, dass es diesen Samstag auch nicht geht. Das ist zu viel.«

»Aber du hast es mir versprochen!« Bernadette klingt jetzt wie meine pubertierende Tochter. »Außerdem ist die Rufbereitschaft kein Grund, nicht zum Schloss zu fahren. Wenn irgendwo der Strom ausfällt oder eine Straße vollläuft, dann kann man dich doch auf dem Handy anrufen. Dann fährst du eben ganz schnell zurück.«

Gregor sieht mich hilfesuchend an. »Bernadette, du weißt, dass man bei Rufbereitschaft in unmittelbarer Nähe der Stadt bleiben muss. Es tut mir leid, aber ich werde diese Regel wegen eines Balls nicht brechen. Wenn das rauskommt …«

»… wäre er vermutlich seinen Job los«, ergänze ich. »Nun sei nicht so streng mit deinem Mann. Du hast doch selbst bei den Stadtwerken gearbeitet und kennst die Auflagen. Außerdem ist es wirklich wichtiger, wenn Gregor nach der Geburt frei hat, um dir mit dem Baby zu helfen.«

Meine Cousine sieht immer noch bockig aus. »Jaja, ich weiß schon, höhere Gewalt und so. Sauer darf ich trotzdem sein. Ich gehe trotzdem hin. Mit Helen. Sollen wir vielleicht Räuber mitnehmen? Wo sie doch den Mathe-Wettbewerb gewonnen hat. Das wäre die perfekte Belohnung, sie würde sich bestimmt freuen.«

Ich bin mir nicht sicher, ob Ronja eine Wohltätigkeitsveranstaltung dem neuesten iPhone vorziehen würde, das ihr als Anerkennung für ihre Leistung vorschwebt, und zucke mit den Schultern. »Ich kann sie gern fragen.« Dann zeige ich auf Bernadettes Bauch. »Und du bist dir sicher, dass du den Ball schaffst? Entschuldige, aber irgendwie siehst du aus, als würde es quasi minütlich losgehen.«

»Schatz, vielleicht solltest du auch zu Hause bleiben? Helen kann ja Katrin fragen oder wen anders, ob er sie begleiten möchte. Vielleicht können wir unsere Karten ja auch abgeben?«

Bernadette macht wieder ein beleidigtes Gesicht. »Auf keinen Fall! Behandelt mich nicht wie eine Kranke. Das Baby ist erst für acht Tage nach dem Ball ausgerechnet. Mein Arzt sagt, alles sei in Ordnung. Also gönnt mir diesen letzten Spaß als Kinderlose, darauf freue ich mich schon seit Wochen. Ich fahre mit Helen, davon können mich keine zehn Pferde abhalten.«

Wider Erwarten ist Ronja von dem Vorschlag ganz begeistert und zappelt auf der Fahrt nach Schloss Strombach die ganze Zeit auf dem Rücksitz herum.

»Cool! Ich wusste gar nicht, dass es so was auch hier gibt. Ein echter Ball? Kommen da auch ein paar von den europäischen Prinzen? Wer könnte denn von denen altersmäßig zu mir passen?«, überlegt sie laut.

»Hast du sie nicht längst alle gegoogelt?«, frage ich. »Ich denke nicht, dass einer von ihnen vorbeikommen wird. Ich tippe eher auf ein paar Leute aus der Gegend, die ganz gut verdienen.«

»Haben die auch Söhne?«, will meine Tochter wissen, doch als ich sie im Rückspiegel entsetzt anschaue, winkt sie ab. »Chill mal wieder. Dich kann man echt gut ärgern.«

»Hast du ein neues Kleid bekommen, Räuber?«, will Bernadette wissen, die neben mir auf dem Beifahrersitz thront.

»Leider nicht. Und auch kein iPhone, obwohl ich bei der Mathe-Olympiade die Beste war und mich für den Landeswettbewerb qualifiziert habe. Mama und Papa haben gesagt, ich soll selbst dafür sparen. Wisst ihr eigentlich, wie oft ich dafür babysitten muss?«

Ich winke ab. »Die Eintrittskarte für heute Abend war teuer genug.«

»Menno, immer dreht sich alles ums Geld. Wenn ich älter bin, brauch ich jede Menge davon. Wie bist du eigentlich auf die Idee gekommen, auf den Ball zu gehen, Mama?«

»Ich habe bei der Recherche zu meinem Artikel den Besitzer des Schlosshotels kennengelernt«, erzähle ich. »Er ist ein echter Graf und …«

»Er hat dich eingeladen?«, fällt Ronja mir ins Wort. »Cool!«

»Nein, das hat er nicht«, antworte ich. »Aber er hat Bernadette und mir von dem Ball erzählt. Bei dem Tischkultur-Workshop, den wir neulich gemacht haben. Der Graf ist sehr nett, und ich glaube, er findet mich auch … ganz nett«, lasse ich mich hinreißen zu sagen, und meine Cousine grinst.

Meine Tochter ist nicht halb so beeindruckt, wie ich angenommen habe. »Wenn er dich nett findet, dann hätte er dich einladen und dir die teuren Karten schenken können«, befindet sie.

»Nun ja, die Redaktion übernimmt eine Karte«, verteidige ich mich.

»Weiß der Graf davon?« Ronja sucht im Rückspiegel meinen Blick.

»Gute Frage, ich glaube, ich habe es nie erwähnt«, antworte ich ausweichend. Er hat aber auch nie gefragt.

»Du weißt doch, dass deine Mama nichts über den Artikel erzählen darf«, schaltet sich Bernadette ein. »Deshalb geht es ihn auch nichts an, warum eine Karte über das Spesenkonto läuft.«

»Genau«, bekräftige ich. »Auch du solltest daher bitte nichts verraten, wenn wir an seinem Tisch sitzen. Er muss nicht wissen, wie wir auf den Workshop gekommen sind.«

»Okay.«

Ronja gibt sich offenbar damit zufrieden, und wir legen die letzten Kilometer schweigend zurück. Ich komme nicht umhin, mich plötzlich zu fragen, was Friedrich mittlerweile von mir weiß. Rückblickend betrachtet, hat er immer sehr viel von sich selbst, seinem Schloss und dem Golfplatz erzählt. Aber hat er sich je nach meinem Leben erkundigt?

»Mir fällt gerade ein, dass der Graf dich noch immer für ein kleines Mädchen hält, Ronja«, sage ich laut. »Ich habe doch damals so getan, als ob sie einen Wunschzettel schreibt und mich deswegen anruft.«

»Das hast du immer noch nicht richtiggestellt?«, wundert sich meine Cousine.

»Bist du Banane?«, ruft auch Ronja. »Und bei dem soll ich am Tisch sitzen? Was soll ich denn sagen? Dass ich eine umgekehrte Wachstumsstörung habe und eigentlich erst zehn Jahre alt bin?«

»Eigentlich noch jünger«, sage ich zerknirscht. »Ja, das ist echt blöd.«

»Das ist nicht nur blöd, das ist bescheuert.«

Bernadette hält sich den Bauch und deutet auf die Zufahrt zum Schloss. »Herumstreiten bringt jetzt gar nichts. Wir sind nämlich schon da. Ich bin froh darüber, auf den Schotterstraßen hatte ich echt Schmerzen, weil es so gerumpelt hat.«

Ich parke zwischen zwei große Mercedes-Limousinen ein, und Ronja vergisst für einen Moment, dass sie sauer auf mich ist.

»Krass«, sagt sie. »Echt coole Autos. Da ist sogar ein Lamborghini dabei. Hier sind Reiche im Haus.«

»Und wir«, ergänze ich. »Viel Geld zu haben ist nicht alles.«

Wir haken Bernadette unter und führen sie langsam auf das große Eingangsportal zu.

»Nicht schlecht«, sagt Ronja. »Aber im Winter hätte ich Angst, hier zu wohnen. Seht euch mal um. Kein einziges Haus in der Nähe, nur Wälder. Hier ist es bestimmt stockfinster und einsam. Und überall knarzt es und knackt.«

In der Eingangshalle empfängt uns eine laute Geräuschkulisse. Kellner mit Tabletts servieren Champagner und Orangensaft, Menschen in feiner Abendgarderobe stehen zusammen und plaudern miteinander, während ein Streichquartett das Ganze mit klassischer Musik untermalt.

Wir zeigen unsere Karten vor und bekommen alle drei ein Glas in die Hand gedrückt.

»*Yolo*«, sagt Ronja und zeigt auf ihren Champagner. »Hier fragt keiner nach dem Ausweis.«

Ich leere mein Glas und schnappe mir ihres.

»Hey, ich habe auch Durst«, protestiert sie und grinst dann. »Jetzt guck nicht so, war nur ein Scherz.«

Ich sehe mich um, kann Friedrich jedoch nirgends entdecken. Dafür erkenne ich ein paar bekannte Gesichter aus der Stadt. Die Vorsitzenden der örtlichen Parteien mit ihren Frauen, die Besitzerin des großen Fitnessstudios, das erst vor Kurzem eröffnet hat, der Leiter der Volkshochschule, der Sparkassendirektor …

»Die Leute wollten sich das Ereignis offenbar nicht entgehen lassen«, bemerkt auch Bernadette. »Kein Wunder, in unserem Kaff gibt es nicht viele gesellschaftliche Ereignisse. Aber ich kann nicht mehr lange stehen und hoffe, dass wir gleich an unseren Tisch dürfen. Eigentlich bin ich froh, dass Gregor nicht da ist, denn ich glaube, tanzen kann ich heute nicht mehr«, gesteht sie.

»Falls dir das alles zu viel wird, sagst du Bescheid. Ich fahre dich dann sofort nach Hause.«

»Spinnst du? Ich will alles hautnah mitbekommen«, widerspricht sie. »Ich rechne fest mit einem Happy End. Vielleicht fällt der Graf ja auf die Knie und bittet vor allen um deine Hand.«

Ich verdrehe die Augen. »Du hast in letzter Zeit eindeutig zu viel ferngesehen.«

»Oh mein Gott!«, ruft Ronja und schlägt die Hand vor den Mund.

»Was ist denn los?«, frage ich alarmiert.

»Der Rick aus der Klasse über mir steht da vorn. Was macht der denn hier? Übelst krass. Und er hat 'nen Anzug an. Echt *cute*. Das muss ich gleich Vanessa und Lucy schreiben. Ach, guck mal, Mama, da hinten sind sogar unser Schuldirektor und sein Stellvertreter. Jetzt muss ich mich auch noch gut benehmen.«

Ich folge ihrem Blick und sehe, dass auch Sebastian Winter uns offenbar gerade entdeckt hat, denn er winkt mir freundlich zu.

»Seitdem sich offenbar doch etwas in Sachen Schultoiletten tut, ist es mir nicht mehr peinlich, ihm zu begegnen«, sage ich zu Bernadette. »Ronja hat gesagt, dass die Anlagen tatsächlich renoviert werden sollen. Ich muss mich unbedingt noch bei Friedrich bedanken, dass er den Bürgermeister darauf angesprochen hat.«

Meine Tochter tippt wild auf ihrem Handy herum, aber ich lasse sie gewähren, denn die meisten Leute in der Halle haben ein Mobiltelefon in der Hand.

»So viel zum Thema ›gutes Benehmen‹«, meint auch Bernadette, die meinem Blick folgt.

»Hallo, Helen und Bernadette. Ich habe schon nach euch Ausschau gehalten.« Anita steht vor uns und trägt wieder ihr rotes, langes Seidenkleid. »Wie schön, euch zu sehen. Oh, wer ist die junge, hübsche Dame hier?«

Ich stelle ihr Ronja vor, die zwar höflich Hallo sagt, sich jedoch sofort wieder ihrem Handy widmet.

»Wie geht es dir, Anita? Ich habe es sehr bedauert, dass ich an dem Abend im Landhaus so schnell verschwinden musste, aber es war wichtig.«

Anita nickt. »Ja, Friedrich hat uns informiert, dass du sofort nach Hause musstest. Ist alles wieder okay?«

Ich blicke zur Ronja und nicke. »Kann man so sagen. Alles bestens. Weißt du, wie das gleich mit der Sitzordnung geregelt ist?«, frage ich sie, denn Bernadette fängt langsam an zu schnaufen.

»Keine Ahnung.«

»Du musst uns unbedingt erzählen, wie das Wochenende für dich gelaufen ist und ob du weiter golfen wirst«, schaltet sich meine Cousine ein. »Helen hat gesagt, das war genau dein Ding?«

»Es war sehr interessant. Ach, Helen, ich muss dir noch etwas sagen. Ich hoffe, dass es dir recht ist. Da du am Sonntag nicht da warst, habe ich an deiner Stelle den Bürgermeister auf diese Schulklos angesprochen. Mir gehen solche Ungerechtigkeiten nämlich total gegen den Strich.«

»Du warst das?«, frage ich völlig baff.

»Ja, der Knabe stand mir am nächsten Tag im Clubhaus direkt gegenüber. Ich habe ihm mit schlechter Presse gedroht, davor haben die Politiker doch so große Angst, weil sie wiedergewählt werden wollen.«

Ich würde sie am liebsten umarmen. »Vielen Dank, wie ich gehört habe, hat er sich inzwischen tatsächlich bei der Schule gemeldet. Ich bin dir etwas schuldig.«

»Nichts zu danken. War mir ein Vergnügen.« Sie lacht. »Das hat Spaß gemacht, wie überhaupt das ganze Wochenende.«

Ich würde sie zu gern fragen, wen sie sich am Ende angelacht hat, spekuliere jedoch darauf, dass sie es mir von allein erzählen wird. »Wir sollten Handynummern austauschen, wenn du Lust hast. Vielleicht können wir uns ja mal in der Stadt treffen«, schlage ich vor.

Anita nickt. »Sehr gern.« Dann schaut sie über meine Schulter hinweg jemanden an und winkt heftig. »Huhu! Hier bin ich!«

Ich drehe mich um und halte überrascht die Luft an. Theo Fontane junior kommt auf uns zu und ist genauso überrascht wie ich.

»Helen, guten Abend. Ihr kennt euch?« Völlig perplex beobachte ich, wie er Anita auf den Mund küsst und sich dann neben sie stellt. »Oder habt ihr euch gerade kennengelernt?«

Ich erhole mich schnell. Anita und Theo? Er ist also der wohlhabende Mann, der sie mag? Darauf wäre ich nie im Leben gekommen, aber irgendwie passen die beiden zusammen. Ich horche in mich hinein, ob ich enttäuscht oder gar eifersüchtig bin, doch ich verspüre eher Erleichterung. Nun kann ich unbehelligt weiter die Pressearbeit für die Bäckerei machen, und Anita darf sich mit Pfarrer Auerberg und Mariannes Ansprüchen herumschlagen. Irgendetwas sagt mir, dass sie damit viel besser klarkommen werden wird als ich.

»Helen und ich haben uns vor ein paar Wochen kennengelernt, bei dem Workshop über Tischkultur, von dem ich dir erzählt habe, Schatz«, sagt Anita. »Ihr kennt euch also auch?«

»Ja, die Welt ist klein. Ich bin Theos … Bäckerei-Pressevertretung«, benutze ich grinsend die Worte seiner Mutter und zwinkere ihm zu. Von unserem Kuss braucht Anita nichts erfahren. Manche Geheimnisse behält man besser für sich.

»Und eine gute Freundin. Das kann man doch so sagen, oder?«, fragt mich Fontane junior, dem die Erleichterung förmlich ins Gesicht geschrieben steht.

»Auf jeden Fall«, erwidere ich. »Und ihr seid zusammen?«

Theo legt einen Arm um Anita, und beide nicken. »Wir sind uns auf dem Golfplatz über den Weg gelaufen«, erklärt er leicht verlegen.

»Freut mich«, sage ich und meine es auch so. »Darf ich vorstellen? Das sind meine Cousine Bernadette und meine Tochter Ronja. Theo Fontane, der Mann mit den legendären Backwarenbezeichnungen und seine Freundin Anita.«

Bernadettes Kinnlade klappt herunter, denn sie zählt soeben zwei und zwei zusammen, während Ronja fröhlich in die Runde nickt.

Theo runzelt überrascht die Stirn. »Das ist doch nicht etwa der kleine Räuber?«

»Sie sind doch nicht etwa der Mann mit der krass vornehmen Mutter?«, gibt meine Tochter schlagfertig zurück, ohne das Display ihres Smartphones aus den Augen zu lassen.

Anita zieht die Brauen zusammen, und Theo beeilt sich zu versichern: »So schlimm ist sie gar nicht. Außerdem lebe ich mein Leben, wie ich will.«

»Bist du katholisch?«, frage ich Anita.

»Ja«, gibt sie zurück. »Wieso?«

»Hast du jemals kirchlich geheiratet?«

Sie schüttelt den Kopf. »Nein, meine beiden Ehemänner hatten kein Geld, und wir wollten es irgendwann noch nachholen. Dazu ist es nie gekommen.«

Ich fasse sie am Arm und strahle Theo an. »Dann wird alles gut. Du musst seiner Mutter nur sagen, dass du katholisch bist und noch nie kirchlich geheiratet hast. Und bestell Pfarrer Auerberg einen schönen Gruß von mir.«

»Ich verstehe kein Wort«, sagt Anita.

Bernadette kichert, Ronja hört gar nicht mehr zu, und Theo tritt verlegen von einem Bein auf das andere.

»Meine sehr verehrten Damen und Herren, liebe Freunde«, ertönt eine Stimme aus den Lautsprechern und unterbricht sämtliche Gespräche. »Meine Schwester und ich möchten Sie alle sehr herzlich zu unserem ersten Wohltätigkeitsball begrüßen …«

Friedrich von Strombach steht auf einem kleinen Podium hinter dem Streichquartett und hält eine Rede. Er sieht gut aus in seinem schwarzen Smoking, und ich freue mich schon, ihn gleich persönlich zu begrüßen.

»Das ist der Graf? Der guckt aber ganz schön arrogant«, flüstert mir meine Tochter zu. »Kein Wunder, dass er dir die Karten nicht geschenkt hat.«

»Quatsch. In Wirklichkeit ist er sehr nett«, antworte ich.

»Wenn du meinst. Ich hab mit Rick über Facebook gechattet. Er ist mit seinen Eltern hier und langweilt sich auch tierisch. Ich geh mal zu ihm rüber. Bin gleich wieder da.«

»Aber wenn wir in den großen Ballsaal dürfen, kommst du wieder zu mir, damit wir uns nicht verlieren«, antworte ich.

»Halt dein Handy bereit, dann finde ich dich schon«, sagt sie achselzuckend.

Ich schüttele den Kopf. »Der Graf hat uns erklärt, dass man bei Tisch auf sein Mobiltelefon verzichten sollte.«

Ronja tippt sich an die Stirn. »Sag ich doch, der ist total arrogant. Warum schreibt er einem das vor? Er ist doch nicht unser Vater. Bis gleich.« Weg ist sie.

Bernadette hakt mich unter. »Ich kann nicht mehr stehen«, sagt sie. »Lass uns bitte einen Stuhl suchen.«

»Der Saalplan steht vor allen Flügeltüren, dort finden Sie Ihren Namen und Ihre Tischnummer«, höre ich Friedrichs Stimme.

»Na wunderbar«, sage ich. »Bernadette und ich gehen schon mal rein. Wir sehen uns gleich?« Ich lächele Anita und Theo an und führe meine Cousine langsam in Richtung Ballsaal.

»Also, den Bäcker kannst du abschreiben«, sagt sie, sobald wir außer Hörweite sind. »Aber die beiden wirken irgendwie niedlich zusammen. Oder stört es dich?« Sie schnauft ein wenig.

»Nein, gar nicht. Ich finde auch, dass sie sehr gut zueinanderpassen. Aus Theo und mir wäre sowieso nichts geworden, sonst hätte es schon viel früher zwischen uns gefunkt.« Ich entnehme dem Plan, dass unser Tisch die Nummer drei hat, und führe Bernadette in den festlich geschmückten Ballsaal.

Während wir uns langsam auf unsere Plätze zubewegen, bewundern wir die Blumenarrangements auf den runden Tischen, in denen jeweils ein großes Sparschwein steckt.

»Geschäftstüchtig ist der Graf auf jeden Fall«, sagt meine Cousine. »Er weiß, wie man Geld sammelt.«

Tisch Nummer drei ist noch leer, und sie lässt sich mit einem tiefen Seufzer auf einen der Stühle sinken. Ich sehe mich nach Ronja um, während immer mehr Menschen in den Saal strömen.

»Schau mal, da ist Friedrich.«

Ich habe den Grafen entdeckt, der mit großen Schritten und seinem obligatorischen Lächeln auf unseren Tisch zugeht.

»Guten Abend, die Damen.« Er küsst uns beide auf die Wange und strahlt. »Ich freue mich sehr. Wo ist denn Ihr Ehemann?«

»Er hat heute leider Rufbereitschaft und konnte doch nicht weg. Dafür haben wir Helens Tochter Ronja mitgebracht.«

»Darf sie denn schon so lange aufbleiben?«, fragt Friedrich, sichtlich überrascht.

Jetzt bin ich ihm eine Erklärung schuldig. »Ähm … Sie ist schon fünfzehn«, sage ich. »Damals war es mir peinlich, dass sie mich mitten im Workshop angerufen hat, deshalb habe ich sie ein bisschen jünger gemacht. Eine kleine Notlüge.«

Bernadette und ich lachen, während Friedrich irritiert ruft: »Fünfzehn? Dann ist sie ja schon ein Teenager.«

»Ganz genau. Ein pubertierender Teenager, also bitte nicht wundern, wenn sie nachher ihr Handy neben das Besteck legt. Ohne dieses Ding gehen die Jugendlichen heute ja nicht mehr aus dem Haus«, sagt Bernadette.

Der Graf lächelt schmallippig. »Alles eine Frage der Erziehung.«

Augenblicklich fühle ich mich angegriffen. »Du lernst Ronja gleich kennen, und dann siehst du, dass sie sich sehr gut benehmen kann. Da ist sie ja!« Ich winke meiner Tochter zu und bete, dass sie Friedrich nicht gleich als Erstes mitteilt, wie arrogant er ihrer Meinung nach aussieht und dass er mir die Eintrittskarten ruhig hätte schenken können.

»Friedrich, das ist Ronja.«

Er schüttelt ihr die Hand. »Friedrich Graf von Strombach«, stellt er sich vor. Förmlicher geht es kaum.

»Ronja, Tochter von Lindner«, antwortet sie.

Bernadette bekommt einen Hustenanfall, ich beiße mir vor Lachen auf die Lippen.

Friedrich dagegen scheint ihren Auftritt gar nicht witzig zu finden. »Graf ist mein Adelstitel, den benutzen wir eben«, belehrt er sie. »Gehst du auf ein Internat?«

»Nein«, antworte ich für sie. »Ich würde mich nie von Ronja trennen. Sie geht hier in der Stadt zur Schule.«

»In meiner Familie ist es üblich, dass man die Kinder auf ein Internat schickt. Nur dort bringt man ihnen die nötige Disziplin und Bildung bei.«

»Jetzt chill mal«, sage ich erbost. »Willst du damit sagen, dass man sich sonst nicht benehmen kann?«

Der Graf lächelt gequält. »Doch, selbstverständlich. Ein adeliger Name verpflichtet nun mal. Bei uns in der Familie läuft es eben anders.«

Das, was ich da gerade höre, gefällt mir nicht. Ich würde niemals mein Kind abschieben und halte seine Ansichten für ziemlich eingebildet und überholt dazu.

Ronja ist auch noch nicht fertig mit ihm. »Ich hab Sie gegoogelt, aber nicht viel über Ihre Vorfahren gefunden. Haben Sie eine Familienchronik? Die würd ich mir gern mal anschauen. Ich nehm in der Oberstufe nämlich Leistungskurs Geschichte «, sagt sie.

»Bedaure, die ist privat«, sagt Friedrich und schüttelt den Kopf. »Aber du kannst in der oberen Etage unsere Ahnengalerie besichtigen, die ist beeindruckend. Vielleicht zeigt dir deine Mutter später die Bilder.«

Hatte er mir nicht gesagt, dass er mich herumführen wollte? »Du hast mir eine Schlossführung versprochen, vielleicht können wir die ja gemeinsam machen?«, frage ich.

»Verzeiht, aber Kinder haben zu unseren Privaträumen keinen Zutritt. Du kannst deiner Tochter sehr gerne die Bilder zeigen, und wir zwei treffen uns demnächst zu einer ausführlichen Schlossführung. Allerdings allein.« Er lächelt immer noch. »Ich wollte dich sowieso dafür gewinnen, die Pressearbeit für meine Besitztümer zu übernehmen. Viel zahlen kann ich zwar nicht, aber ich denke, wir werden uns bestimmt einig.«

Wie jetzt? »Wolltest du mich deshalb unbedingt treffen?«

»Genau«, erklärt er. »Aber wie gesagt, ich war in letzter Zeit ausschließlich mit dem Ball beschäftigt. Ab nächster Woche wird es ruhiger, dann setzen wir uns mal zusammen, und ich unterbreite dir mein Angebot. Wie wär's mit einem kostenlosen Golfkurs statt eines Honorars? Wir …«

»Auf keinen Fall«, unterbreche ich ihn. »Golf ist nichts für mich. Danke, aber ich habe noch Sex.«

Der Satz rutscht mir einfach so heraus, und obwohl er nicht stimmt und ganz sicher zu keiner einzigen der geltenden Konversationsregeln passt, ist es mir egal. Ich war so was von blöd! Wie konnte ich mir nur einreden, dass er an mir als Frau Interesse hätte?

Friedrich von Strombach lächelt, aber sein Lächeln erreicht seine Augen nicht. »Nun ja. Dann müssen wir uns vielleicht anders einigen. Jetzt entschuldigt mich bitte kurz.«

Er entfernt sich, und Ronja und Bernadette sehen mich sprachlos an.

»Ja, ich finde auch, dass er sich gerade wie ein Arschloch benommen hat«, sage ich laut. »Und ich bin einfach nur naiv.«

»Vielleicht mag er ja keine Kinder?«, sagt meine Cousine und legt eine Hand auf ihren Bauch. »Hat er nicht verstanden, dass es dich nur im Doppelpack gibt? Vielleicht fände er es gut, wenn seine Lebenspartnerin die Pressearbeit für ihn macht?« Sie verstummt, als sie meinen Blick bemerkt. »Okay, okay, ich habe auch falschgelegen. Aber ich bin schwanger.«

Ronja zuckt mit den Schultern. »Ich hab doch gleich gesagt, dass der Typ arrogant ist. Mami, meinst du echt, dass er dich wirklich *nett* findet?«

Sie betont das Wort »nett« und ich weiß genau, was sie damit meint.

Zugegeben, ich bin ein wenig enttäuscht, versuche jedoch, es mir nicht anmerken zu lassen. »Lasst uns einfach einen schönen Abend haben«, sage ich betont fröhlich. »Alles andere besprechen wir morgen. Ich habe gelesen, dass gleich ein paar Artisten auftreten.«

»Ähm«, macht Bernadette und atmet auf einmal ganz laut und betont langsam.

»Was ist los?« Etwas in ihrem Gesichtsausdruck lässt mich alarmiert aufspringen.

»Ich weiß nicht genau, aber ich habe die ganze Zeit schon so ein komisches Ziehen im Rücken«, meint sie. »Gerade ist es wieder weg. Eigentlich können das noch keine Wehen sein, oder?«

»Wehen?«

Ronja und ich sehen uns an.

»Ich glaube, ich gehe erst mal auf die Toilette«, meint meine Cousine und erhebt sich.

Ich schnappe mir die Handtasche und nicke Ronja zu. »Wir kommen mit.«

»Quatsch! Bleibt sitzen.«

»Keine Widerrede, Tante Bernadette.«

Ronja mag ein pubertärer Teenager sein, doch jetzt bin ich total stolz auf sie. Wir haken Bernadette wieder unter und führen sie langsam aus dem Saal.

In der Eingangshalle kommt uns Konrektor Winter entgegen. »Hallo! Ronja, Frau Lindner. In letzter Zeit laufen wir uns ja öfter … Oh, stimmt etwas nicht?«

Ich zeige auf Bernadette. »Eventuell hat meine Cousine gerade Wehen bekommen, obwohl sie erst in acht Tagen dran wäre.«

»Ich will nur auf die Toilette … Oh, es geht wieder los.« Bernadette verzieht das Gesicht. »Oh nein, wie peinlich!«

Ich folge ihrem Blick und sehe das Wasser, das ihr an den Beinen herunterläuft.

»Die Fruchtblase ist geplatzt«, sagen der Konrektor und ich gleichzeitig.

Ronja begreift sofort. »Es geht mit der Geburt los, oder? Soll ich einen Krankenwagen rufen?« Sie zückt ihr Handy.

»Ooooh«, stöhnt Bernadette nur.

Herr Winter schüttelt den Kopf. »Das dauert viel zu lange, bis die hier draußen sind. Ich fahre Sie ins Krankenhaus, ich habe ein großes Auto. Ronja, ruf dort an und sag Bescheid, dass wir kommen.«

»Aber ich habe die Nummer doch gar …«

»Googeln!«, rufen er und ich wieder wie aus einem Mund.

Zwischen zwei Wehen führen wir meine Cousine hinaus, die sich große Mühe gibt, nicht zu viel Aufsehen zu erregen. Ich zähle die Abstände zwischen den Wehen und stelle fest, dass sie immer kürzer werden. Sebastian Winter zieht sein Sakko aus und legt es Bernadette um die Schultern, die jetzt mit den Zähnen klappert. Wir helfen ihr in den SUV, und ich setze mich neben sie. Ronja springt auf den Beifahrersitz, und ich höre, wie sie mit dem Krankenhaus telefoniert und alle Daten durchgibt.

»Krass«, sagt sie und dreht sich zu uns um, während der Konrektor den Wagen wendet. »Was machen wir denn jetzt?«

»Ruf Gregor an und bestell ihn ebenfalls in die Klinik«, kommandiere ich und halte Bernadettes Hand, die sich bei der nächsten Wehe ganz fest in meine krallt.

»Waren Sie beim Geburtsvorbereitungskurs?«, fragt Sebastian Winter, und Bernadette nickt. »Dann denken Sie an die Atemübungen, sie helfen gegen den Schmerz. Frau Lindner hilft Ihnen dabei. Alles wird gut.« Seine Stimme klingt zuversichtlich, und unsere Blicke treffen sich im Rückspiegel. »Keine Sorge, wir schaffen es rechtzeitig.«

Ich bete, dass er recht behält, und bin gleichzeitig heilfroh, dass er die Führung übernommen hat. Dieser Mann strahlt eine Ruhe aus, die sich auf uns alle überträgt. Er fährt schnell, aber sehr souverän, und irgendwie bin ich sicher, dass er im Falle eines Falles auch die Geburt übernehmen könnte. Am Horizont geht die Sonne langsam unter, und ich muss wieder an meinen Traum von dem strahlenden Prinzen denken, der mit mir davonreitet. Nur mit Mühe kann ich ein Lachen unterdrücken – dass wir eine Hochschwangere dabeihaben, kam irgendwie nicht darin vor. Ich scheine schon wieder herumzuspinnen. Sebastian Winter ist stellvertretender Schulleiter und kein strahlender Prinz.

»Onkel Gregor ist fast ausgeflippt, aber er ist auf dem Weg«, sagt Ronja. »Wen soll ich noch anrufen? Die Polizei? Die Feuerwehr? Ich bin voll die krasse Krisenstabmanagerin, wie in der Serie, die ich immer gucke.«

Im Rückspiegel zwinkert mir Sebastian Winter verschwörerisch zu. »Du hast alles sehr gut gemanagt, Ronja«, lobt er sie.

Ja, wir Eltern pubertärer Kinder bilden einen imaginären Club, denke ich. Laut sage ich: »Wenn du gleich nicht im Krankenhaus warten möchtest, dann kannst du Papa anrufen, damit er dich abholt, Räuber.«

»Nein, ich bleibe auf jeden Fall bei euch.«

Bernadette stöhnt, und ich merke, wie sehr sie sich zusammenreißt. Die Ärmste.

»Schrei ruhig, wenn es leichter ist. Aber vergiss nicht zu atmen«, sage ich zu ihr. »Los.« Ich hole mit ihr tief Luft und hoffe, dass wir bald da sind.

Ronja dreht sich zu uns um. »Eins sag ich euch: Ich will später mal keine Kinder. Wenn das so krass wehtut, dann ist das voll nichts für mich. Herrn Winter, haben Sie Kinder?«

Er nickt. »Einen Sohn. Er ist sechzehneinhalb. Ich war bei der Geburt dabei, und das war der schönste Moment in meinem Leben. Seine Mutter und ich sind geschieden, aber ich sehe ihn regelmäßig.«

»Oh, wie bei mir. Also, ich bin erst fünfzehn, aber meine Eltern sind auch geschieden«, antwortet Ronja. Dann sieht sie erst mich und danach ihn von der Seite an. »Haben Sie eine Freundin?«

»Räuber!«

»Aua! Verdammt, tut das weh!«

Bernadettes Schrei überdeckt die peinliche Frage meiner Tochter, und ich hoffe, dass der Konrektor sie nicht allzu persönlich nimmt.

»Nein, ich habe keine Freundin«, antwortet er gelassen.

»Hätten Sie gern eine?«, bohrt Ronja nach. »Manchmal vergesse ich, dass Lehrer auch normale Menschen sind.«

»Ronja, jetzt hör aber auf! Huh, huh, huh«, atme ich weiter mit Bernadette.

Der stellvertretende Schulleiter lacht. »Schon gut. Ja, wir Lehrer sind auch normale Menschen. In der Schule dürftest du mich das nicht fragen, aber unter diesen besonderen Umständen verrate ich es dir: Ich hätte gern eine Freundin, aber so etwas muss sich entwickeln. Ich wohne noch nicht so lange hier und kenne daher nicht allzu viele Leute. Wenn du nichts dagegen hast, Ronja, werde ich deine Mutter fragen, ob sie sich demnächst mal mit mir verabreden möchte.«

Ich bin sprachlos, Bernadette stöhnt und meine Tochter nicht: »Aber nur, wenn Sie es ernst meinen, Herr Winter!«

Einen Tag später stehen wir alle um Gregor herum, der Klein Paul im Arm hält, und sind entzückt.

»Er ist so niedlich! Ein richtiges Babymodel. Und er hat so viele Haare.«

Bernadette thront in ihrem Krankenhausbett und sprüht vor Energie. Sie sieht gar nicht mehr so aus wie jemand, der am Tag zuvor fast während einer Autofahrt ein Baby bekommen hätte.

Dabei war es richtig knapp. Nachdem Sebastian Winter mit quietschenden Reifen vor der Notaufnahme vorgefahren war und zwei Pfleger Bernadette aus dem SUV auf eine Trage gehievt hatten, rief sie nur noch: »Ich will pressen!«

Gregor hielt ihre Hand, als sie die Liege im Laufschritt in den Kreißsaal schoben, und keine zehn Minuten später war Paul auf der Welt und brüllte alles zusammen. Wir hatten alle Tränen in den Augen, auch der Konrektor, was ihn mir noch sympathischer machte, schließlich waren wir alle Fremde für ihn.

»Gut, dass Sie bei dem Ball waren«, stellte auch Ronja fest, als er uns zwei Stunden danach nach Hause brachte. »Ich weiß nicht, ob die Mama das geschafft hätte, gleichzeitig zu fahren und mit Tante Bernadette zu atmen.«

»Ich habe das Gefühl, dass deine Mama so einiges schafft, was sie sich vornimmt«, antwortete er, und ich wurde gleichzeitig rot und verlegen.

»Ich möchte mich ganz herzlich bei Ihnen bedanken«, sagte ich beim Aussteigen, nachdem ich meine Sprache wiedergefunden hatte. »Sie wollen bestimmt zu dem Ball zurück. Wir werden uns jetzt von all der Aufregung erholen und schlafen gehen.«

Sebastian Winter schüttelte den Kopf. »Ich habe auch keine Lust mehr. Ein Glas Wein und ein gutes Buch sind die perfekte Alternative.«

»Ein Buch als Alternative zu einem Ball?« Meine Tochter stand einen Moment entsetzt da. »Okay, Sie sind Lehrer, und die müssen ja krass viel lesen. Ich geb Ihnen jetzt mal Mamas Handynummer, damit sie mich nicht in der Schule danach fragen müssen. Das wär nämlich voll peinlich.«

Bevor ich die Autotür schloss, fiel Sebastian Winter noch etwas ein. »Wenn Sie möchten, dann fahre ich Sie morgen im Laufe des Tages zum Schlossparkplatz, damit Sie Ihr Auto abholen können.«

Ich war gerührt über so viel Aufmerksamkeit. »Das kann ich nicht auch noch von Ihnen verlangen.«

»Ich würde mich sehr freuen. Wie wäre es mit siebzehn Uhr? Oder passt Ihnen das nicht?«

Ronja mischte sich ungefragt ein. »Doch das passt. Mama ist noch von der Geburt traumatisiert, aber sie hat morgen Abend nix vor. Holen Sie sie hier ab, dann können Sie danach noch zusammen ins Kino gehen. Da läuft eine super Liebeskomödie.«

Mir verschlug es die Sprache, aber Sebastian Winter lächelte. »Eine ganz hervorragende Idee. Hier in der Stadt war ich noch nie im Kino, denn alleine macht es keinen Spaß.«

Der kleine Paul gähnt und hält Gregors Finger fest. Meine Mutter umarmt Bernadettes Mutter, Gregors Vater klopft ihm auf den Rücken, und Ronja kann sich von Pauls Anblick überhaupt nicht lösen.

»Darf ich ein Foto von ihm machen und es an meine BFFs schicken?«, fragt sie alle fünf Minuten. »Er sieht heute schon wieder ganz anders aus als gestern. Und Rick schicke ich auch eins. Er hat mir dafür ganz viele Fotos vom Ball gesnapt. Wir haben nicht viel verpasst, Mama.«

Ich setze mich zu Bernadette ans Bett. »Wie geht's dir denn?«, frage ich leise.

Sie gähnt. »Müde, aber es ging mir nie besser. Gregor hat zwar fürchterlich mit mir geschimpft, dass ich doch mit zu dem Ball gegangen bin, aber ich habe das Gefühl, dass sich die ganze Aufregung gelohnt hat. Und damit meine ich jetzt nicht den Grafen.«

»Nun ja, immerhin haben wir eine andere Facette seines Wesens kennengelernt, die uns allen nicht gefallen hat.« Ich grinse.

»Aber dafür die teuren Karten zu bezahlen. Eigentlich müssten wir unser Geld zurückfordern.«

»Wenn er das Geld spendet, dann haben wir wenigstens etwas Gutes getan, und ich kann in Ruhe meinen Artikel schreiben«, sage ich und winke ab. »Ich habe inzwischen alles an Stoff, was ich brauche: Anita ist mit Theo junior zusammen, manche Reiche sind einfach nur daneben, und die Adeligen bevorzugen Internate für ihre Kinder.«

»Wieso habe ich dennoch das Gefühl, dass deine Augen so komisch funkeln? Habe ich zwischen meinen Wehen halluziniert, oder hat dich der nette Fahrer wirklich um ein Rendezvous gebeten? Wer war das überhaupt?«

»Du hast nicht halluziniert, und er ist der Konrektor in Ronjas Schule«, gebe ich leicht verlegen Auskunft. »Er war unglaublich fürsorglich und hat mich heute schon angerufen, um sich nach dem Baby und euch zu erkundigen.« Sie öffnet den Mund, und ich füge schnell hinzu: »Aber keine Sorge. Ich habe diesmal Ronjas offizielle Erlaubnis, mich mit ihm zu verabreden, vorausgesetzt natürlich, dass es nicht zu peinlich wird. Du kannst dich also beruhigt um deine kleine Familie kümmern. Ich denke, ich arbeite von nun an selbst an meinem Happy End weiter.«

# 16

Lieber Dr. Gabriel,
bitte richten Sie meiner Mama aus, dass ich nichts dagegen habe, wenn sie mit dem stellvertretenden Rektor meiner Schule zusammen ist. Er ist echt korrekt, und sie hat hiermit offiziell mein Okay. Meinetwegen darf er auch mal bei uns übernachten. Aber sie muss mir versprechen, dass er mich niemals unterrichtet und dass er auch nicht meine Lehrer beeinflusst, wenn wir uns mal gestritten haben. Außer es soll eine Note nach oben korrigiert werden. Dann würde ich ihn natürlich feiern.
Viele Grüße
R.

*Liebe R.,*
*deine Mama freut sich, dass du nichts dagegen hast, denn sie hat seit Langem mal wieder Schmetterlinge im Bauch und findet, dass Sebastian Winter ein kleines bisschen wie Hugh Grant aussieht, wenn auch mit Brille.*
*Sie würde ihn sehr gerne bitten, auch mal über Nacht zu bleiben, und findet es toll, dass sie dein Okay dazu hat. Sie*

*verspricht dir, dass er dich nicht unterrichten wird und dass er deine Lehrer nicht beeinflusst, auch wenn ihr euch mal streitet. Aber er soll auf keinen Fall deine Noten nach oben korrigieren. Du schaffst das ganz alleine, du Genie.*
*Lass dich sofort umarmen, du Räuber!*
*Dr. Gabriel*

Zwei Monate sind seit dem Ball vergangen. Ich habe den Artikel mit der Überschrift »Millionär gesucht – Traummann gefunden« inzwischen geschrieben und diverse Fakten darin geändert. Anita scheint sich jedenfalls nicht wiedererkannt zu haben, denn sie hat bei unseren Treffen nie davon gesprochen. Sie ist übrigens mit Theo glücklich und hat es bisher vermieden, an einem Familienessen bei den Fontanes teilzunehmen. Sehr klug von ihr, wie ich finde. An Doktor Gabriel hat sie nicht noch mal geschrieben.

Den Kummerkasten der Zeitung habe ich bis letzte Woche noch selbst betreut, deshalb weiß ich das so genau. Nun hat ihn wohl jemand anders übernommen. Ich hoffe nicht, dass Zeidler den Praktikanten darauf angesetzt hat oder doch eine App hat entwickeln lassen, denn wie es damit weitergeht, wollte er mir nicht verraten. Er ist noch immer beleidigt, dass ich die Redakteursstelle bei der Lokalzeitung am Ende doch nicht angenommen habe.

Als mein Artikel erschienen ist, passierten nämlich zwei Dinge gleichzeitig. Zeidler hatte einen Redakteursposten frei, und ich wollte gerade zusagen, da meldete sich ein Wochenmagazin bei mir. Die Chefredakteurin hatte den Bericht gelesen und bot mir prompt eine Stelle als Regionalreporterin für den gesamten Landkreis an, die ich sofort annahm. Endlich kann ich darüber schreiben, was die Menschen wirklich bewegt.

»Mama, Essen ist fertig!« Ronjas Stimme reißt mich aus meinen Gedanken. »Kommst du?«

Ich klappe das Notebook zu und gehe in die Küche. Sie sitzt am mit Blumen und Kerzen gedeckten Tisch und zeigt auf den Mann, der gerade einen Salat zubereitet.

»Herr Winter … ähm … Sebastian hat für uns gekocht. Er kann das viel besser als du.«

Sebastian dreht sich um und rückt seine Brille zurecht. »Ich hoffe, dass es euch beiden schmeckt«, sagt er und lächelt.

In meinem Bauch wird es richtig warm, und ich denke, dass ich noch nie glücklicher war. Wir wechseln einen Blick, und ich freue mich schon auf den Abend, der vor uns liegt. Ich werde ihm nämlich zum ersten Mal vorschlagen, hier zu übernachten. Ronjas Okay habe ich ja jetzt schriftlich.

Meine Tochter bemerkt nichts von meinen aufwühlenden Gedanken, sondern plappert fröhlich weiter. »Außerdem finde ich es übelst cool, dass ich dich jetzt auch in der Schule duzen darf, Sebastian. Alle haben auf einmal richtig Respekt vor mir. Wenn sich jemand danebenbenimmt oder mich ›Streber‹ nennt, dann schmeißen wir den einfach von der Schule, oder?«

Ich öffne meinen Mund und klappe ihn wieder zu. Es wird bestimmt noch turbulent werden, aber ich habe so das Gefühl, dass sich alles fügen kann …

# In eigener Sache

Liebe Leserin,
ich schreibe unterhaltsame Romane für Kinder, Jugendliche und Erwachsene. Dieses hier ist mein fünfundzwanzigstes Buch, also ein kleines Jubiläum. Neulich habe ich einen Spruch gelesen: »Bücher sind wie Schuhe. In manche verliebt man sich sofort, bei anderen stellt sich erst nach dem Kauf heraus, dass sie doch nicht optimal passen.«

Da mag etwas Wahres dran sein, nur mit dem Unterschied, dass alle Bücher handgefertigt sind, die vielen Worte aus der Seele eines Menschen fließen und mit Herzblut geschrieben wurden.

Wir Autoren arbeiten monatelang an einem Buch, geben stets alles und schreiben manchmal unter den widrigsten Umständen – mit viel Schlafentzug, ohne Rücksicht auf Wochenenden, Feiertage oder all das, was das Leben oder die Nachrichten einem während des Schreibprozesses so servieren.

Jedes Mal haben wir die Hoffnung, den Geschmack unserer Leser zu treffen, und es macht uns sehr glücklich, wenn das tatsächlich der Fall ist. Vorhersehen können wir es jedoch nicht, und ein Patentrezept besitzen wir auch nicht. Dennoch ist jedes einzelne Werk immer ein Stück unseres Selbst.

Also, wenn Ihnen ein Buch gefällt, dann empfehlen Sie uns bitte weiter! Und wenn nicht, dann sehen Sie es uns bitte nach.

Wir haben unser Bestes gegeben, können uns aber nicht jeden Schuh anziehen ;-).

Herzliche Grüße

Sabine Zett

# Mein besonderer Dank geht an:


- meine Familie, die zwar nie genau weiß, ob ich gerade ein Kinderbuch oder einen Frauenroman schreibe, aber immer Verständnis hat, wenn es zu Hause mal wieder chaotisch zugeht,
- meine Lektorin Wiebke Rossa sowie meine Redakteurin Angela Troni, die mich und meinen Humor verstehen,
- meine Managerin Gaby Allendorf, die mich in ihrer Künstleragentur so klug und toll betreut,
- meine Freundinnen, dic cs geduldig hinnehmen, wenn ich mal wieder keine Zeit habe: Claudia, Christel, Simone, Karin, Ute, Nicole, Birgit, Sarah, Zita, Barbara, Anke und Sabine,
- meine Freundinnen und Kolleginnen Kerstin Gier, Kathryn Taylor und Eva Völler, mit denen man herrlich über alles quatschen kann und die mir immer mit Rat und Tat zur Seite stehen,
- meine Facebook-Freundinnen, die meine Bücher mit Begeisterung lesen, immer so nett kommentieren und die mir richtig ans Herz gewachsen sind,
- alle Leserinnen, die mir schreiben, mailen und so wunderbare Rezensionen verfassen (da freut sich das Autorenherz!).


Weitere Infos über mich unter www.sabine-zett.de